DIE MACHT DER RACHE

Von H.C. Scherf

Thriller

Bibliografische Information der Deutschen Nationalbibliothek:
Die Deutsche Nationalbibliothek verzeichnet diese Publikation in der
Deutschen Nationalbibliografie; detaillierte bibliografische Daten sind im
Internet über http://dnb.dnb.de abrufbar.

DIE MACHT DER RACHE

Aktives Mitglied im Selfpublisher-Verband e.V.

Covergestaltung: VercoDesign, Unna
Bilder von: filipw, 3dmentat, rustyphil und ikatod
– alle www.clipdealer.com

Herstellung und Verlag:
BoD – Books on Demand, Norderstedt

ISBN: 978-3752856873

DIE MACHT DER RACHE

von H.C. Scherf

Es ist leichter,
eine Lüge zu glauben,
die man hundert Mal vernahm,
als eine Wahrheit,
die man noch nie hörte

1

Die Bewegung hinter der Scheibe hatte sie sich doch nicht eingebildet, sie war real. *Wer zeigte sich dort oben? War dieser Satan immer noch hinter ihr her?* Der Gedanke hämmerte fortwährend durch ihren Kopf. Starr richtete sie den Blick auf das im wabernden Nebel liegende, schmale Fenster, versuchte, seine Konturen dahinter auszumachen. Der Schatten, den sie glaubte, erkannt zu haben, bewegte sich nicht, schien sie zu fixieren. Begleitet von einem kaum vernehmbaren Wimmern drückte sie sich gegen die borkige Rinde der riesigen Platane, die ihr für den Augenblick Schutz geben sollte. Ihre Hände steckte sie unter die verschwitzten Achseln, um das unentwegte Zittern einzudämmen. Die Angst war übermächtig, dass sie ihr bebender Körper, ihr schneller, dampfender Atem verraten würde. Irgendwo da draußen konnte er gleich sein. Das spürte sie tief in ihrem Inneren, das von der erdrückenden Furcht vor weiteren Qualen gelähmt wurde. Sie wagte nicht, die einzelne Träne wegzuwischen, die sich aus dem Auge stahl und endlos langsam über die Wange lief. Diese teilte bizarr die vielen Spuren von Blut und Schmutz, die ihr Gesicht bis zur Unkenntlichkeit besudelt hatten.

Vorsichtig wagte Beate einen Blick in das Halbdunkel, durch den Sprühnebel, den der kräftige Wind nun wieder fast waagerecht über den von Laub übersäten Garten hinwegfegte. Schon am Morgen hatte es sintflutartig geregnet, jetzt wurden die Regenschauer wieder durch die engen Straßen des Ortsteils getrieben. Einen Moment war der unendliche Wasserstrom unterbrochen. Das Wasser tropfte nun in breitem Rinnsal aus ihrem Haar, das sie noch Stunden zuvor sorgfältig für ihn frisiert hatte. Der Schatten hinter der Scheibe war verschwunden! Dafür hörte sie die Stimme direkt neben sich.

»Ich bin bei dir, mein Schatz. Hast du wirklich geglaubt, dass du mich einfach so loswirst? Unsere Beziehung wird niemals enden. Niemand sonst kann dich so begehren, wie ich es tue.«

Beates Puls setzte für einen Augenblick aus, beschleunigte jedoch sofort danach auf ein mörderisches Tempo, sodass sie glaubte, ihr Herz würde an den schützenden Rippen anschlagen, sie möglicherweise durchbrechen. Resignation breitete sich nur für einen kurzen Moment wie ein Virus in ihrem Inneren aus, wurde abgelöst von dem immer noch vorhandenen Überlebenswillen. *Die kleine Leonie. Was war mit ihr geschehen? Sie braucht mich.*

2

- Sieben Jahre früher -

»... und verurteilen Sie wegen Mordes in drei Fällen zu lebenslanger Haft in einer Justizvollzugsanstalt. Haben Sie noch etwas zu sagen, Angeklagter?«

Dirk Rasper nahm das Urteil mit ausdrucksloser Miene entgegen. Sein Blick ruhte unablässig auf dem Gesicht seiner Frau Beate, die weinend, völlig zusammengesunken und zitternd wieder zwischen den Zuschauern Platz genommen hatte. Sie spürte, dass Dirks trauriger Blick auf sie gerichtet war, wagte es nicht, aufzusehen. Er sollte ihren tiefen Schmerz nicht sehen. Es war ihr nicht leicht gefallen, ihm das erbetene Alibi zu verweigern. Immer wieder glaubte sie, die triumphierenden Blicke der drei Frauen auf sich zu spüren, die Dirk in den letzten Monaten bestialisch ermordet haben sollte. Sie wusste nur aus den Zeugenaussagen der Beamten, was er mit ihnen angestellt haben musste. Stets hatte er die Taten, die ihm zur Last gelegt wurden, bestritten. Aber selbst Beate verlor irgendwann den Glauben an seine Unschuld, so erdrückend waren die vorhandenen Indizien. Wie, in Teufels Namen, sollten auch die ihn belastenden

Beweisspuren in diesen Keller geraten sein, wenn nicht er selbst dort war?

Keiner im Saal hatte auch nur die Spur eines Zweifels, wenn es um die Tatsache ging, dass dieses Tier die unsäglichen Morde begangen hatte. Selbst der Pflichtverteidiger deutete ihr gegenüber an, dass er diesen Fall nur widerwillig übernommen hatte und in seinem tiefsten Inneren davon überzeugt war, mit Dirk den Mörder einer gerechten Strafe zuzuführen. Die Verteidigung baute er ohne großes Engagement auf dünnen Beinen auf. Es gab nicht einmal den Hauch eines Anscheins von Bemühen seinerseits, was ihm sogar hin und wieder den Tadel des Vorsitzenden Richters einbrachte. Während der Vorsitzende die Urteilsbegründung vortrug, ertönte aus den Zuhörerbänken leises, zufriedenes Geraune. In Beates Rücken brannten die Blicke der Nebenkläger, der Angehörigen der Opfer. Der Schrei eines Mannes unterbrach für einen Augenblick den Vortrag des Richters.

»Verrecke elendig in deiner Zelle, du Bestie! Gott wird dich strafen für das Leid, das du über uns alle gebracht hast! Du hast meinen Kindern eine gute Mutter genommen.«

»Ich bitte um Ruhe, meine Damen und Herren, sonst lasse ich den Saal räumen. Lassen Sie mich fortfahren.«

Schließlich nahmen zwei kräftige Justizbeamte Dirk in die Mitte, der sich auffallend ruhig und gefasst abführen ließ. Hinter ihm schloss sich die Tür, hinter der er nun für den Rest seines Lebens weggesperrt werden sollte. Beate schrak heftig zusammen, als sich das hassverzerrte Gesicht einer Frau neben ihr zeigte.

»Fühlen Sie überhaupt etwas? Sagen Sie mir das. Können Sie auch nur ansatzweise nachvollziehen, welches Leid Ihr

Mann über uns gebracht hat? Wie kann man als normaler Mensch mit einem solchen Tier zusammenleben? Haben Sie nie gespürt, welcher Satan in diesem Scheusal lauerte? Haben Sie es genossen, wenn der Kerl auf Ihnen lag, Sie vögelte? Sie können auch nicht besser sein als der da.«

»Komm, Monika, lass das. Damit machst du unser Enkelkind auch nicht wieder lebendig. Diese Frau kann doch nichts dazu. Karins Tod wurde nun mit diesem Urteil gerächt, mehr können wir nicht mehr für sie tun. Wir sollten gehen.«

Die Hand des Mannes schüttelte die besagte Monika heftig ab, schlug sogar nach ihr. Dann schrie sie so laut, dass jeder es im Saal noch hören konnte.

»Das muss diese dreckige Schlampe doch gewusst haben – das spürt eine Frau, wenn der Mann so was Schreckliches tut. Ich hasse dich, du Miststück. In der tiefsten Hölle sollst du schmoren. Du gehörst ebenfalls eingesperrt!«

Endlich schaffte es der eigentlich kräftig gebaute Ehemann, die Frau wegzuzerren, die sich wie eine Furie wieder aus dem Griff ihres Mannes befreien wollte. Als er sie endlich einem jungen Mann, vermutlich dem Sohn, übergeben hatte, kam er zurück und sah Beate tief in die Augen. Sein Blick konnte nur ansatzweise das Leid widerspiegeln, das er in den letzten Monaten erlitten haben musste. Beate blickte in müde Augen.

»Ich möchte Sie um Entschuldigung bitten, Frau Rasper. Aber bitte verstehen Sie auch meine Frau. Sie hatte sich immer ein Enkelkind gewünscht – und jetzt ...«

Beate legte dem leidenden Vater eine Hand auf den Arm und suchte nach den angemessenen Worten.

»Sie müssen sich dafür nicht entschuldigen. Ich verstehe Ihre Frau sehr gut und kann den Schmerz nachvollziehen. Doch auch ich muss lernen, zu akzeptieren, dass der Mann, den ich immer geliebt habe, ein Dreifachmörder sein soll. Ich kann und möchte das noch nicht glauben. Er war, ich meine, er ist ein sehr aufmerksamer Ehemann gewesen. Glauben Sie mir, wenn ich Ihnen sage, dass er niemals mir gegenüber Gewalt angedeutet hat ... ganz im Gegenteil. Er kann es nicht gewesen sein, das ist unmöglich.«

Augenblicklich zog der Mann die Hand zurück und wandte sich zum Gehen. Plötzlich drehte er sich noch ein letztes Mal zu ihr um. Die Worte gingen fast im Geraune der abwandernden Zuhörer unter.

»Gott beschütze Sie und gebe wenigstens Ihnen Frieden. Wir werden ihn wohl niemals mehr finden.«

Noch lange blieb Beate vor der Bank stehen, bis sie ein Justizangestellter behutsam zur Tür geleitete.

3

Weit öffnete sich die Zellentür und ließ den Lärm, der auf dem Traktflur aufbrandete, in den schmalen Raum. Die Gefangenen bekamen Gelegenheit zum Freigang auf dem Hof. Halbwegs geordnet strömten die Insassen zum Zentralgang, von dem aus sie durch die geöffneten Türen in Gruppen ins Freie marschierten. Der imposante Schatten von Justiz-Hauptsekretär Klaus Federer fiel auf das Gesicht des mit geschlossenen Augen daliegenden Dirk Rasper.

»Hofgang, Rasper. Machen Sie doch keinen Quatsch. Irgendwann müssen Sie wieder einmal die Sonne sehen, sonst werden Sie hier noch kirre. Sie können nicht nur in der Zelle hocken und das Fenster zuhängen. Vergessen Sie die beschissene Anmache von diesem Hartmann. Dem Schweinehund muss man nur einmal zeigen, dass er nicht allmächtig ist. Halten Sie sich einfach von ihm fern. Der wird die Nummer mit dem verschütteten Essen bestimmt nicht ein zweites Mal mit Ihnen abziehen. Aber wo ich Sie gerade noch in der Zelle erwische, kann ich Ihnen sofort Ihren neuen Zellennachbarn vorstellen. Sie sind einer der Wenigen, denen ich den Mann anvertrauen kann. Das hier ist Liam Preston. Kommen Sie rein, Preston, hauen Sie Ihre

Sachen auf das obere Bett. Ich denke, dass Ihnen Rasper alles Wichtige über den Ablauf hier erklären wird. Das Wesentliche haben wir Ihnen ja schon erzählt. So, ich lass euch jetzt alleine, die Pflicht ruft. Ach, bevor ich es vergesse, Preston. Eigentlich heiße ich Federer, aber die Leute hier sagen einfach Chef zu mir. Fragen Sie mich nicht warum. Ich lass den bestimmt nicht raushängen. Mit mir kann jeder sprechen. Und wenn Sie ein Problem haben ... Sie wissen schon.«

Vor Dirks Augen baute sich die mickrige Gestalt von Liam auf, der Mühe hatte, seine wenigen Sachen, die er auf dem Arm trug, auf das Bett zu werfen. Die Anstaltskleidung schlotterte um seinen hageren Leib, besaß noch den Geruch des billigen Waschmittels. Noch hatte er nicht eine Silbe von sich gegeben, setzte sich schweigend an den kleinen Tisch, vor dem zwei Holzstühle die spartanische Einrichtung vervollständigten. Sein Blick glitt durch den Raum und blieb an dem Regalschrank hängen, in dem Dirk seine wenigen Habseligkeiten und einige Bücher aufgestellt hatte. Besonders lange betrachtete er das Foto einer schönen Frau, deren blonde Locken weit über die Schultern fielen. Verstohlen suchte er zwischen seinen Handtüchern nach etwas, wobei die Hand nach kurzer Zeit mit einem Foto zwischen den Fingern wieder auftauchte. Dirk, der den Neuen unauffällig beobachtet hatte, bemerkte sofort, dass sich die Augen des kleinen Mannes mit Wasser füllten, überging diese Reaktion jedoch ebenfalls schweigend. Nach einer Weile drehte er sich auf den Rücken und presste das Wort durch die kaum geöffneten Lippen.

»Engländer?«

Wenn Dirk mit einer Antwort gerechnet hatte, wurde er auf eine Geduldsprobe gestellt. Erst nach einigen Sekunden, in denen sich Liam mit dem Ärmel das Feuchte aus den Augen gewischt hatte, kam die erschöpfende Antwort.

»Yes!«

»Wie lange hast du bekommen?«

»Die haben mir sechs Jahre aufgebrummt. Scheiß drauf, Hauptsache das Arschloch sitzt in der Hölle und büßt für das, was er den vielen Kindern angetan hat.«

Dirk hob den Kopf und stützte sich auf den Ellbogen ab. Ihm waren schon einige Typen im Knast begegnet, doch nur wenige, die derart stolz auf ihre Tat waren. Die meisten Mitgefangenen waren selbstverständlich unschuldig, durchweg Opfer einer korrupten Justiz. Er betrachtete seinen Zellengenossen nun sorgfältiger. Besonders hervorstechend waren die wasserblauen Pupillen in dem hageren Gesicht, dessen Kinn von einem schmalen Bart verziert wurde. Das dünne, strähnige Haar hatte Liam hinter die riesigen Ohren gesteckt. So hatte sich Dirk immer den sagenumwobenen Don Quijote de La Mancha vorgestellt, der unter seiner Rüstung ebenso dürr wirkte.

»Hast du einen umgenietet? Und warum nur sechs Jahre?«

»Das ist als Totschlag durchgegangen. Hab das Tier erschlagen, als der meiner Tochter das Speed verhökern wollte. Der ist mir quasi in die Spitzhacke gelaufen.«

Liam zuckte gleichgültig die schmalen Schultern und beschäftigte sich damit, sein Bett zu beziehen. Unter ihm richtete sich Dirk nun sitzend auf.

»Willst du mich verscheißern? Die haben dir doch wohl nicht abgenommen, dass du ständig eine Spitzhacke im

Hosenbund mit dir herumführst? Das ist doch Vorsatz, mein Freund.«

»Nee, nee – diese Drecksratte hat die Drogen nachts am Schlafzimmerfenster meiner Tochter angereicht. Sein Pech, dass ich gerade am Fenster stand und rauchte. Der verteilt das Gift nicht weiter an Kinder! Und was ist mit dir? Du bist doch wohl schon eine Weile hier. Könntest einen Schuss Sonne gebrauchen.«

Dirk ließ sich wieder auf sein Kissen fallen und schloss die Augen. Währenddessen zog Liam das Laken glatt, so als erwartete er keine Antwort auf die Frage. Dirks Gesicht war zur Wand gedreht, als er es endlich herauspresste.

»Mich hat man gehörig verarscht. Irgend ein Drecksskerl hat mein Leben für immer zerstört. Ich weiß, was du jetzt denkst. Nun behauptet der Scheißer, dass er völlig unschuldig ist. Das ist hier die Standardantwort bei den Gefangenen. Aber bei mir ist es anders.

Ich hatte einen eindeutigen Indizienprozess, ohne jeglichen klaren Beweis. Die haben mir drei Morde in die Schuhe geschoben, mit denen ich nichts am Hut hatte. Selbst meine Frau hat mittlerweile Zweifel an meiner Unschuld. Das spüre ich jedes Mal, wenn sie mich besucht. Sie tut so, als würde sie mir glauben, doch im Inneren ... ach was soll's, ich kann es ihr nicht einmal übel nehmen. Hier komm ich nie wieder raus. Und der wahre Täter läuft noch da draußen rum und sucht sich vielleicht schon das nächste Opfer. Ich könnte kotzen.«

Liam hielt für einen Augenblick inne, betrachtete das Bild auf dem Regal.

»Ist sie das?«

»Beate. Ja, das ist meine Frau Beate. Sie tut mir so leid. Sie muss jetzt die kleine Krabbe alleine großziehen.«

»Wie, du hast ein Kind?«

»Leonie ist jetzt sechs. Das Bild von ihr hat mir ein Dreckskerl aus Zelle 234 zerrissen. Irgendwann werde ich ihn dafür an den Eiern aufhängen. Nimm dich bloß in Acht vor diesem Hartmann. Der ist gefährlich und führt hier das Wort. Der hat den Handel im Haus voll im Griff. Nichts passiert hier mit Verkauf, woran dieser Dreckskerl nicht mitverdient. Selbst einige Aufsichten hat der eingespannt für seine schmutzigen Deals. Die verdienen mit und decken dieses Schwein. Glaub mal nicht, dass dessen Zelle gefilzt wird. Da findest du ein ganzes Warenlager.«

»Wie lange sitzt du denn schon?«

»Das müssten bald acht Jahre sein.«

»Moment mal. Du sitzt acht Jahre in dieser Scheißzelle und die Kleine ist erst sechs. Hat deine Frau ...?«

Wild warf sich Dirk herum und ergriff den dürren Oberschenkel seines Zellengenossen, sodass der schmerzhaft aufschrie.

»Spreche das niemals aus – niemals – hörst du? Beate würde das nie tun. Das Kind ist von mir. Einmal im Quartal darf sie zu mir kommen und dann können wir in der Liebeszelle – na, du weißt schon. Das ist den Gefangenen erlaubt, die sich vorbildlich verhalten. Aber ich möchte nur einmal meine Tochter in den Arm nehmen dürfen. Nur ein einziges Mal.«

Liam hatte sich zwischenzeitlich auf den Stuhl gesetzt und massierte die immer noch schmerzende Stelle an seinem Oberschenkel.

»Soll das heißen, dass du sie noch nie gesehen hast?«

»Beate verheimlicht ihr, dass ihr Vater ein Mehrfachmörder ist. Sie sind sogar in eine andere Stadt gezogen, damit das Kind in der Schule nicht gemobbt werden kann. Ihr Vater ist bei einem Verkehrsunfall kurz nach ihrer Geburt gestorben. So wurde ihr das verkauft. Und ich habe eingewilligt, damit sie nicht auch noch unter dieser Geschichte leidet. Stell dir das einmal vor, wenn du als Kind damit konfrontiert wirst, dass dein Vater ein Massenmörder ist. Nein, das ist schon in Ordnung so.«

Der Lärm auf dem Gang verstärkte sich wieder, als die Gefangenen zurück in die Zellen geführt wurden. In dem Spalt der offenstehenden Tür erschien der massige, kahl geschorene Kopf eines Mannes, dessen zerschlagene Nase ihn unverkennbar als Rolf Hartmann identifizierte.

»Du kannst dich nicht ewig verkriechen, Rasper. Irgendwann kommst du raus aus deiner versifften Höhle. Du solltest übrigens mal durchlüften hier. Das stinkt nach Feigheit. Ich habe bereits davon gehört, dass du einen neuen Zellengenossen hast. Schön. Damit du es sofort weißt, mein Freund – dein Arsch gehört mir. Ich will dich als Jungfrau in meiner Zelle. Lass diesen feigen Hund nicht ran. Der kriegt sowieso keinen mehr hoch. Bis später, ihr Schwuchteln.«

Hartmanns grinsendes Gesicht verschwand und wurde durch eines ersetzt, das zu einem seiner Speichellecker gehörte. Der zeigte den beiden lediglich den Stinkefinger, bevor er seinem Herrn und Gebieter hinterherhechelte.

4

»Nein, Rasper, ich glaube nicht, dass ich Ihren Kumpel Preston in der Küche unterbringen kann. Da ist alles besetzt. Das wissen Sie doch selbst nach den Jahren dort. Aber ich könnte es in der Schlosserei versuchen. Da suchen wir immer wieder Leute und Ihr Kumpel ist doch, so glaube ich, gelesen zu haben, gelernter Feinmechaniker.«

Klaus Federer hätte Dirk Rasper den Wunsch gerne erfüllt, da er ihn als Häftling kennengelernt hatte, der niemals aufbegehrte und seine Strafe akzeptierte, obwohl er immer wieder, selbst nach so vielen Jahren, seine Unschuld beteuerte. Stumm deutete Rasper ein Nicken an, das Federer als Zustimmung nahm. Beruhigend klopfte er ihm auf die Schulter und verließ die Zelle Richtung Verwaltungstrakt.

»Danke, Dirk. Das vergesse ich dir niemals. Ich muss was tun. Ich kann nicht wie du ständig an die Decke stieren und über das beschissene Leben nachdenken. Ich habe Scheiße gebaut und muss nun für den Tod des Dreckskerls büßen. Schlosserei ist schon in Ordnung. Ich kann sowieso nicht kochen. Ich lass sogar Kaffeewasser anbrennen.«

Liam glaubte, für einen kurzen Moment ein Zucken, das andeutungsweise wie ein Lächeln wirkte, auf Dirks Gesicht erkannt zu haben. Zumindest war es ein Teilerfolg, weil er sich schon seit Tagen bemühte, den Mann aufzumuntern.

»Du weißt, dass Hartmann ebenfalls mit seinen Männern in der Schlosserei arbeitet? Zumindest ist er dort eingeteilt – arbeiten lässt er nur die Leute, die nicht zu seinem Haufen gehören – und das sind nicht viele. Nimm dich in Acht vor diesem Tier. Der besitzt eine Brutalität, die selbst für diesen Knast ungewöhnlich ist. Man spricht davon, dass er schon mindestens vier Männer auf dem Gewissen hat. Dabei macht der sich selbst keinen Finger schmutzig. Dafür hat der seine Leute oder die armen Schweine knüpfen sich selber auf. Erst vor drei Tagen haben die wieder einen Mann aus Zelle 106 abgeschnitten. Und noch eins. Dreh diesem Schwein besser nicht den Arsch zu. Der hat dich gevögelt, bevor du Papp sagen kannst.«

»Mach dir da mal keine Sorgen, ich pass schon auf.«

Dirk betrachtete den dürren Kumpel nachdenklich und vermied es, ihm weiter Angst vor der Zukunft in dieser Knasthölle zu machen. Das Leben lief hier nach eigenen Gesetzen ab, wovon sich Liam bisher noch kein Bild machen konnte. Er selbst konnte sich aus den Querelen weitestgehend heraushalten, weil er erstens einen kräftigen und durchtrainierten Körper besaß und zweitens jeder wusste, dass er wegen mindestens dreier Morde verurteilt wurde. Das schützte ihn momentan noch davor, angegangen zu werden. Außerdem beteiligte er sich an keiner Aktion der Gefangenen, hielt sich aus allem raus. Liam klärte ihn darüber auf, dass man ihm schon lange den Beinamen *the silent one* gegeben hatte, was so viel hieß, wie *der Stille*. Dirk war es völlig egal. Hauptsache, man ließ ihn in Ruhe.

Liam hielt sich in der Werkstatt zurück und erledigte seine Arbeit, ohne sich um die herumlungernden Männer zu kümmern, die trotz ihrer Faulheit stets mit Zigaretten versorgt waren und von den Aufsehern nicht zur Arbeit angetrieben wurden. Alle wussten, dass sie unter dem Schutz des Paten standen. Hartmann selbst ließ sich nur selten sehen. Er thronte in seiner Zelle, die er nur mit seinem engsten Vertrauten Kalle Wirges teilte. Sie lebten dort, umgeben von allem Luxus, den man sich auch in der Freiheit wünschte. Wenn die Bundesliga spielte, saß der gesamte Clan grölend um den Fernseher herum und verfolgte das Geschehen im Pay-TV. Hemmungslos kifften die Männer, ohne dass ihnen jemand Einhalt gebot. Selbst Kokain machte die Runde.

Das monotone Geräusch der Dusche rauschte durch die weißgefliesten Räume und machte Liam schläfrig. Für einen Moment schloss er die Augen und erfreute sich an dem Anblick seiner kleinen Tochter, die er gerne wieder in die Arme geschlossen hätte. Er wusste, dass er damit noch einige Jahre warten musste. Die Angst war tief in seinem Inneren verwurzelt, dass sie längst dem Drogenkonsum verfallen war und er nach seiner Entlassung nur noch das vorfand, was die Sucht von ihr übrig gelassen hat.

Begleitet von einem tiefen Seufzer, strich er mit beiden Händen das dünne, strähnige Haar aus dem Gesicht und prustete laut, als das Wasser in den offenen Mund lief. Kräftige Finger legten sich um seine Handfesseln und pressten seine Hände, hoch über seinen Kopf gegen die nassen Fliesen. Er war augenblicklich hellwach und riss die Augen weit auf. Der Schrei blieb ihm im Hals stecken, als sich eine schwielige Pranke über den Mund legte. Links und rechts von ihm hatten sich lautlos Männer aus der Hartmann-Clique aufgebaut und grinsten auf den wehrlosen Liam herunter. Er ahnte es mehr, als er es wusste, dass sich jemand in seinem Rücken näherte. Das Wasser der Dusche war abgestellt worden. Nur das Scharren der Schuhe auf den nassen Fliesen war hörbar, ansonsten wurde die gespenstige Stille des Raumes nur vom Wimmern und Würgen des Opfers unterbrochen.

»Sieh mal einer an. Da hat sich mein kleiner Freund für den großen Akt der Entjungferung gesäubert. Das gefällt mir. Ich mag es nicht, wenn der Geruch des Tages, vermischt mit Angstschweiß, das Vergnügen einschränkt. Schaut euch diesen kleinen, süßen Arsch an. Ein englischer Schließmuskel, so sagt man, ist viel enger als bei einem deutschen Männerhintern. Vielleicht liegt es daran, dass die Tommys so viel Porridge in sich reinlöffeln und dadurch mehr scheißen. Dann wollen wir mal sehen, ob da etwas Wahres dran ist. Haltet den Süßen gut fest.«

Liam traten fast die Augen aus den Höhlen, als er die erste Berührung an seinem Hinterteil spürte. Der Schmerz war unerträglich, als Hartmann ohne jede weitere Vorwarnung sein steifes Glied hineinstieß und erst nach seiner endgültigen Befriedigung von Liam abließ. Als sich die Hände der grölenden Männer von Liams Armen lösten, brach dieser weinend zusammen und krümmte sich auf dem Boden zusammen. Einer der Männer stellte die Dusche wieder an. Das heiße Wasser prasselte gnadenlos auf den blutenden Mann nieder, der mit dem Kopf zwischen den Händen hemmungslos seine Qualen herausbrüllte.

20

»Aber nur fünf Minuten, Rasper! Sie bringen mich sonst in Teufels Küche. Ich warte draußen.«

»Danke, Federer. Sie haben was gut bei mir.«

Dirk Rasper rückte den Stuhl heran, setzte sich und betrachtete seinen Zellengenossen stumm. Dessen stumpfer Blick war durch das vergitterte Fenster der Krankenstation in den Himmel gerichtet, schienen dem Kondensstreifen eines vorbeifliegenden Jets zu folgen. Und doch war sich Dirk sicher, dass Liam sein Eintreten registriert hatte. Ohne ein weiteres Wort streckte er die Hand aus und legte Liam vorsichtig das Foto der Tochter auf die Brust. Schon, als Dirk glaubte, dass der es nicht bemerkt hatte, schob sich dessen Hand in Zeitlupe nach oben, um das Bild zu ertasten. Dirks Finger schlossen sich zu Fäusten, als er die ersten Tränen aus den Augen des Partners rinnen sah. Wortlos küsste der das Foto, auf dem seine Tochter lachend auf den Fotografen zulief. Endlich kam das erste Lebenszeichen aus dem Mund des gepeinigten Mannes.

»Danke, Dirk. Das bedeutet mir sehr viel, was du gerade für mich getan hast. Danke.«

»Keine Ursache, Partner. Ich habe nicht viel Zeit. Muss in zwei Minuten zurück. Hast du jemanden erkannt? Sag es mir. War es Hartmann?«

Liams Blick wanderte wieder zurück zum Fenster, suchte den weißen Streifen am Himmel, der sich längst verflüchtigt hatte. Sein Gesicht zeigte jetzt wieder diese Härte, die es schon bei Dirks Eintreten aufwies. Sein Mund blieb verschlossen, seine Augenlider senkten sich. Mit dem Ärmel wischte er die Tränen fort, für die er sich zu schämen schien. Noch wenige Sekunden verfolgte Dirk jede Regung des

Freundes, der jetzt in eine Welt abgetaucht war, in der er allein sein wollte. Als hätte auch Federer das bemerkt, betrat er in diesem Augenblick das Krankenzimmer und zupfte an Dirks Ärmel. Ein letztes Mal legte Dirk Rasper seine kräftige Hand auf den Arm des Mannes, der die größte Demütigung hinnehmen musste, die man einem erwachsenen Mann überhaupt zufügen konnte. Mit zusammengepressten Lippen schritt er vor Federer durch die vielen Gänge, hinüber zum Trakt, der noch viele Jahre sein Zuhause bleiben sollte. Federer öffnete Dirks Zellentür und hielt ihn am Arm zurück.

»Tun Sie es nicht, Rasper. Das ist dieses Schwein nicht wert.«

5

»Verdammt, wie lange brauchst du noch für die Arbeit? Haben die in der Werkstatt etwa was bemerkt?«

Jetzt, drei Wochen nach der Misshandlung, hatte sich der Zustand von Liam nur scheinbar wieder normalisiert. Er litt zum einen immer noch an dem heftigen Riss in dem Schließmuskel und schrie häufig vor Schmerz auf, wenn er harten Stuhlgang hatte, doch war die angegriffene Psyche das wesentlich größere Problem. Er sprach nicht mehr viel, beschränkte seine Gespräche auf das Nötigste. Dirk beobachtete mit großer Sorge, wie apathisch Liam sogar wirkte, wenn er Hartmann im Essenssaal begegnete. Er schien ihn einfach zu ignorieren, reagierte nicht einmal auf die Häme des Mannes und seiner Gefolgsleute. Genau das löste bei Dirk einiges an Besorgnis aus. Das war einfach nicht normal. Nach längerem Zögern bekam Dirk endlich seine Antwort.

»Nur noch zwei Tage Geduld, dann bin ich fertig. Die Dreckskerle belauern mich rund um die Uhr. Ich muss sehr vorsichtig sein. Verstehst du? Rasper – damit das klar ist. Ich erledige das selber. Du hast nichts damit zu tun. Es war mein Körper. Jeder kümmert sich um seine Sache. Du kriegst deinen Stichel, ich das Messer. Mein Leben ist sowieso kaputt.«

»So, so, dein Leben ist kaputt. Du verwechselst da etwas, mein Freund. Nicht dein Leben ist kaputt, sondern lediglich dein Arsch hat Blessuren erlitten. Und der heilt wieder. Aber was passiert, wenn du das Schwein umlegst? Was glaubst du? Ich sage es dir. Dann wirst du deine Tochter niemals mehr in den Arm nehmen können. Dann sitzt du genauso lange wie ich in diesem Loch. Für immer. Ist es das wert?

Wenn ICH dem Tier das Licht ausblase, ändert sich nichts an meinem Leben. Es läuft so weiter wie bisher. Nur mit dem Unterschied, dass sie mir diesmal den Mord im schlimmsten Fall nachweisen können. Aber das warten wir erst mal ab. Ich erledige das Schwein für das, was er dir und vielen anderen angetan hat. Basta. Du wirst bestimmt die Gelegenheit erhalten, mir dafür zu danken. Glaube bloß nicht, dass ich dafür nicht den Lohn einfordere.«

Ohne zu unterbrechen, war Liam dem Vortrag gefolgt. Er warf sich auf die Pritsche und drehte sich zur Wand. Kurze Zeit später konnte Dirk die gleichmäßigen Atemzüge seines Partners vernehmen. Sie kannten sich nun schon eine geraume Zeit und doch konnte Dirk diesen unauffälligen Mann nicht einschätzen. Das Leben musste ihm schon früher schlimme Denkzettel verpasst haben. Er schleppte ein Geheimnis mit sich herum, davon war er überzeugt.

Der Aufruf zum Hofgang sorgte wie an jedem anderen Tag für Unruhe in den Zellen und Gängen. Zwei Mannschaften waren aktuell zusammengestellt worden, um in einem Fußballspiel den Traktsieger zu ermitteln. Das Match wurde mit großer Spannung erwartet, da bereits hohe Wetten abgeschlossen waren. Der Wolkenvorhang am Horizont kündigte allerdings Sauwetter an, was dann notgedrungen wieder in einer Schlammschlacht enden würde. Bisher hatte es die Verwaltung nicht für erforderlich gehalten, den ehemaligen Acker, auf den man lediglich Rasensamen verteilt hatte, mit einem festeren Untergrund zu versorgen. Den Insassen machte es allerdings nicht viel aus, dass man nach wenigen Minuten Spiel Freund und Feind kaum noch auseinanderhalten konnte. Beim Kampf um den Ball kannte man eh keine Verwandten. Der Ball stand nicht unbedingt im Vordergrund, sondern fast ausschließlich der Gegner. Hier boten sich tausend Gelegenheiten, es dem Nachbarn heimzuzahlen. Alte Rechnungen wurden in dem Durcheinander rustikal beglichen, wobei fließendes Blut sehr schnell vom Matsch überdeckt wurde. Auf Schmerzensschreie und niedergestreckte Opfer reagierte man meist erst verspätet.

Hausdienstleiter Robbeck nahm das Megafon an die Lippen und trat einen Schritt aus der Reihe der restlichen Beamten heraus, während die angetretenen Männer sich letzte, zotige Sprüche zuriefen.

»Hört gut zu, Leute. Ich will heute ein faires Spiel sehen. Wenn das Gleiche passiert, wie im letzten Quartal, breche ich sofort ab und ihr bewegt euren Arsch unverzüglich zurück in den Block. Geht alles gut aus und es gibt einen Sieger, wird der Direktor zu seinem Wort stehen und das Festessen steht, inklusive anschließendem Filmabend. Der Pokal könnte heute, nach einem weiteren Sieg von Block vier, endgültig denen gehören. Ihr wisst ja, drei Siege und der Pokal ist fest in deren Hand. Also, los geht´s. Aufstellung, Männer!«

Das einsetzende Gegröle übertönte sogar ein bedrohliches Grollen, das aus der geschlossenen Wolkendecke erklang. Die wildfunkelnden Augen der Spieler waren starr auf Gegner und Ball gerichtet. Nachdenklich beobachtete Dirk Rasper seinen Zellennachbarn Liam, dessen ausgemergelter Körper kaum in der ersten Reihe der Zuschauer zu erkennen war. Sein Gesicht war eines der wenigen, das absolut unberührt von der Aufregung unbeteiligt wirkte. Der Anpfiff holte Rasper wieder zurück in die Realität. Nur ein beherzter Sprung verhinderte die erste Blessur, als sein Gegner, der ihm auf halb rechts entgegen stürmte, eine Sense ohne Ball versuchte. Auch dem anschließenden Ellenbogencheck konnte er ausweichen. Raspers Augen waren weiter auf Hartmann gerichtet, der ebenfalls in der ersten Zuschauerreihe, zwanzig Meter entfernt von Liam das Spiel beobachtete.

Zehn Minuten später, Block vier führte bereits mit zwei Toren, setzte der Regen sintflutartig ein und verwandelte den Platz in einen unbespielbaren Acker. Einer von Hartmanns Clique hielt eine Plane über das Haupt seines Herrn und sah sich stolz um, da er seine Stellung in der Blockhierarchie dadurch als gehoben ansah. Rasper nahm dies nur aus dem Augenwinkel wahr, da er eigentlich seinen Zellenkumpel suchte. Er war in dem Gewühle am Spielfeldrand verschwunden. Bevor er sich ernsthaft deswegen Gedanken machen konnte, erwischte ihn einer seiner Gegner mit voller Wucht an der linken Fußfessel. Als Rasper fiel, spürte er die Stollen des Mannes schmerzhaft in der Niere. Er riss beide

Hände vor das Gesicht, da er befürchtete, einen weiteren Tritt an den Kopf zu erhalten, der allerdings ausblieb.

Stattdessen spürte er den schweren Körper, der sich über seinen legte und ihn tiefer in den Schlamm drückte. Verzweifelt ruderte Dirk Rasper mit den Armen, um sich von dem Gewicht zu befreien, riss in Panik geraten die Augen weit auf. Noch völlig sprachlos blickte er in die weit geöffneten Augen Hartmanns, der wie ein Wahnsinniger schrie und immer wieder versuchte, einen Gegenstand am Hinterkopf zu erfassen. Ein breiter Blutstrahl ergoss sich über Raspers Gesicht und sorgte dafür, dass seine Augen wie Feuer zu brennen begannen. Hartmanns Finger krallten sich verzweifelt in Raspers Schulter. Endlich bekam Hartmann den Metalldorn zu fassen, der tief in seinem Hals steckte, versuchte, diesen herauszuziehen. Raspers Hand legte sich über die des Verbrechers und riss den Stift mit brutaler Gewalt heraus, hielt ihn fest umklammert.

Die plötzlich auftretende Stille dröhnte in Raspers Ohren, bis sie vom einsetzenden Alarm der Sirene und dem schrillen Geräusch der immer näher kommenden Trillerpfeifen unterbrochen wurde.

»Weg da, aus dem Weg! Sofort sammeln vor dem Tor! Die Spieler hierher, die anderen sofort an die Mauer, zack, zack, Leute!«

Viele Hände zerrten an Raspers Trikot. Brutal wurde ihm die Hand, mit der er immer noch den Metalldorn umklammert hielt, auf den Rücken gedreht. Der eintretende Schmerz drohte, ihm die Besinnung zu rauben. Das Letzte, was er bewusst wahrnahm, war der stumpfe Blick Hartmanns, der ins Nichts gerichtet war und Rasper zeigte, dass der Kerl sich auf den langen Weg zur Hölle begeben hatte. Raspers Lächeln erstarb augenblicklich, als ihn jemand hochriss und ihn ein Schlagstock an die Stelle traf, wo bereits zu Spielbeginn der Stollen seines Gegners Schaden anrichtete. Das Spiel hatte zwar keinen Sieger gefunden, aber zumindest einen Verlierer. Rasper wusste, was auf ihn zukam und schloss die Augen, während er von brutalen Händen weggezerrt wurde.

6

»Was wollen Sie mit Ihrem Geständnis eigentlich bewirken, Preston? Es steht eindeutig fest, dass Rasper der Täter ist, was er auch sofort gestanden hat. Jetzt kommen Sie mit Ihrer abenteuerlichen Geschichte, die Ihren Kumpel entlasten soll. Wenn wir Ihre Version akzeptieren, mein Freund, kommen Sie hier die nächsten fünfzehn Jahre nicht mehr raus. Also überlegen Sie es sich gut, was Sie da veranstalten. Und jetzt verschwinden Sie endlich in Ihre Zelle, die Sache hier ist klar. Weg mit Ihnen!«

Direktor Falkner, dessen Gesicht von einer ungesunden Röte überzogen war, hämmerte ungeduldig seine fleischige Faust auf die Tischplatte. Der monströse Drehstuhl ächzte erfreut, als er von gefühlten einhundertsechzig Kilos befreit wurde. Falkner war aufgesprungen, um wütend die Tür aufzureißen, vor der zwei Beamte erschrocken die Kippen im Wandascher ausdrückten. Die zuvor nur angelehnte Tür hatte ihnen ermöglicht, das Gespräch zu verfolgen. Sie nahmen den zeternden Preston in die Mitte und führten den sich windenden Mann den Gang entlang zu einer der Gittertüren, die den Verwaltungstrakt vom Haftbereich trennte. Immer wieder versuchte Preston, sich aus dem Griff der bulligen

Aufseher zu befreien. Sein Schreien sorgte dafür, dass der größte Teil der Gefangenen es nachäffte und so ein infernalisches Getöse durch den Zellentrakt fegte, begleitet von dem Gehämmer des Essgeschirrs, das einige rhythmisch gegen die Fenstergitter schlugen.

Dirk Rasper, der mit gesenktem Kopf im Nebenraum des Direktorzimmers alles verfolgen konnte, starrte auf seine Fußketten, die mittels einer metallenen Kette im Bauchbereich mit den Handschellen verbunden waren. Obwohl eine Flucht aus diesem Sicherheitsbereich nahezu unmöglich war, ging man bei einem Gewaltverbrecher dieser Kategorie auf Nummer sicher. Immerhin war ein Angriff auf den Direktor unbedingt auszuschließen.

»Kommen Sie hoch, Rasper. Die Show Ihres Kumpels ist vorbei. Habt ihr wirklich geglaubt, dass euch das einer abnimmt? Der Trick mit den Mehrfachgeständnissen ist doch so alt, wie es Gefängnisse gibt. Wir haben die Zeugen befragt. Die sagen alle aus, dass Sie die Waffe in der Hand hielten und zugestochen haben. Mal so ganz unter uns, Rasper, das war schon lange fällig. Schön, dass mal einer die Eier hatte, dem Scheißkerl das Licht auszublasen. Wollen Sie jetzt seinen Job übernehmen? Es heißt doch immer: Der König ist tot, es lebe der König. Jetzt ist die beste Gelegenheit. Ich meine, falls der Alte Ihnen nicht Einzelhaft verordnet. Aber ich glaube, der ist selber froh, dass dieses Schwein in der Hölle ruht.«

Rasper hatte diese lange Rede mit gesenktem Kopf über sich ergehen lassen, wobei der Aufseher zum Schluss in ein Flüstern übergegangen war. Nun öffnete er die Nebentür, um seinen Gefangenen in das Zimmer des Direktors zu stoßen.

»Tja, Rasper, das war ein netter Versuch von euch beiden. Doch so ganz bescheuert sind wir auch wieder nicht. Die Aussagen der Mitgefangenen sind eindeutig und ich habe keinen Grund, denen nicht zu glauben. Die Staatsanwaltschaft ist schon informiert. Es dürfte noch eine weitere Untersuchung geben, die von Spezialisten der Mordkommission durchgeführt wird, doch die werden zum gleichen Ergebnis kommen. Ich vermute mal, dass man Ihnen nicht nur eine Sicherungsverwahrung aufbrummen wird. Wenn Sie Pech haben, geht's ab in die Forensik, falls man Sie als Psychopathen abstempelt. Aber mit Sicherheit wandern Sie in eine andere Haftanstalt mit Hochsicherheitsabteilung. Ich sage es Ihnen ehrlich, dass ich Sie lieber hierbehalten würde, weil Sie im Hause schon jetzt als der Messias gefeiert werden, der die Leute von diesem Hartmann befreit hat. Doch eine Frage hätte ich noch, bevor man Sie ins Untersuchungsgefängnis überführt. Warum in Gottes Namen, haben Sie das überhaupt getan? Der Kerl hat Sie doch bisher weitestgehend in Ruhe gelassen. Das ergibt für mich keinen Sinn. Oder sind Sie von irgendeiner Seite beauftragt worden? Ich meine, Sie haben ja eigentlich bei Ihrem Strafmaß nichts mehr zu verlieren.«

Dirk Rasper sah nur für einen Augenblick auf, verfolgte die unruhig herumirrenden Pupillen in den Schweinsaugen seines Gegenübers. Dieser stets schwitzende, aufgrund seines Übergewichts schwer atmende Mann widerte ihn an. Schon hatte er eine passende Erklärung auf den Lippen, als er sich diese im letzten Moment verkniff. Er wollte es sich mit diesem wichtigen Entscheider nicht vollends verderben. Man wusste ja nie, ob seine wohlwollende Aussage für ihn mal wichtig werden könnte. Dirk Rasper schwieg und sah aus dem Fenster. Lange wartete Direktor Falkner nicht auf die Antwort, wedelte mit den Fingern in Richtung Tür.

»Nun ja, dann eben nicht, Rasper. Hätte mich doch sehr interessiert. So, jetzt aber ab in Ihre Einzelzelle! Der Transport ins Untersuchungsgefängnis nach Essen ist erst übermorgen. Ich muss noch diesen verdammten Bericht schreiben.«

7

Der Sitzungssaal des Essener Gerichtes war bis auf den letzten Platz besetzt. Die Nachfrage unter den Medienvertretern war so groß, dass über Losentscheid die Vergabe der Akkreditierung stattfand. Die Öffentlichkeit war weitestgehend ausgeklammert. Vor den Sicherheitskontrollen wurde die Schlange nur langsam kürzer, da sich auch nichtgeladene Pressevertreter um Einlass bemühten, in der Hoffnung, ein Bild vom Täter zu erhaschen. Ein Justizbeamter saß Dirk Rasper genau gegenüber und wartete geduldig auf den Anruf, dass er den Gefangenen endlich in den brodelnden Saal führen konnte.

»Mensch Rasper, jetzt legen Sie doch verdammt noch mal den Brief weg. Warum hat Ihnen der bekloppte Anwalt überhaupt den Scheidungsantrag vor der Verhandlung in die Hand gedrückt? Sehr rücksichtsvoll von dem Herrn, muss ich schon sagen. Wer solche Leute neben sich weiß, kann sich auch gleich selbst verteidigen. Geben Sie mir das Schreiben solange, bekommen Sie nach der Verhandlung sofort wieder zurück – versprochen.«

Nachdenklich sah Dirk Rasper von dem Brief auf, der ihm klar und deutlich zeigte, wie Beates Entscheidung zum Fortbestand ihrer Ehe ausgefallen war. Immer wieder versuchte er, sich in ihre Lage zu versetzen, kam jedoch stets zu dem Ergebnis, dass sie ihn und ihre Liebe verriet. Einst hatten sie sich die ewige Treue und Liebe bis in den Tod geschworen. Die letzte Hoffnung, wenigstens ihre Unterstützung zu besitzen, war damit gestorben. Der allerletzte Halt war ihm genommen worden. Mutlos blickte er auf die ausgestreckte Hand des Beamten, der aufmunternd nickte. Das verfluchte Schreiben verschwand in der Innentasche des Mannes, der vermutlich heute Abend seine Frau und die Kinder in die Arme schließen konnte und jeglichen Gedanken an ihn, der für den Rest des Lebens weggesperrt würde, weggewischt haben würde. Das Klingeln des Telefons ließ sie beide hochschrecken.

Augenblicklich verstummte das Gemurmel im Saal, wich einer beklemmenden Stille und wurde nur vom Geräusch der Kameraverschlüsse und dem Surren der Fernsehkameras unterbrochen. Dirk Rasper kannte das Prozedere auf der Anklagebank. Neben ihm nahmen sein Anwalt und der Justizbeamte Platz. Sekunden später schwoll der Lärm wieder an und mäßigte sich erst, als eine Stimme das Erscheinen des Vorsitzenden verkündete. Das Verlesen der Anklageschrift ließ die Zuhörer für einen Moment verhaltener diskutieren. Alle Blicke waren auf den Angeklagten gerichtet, versuchten zu analysieren, welche Gedanken in dem Kopf umherschwirren mochten, was dieses Tier wohl empfand, wenn er mit dem Hergang seiner Tat konfrontiert wurde. Ähnlich musste sich King Kong gefühlt haben, als er dem staunenden Publikum im Zirkus präsentiert wurde. Ein Ungeheuer, das getötet werden sollte.

Obwohl er das Ergebnis schon vorher kannte, hielten seine Augen Ausschau nach einer Person. Die meisten wichen dem Blick des Monsters aus, als Dirk Reihe für Reihe absuchte, doch Beate nicht fand. Traurig fixierte er die Fläche seines Tisches, von dem aus er das unvermeidliche Urteil erwartete. Sein Geständnis sorgte dafür, dass die Staatsanwaltschaft auf die Vernehmung des Zellennachbarn und weiterer Zeugen verzichtete. Dirk hatte seinem Pflichtverteidiger untersagt, Liam Preston als Entlastungszeugen vorzuladen. Mit versteinerter Miene erhob er sich, als das Gericht zur Urteilsverkündung schritt.

»... und ordnen aufgrund der Schwere der Schuld die anschließende Sicherheitsverwahrung an. Die Sitzung ist geschlossen.«

8

Niemand kann bis zum heutigen Tag sagen, ob es Gottes Vorsehung war, dass ausgerechnet an diesem regnerischen Herbsttag die Führerschein-Prüfungsfahrt von Richard Meissner über diese kurvenreiche Straße Richtung Hespertal führte. Das Fahrzeug für den Gefangenentransport quälte sich die enge Straße hoch, während der Golf der Fahrschule vor einer berühmt-berüchtigten Haarnadelkurve abrupt auf die vorgeschriebenen dreißig Stundenkilometer heruntergebremst wurde. Schon längst hatte sich der Prüfer Notizen gemacht, weil Meissner bereits vorher diese Geschwindigkeitsbegrenzung unbeachtet ließ. Dem Fahrlehrer war anzumerken, dass auch er das Dilemma bemerkt hatte. Dessen vorwurfsvollen Seitenblick bemerkte Meissner nicht, da er sich mit zusammengekniffenen Lippen auf die bevorstehende Kurvenfahrt konzentrierte.

War es das unverhofft auftauchende Transportfahrzeug oder das nasse Laub, auf dem die vorderen Räder den Straßenkontakt verloren ... niemand konnte es später sagen, warum Meissner die Geradeausfahrt wählte und damit eine ungewöhnliche und entscheidende Lawine von Geschehnissen in Gang setzte. Die Front des Golfs krachte unge-

bremst in die Flanke des anthrazitfarbenen VW-Transpor-
ters, der die Kurve leicht angeschnitten hatte und deshalb ein
wenig auf den gegenüberliegenden Fahrstreifen geriet.
Keiner der beteiligten Fahrer wählte in diesem Augenblick
die Möglichkeit, auszuweichen, um das Unglück zu verhindern. Sich verbiegendes Blech kreischte, als würde das
unschuldige Material seinen Schmerz in die Welt hinaus-
schreien. Wie in Zeitlupe legte sich der Transporter auf die
Seite. Durch die Frontscheibe konnten die Insassen des
Golfs den uniformierten Fahrer erkennen, der die Hände
immer noch um das Lenkrad verkrampfte und mit angstgeweiteten Augen auf den Abhang stierte, den er in wenigen
Sekunden hinunterstürzen würde. Das Blut lief ihm schub-
weise aus einer großen Stirnwunde über das Gesicht. Den
Schrei, den sein weit aufgerissener Mund ausstieß, konnten
sie nicht hören. Er ging unter im Unfalllärm. Die Sicht nahm
ihnen ein Vorhang, bestehend aus weißen Ballons, der explo-
sionsartig aus der Armatur schoss.

Die aufgeblasenen Airbags des Golfs verhinderten, dass
Meissner die Hände vor das Gesicht schlagen konnte. Sein
Fuß presste immer noch das Bremspedal auf den Wagenboden, ohne dass der Golf eine Reaktion zeigte und endgültig zum Stehen kam. Er spürte, wie sein Auto Zentimeter
um Zentimeter, unaufhaltsam dem schweren Transporter
folgte. Sein Blick in den Rückspiegel bildete das Gesicht
eines Prüfers ab, der erkannt haben musste, dass ihm eine
Flucht aus dem Fahrzeug unmöglich gemacht wurde, da sich
die hintere Tür verklemmt hatte. Immer wieder riss er verzweifelt an dem Griff. Sein Gestammel verhallte im Innenraum, der von allen möglichen Utensilien übersät war. Fahr-

lehrer Schramme stierte wortlos auf seinen Airbag, der nun langsam wieder in sich zusammenfiel und den Blick auf die Baumspitzen freigab, die aus dem steil abfallenden Hang wie drohende Finger in den Himmel ragten. Niemand hätte in diesem Augenblick eine seriöse Aussage darüber machen können, womit sich Schrammes Gedanken beschäftigten, wenn sie es überhaupt taten. Er wirkte, als wäre er der Realität völlig entrückt – ja, in seiner Verzweiflung fast glücklich.

Der Transporter legte sich endgültig auf die Seite und folgte dem Gesetz der Schwerkraft. Die ersten jungen Bäume und Büsche fegte er mühelos beiseite und riss sogar drei bis vier Meter hohe Stämme mit sich. Das Blech verbog sich lärmend. Erst eine massive Rotbuche stoppte den weiteren Absturz. Der Fahrer des Wagens öffnete noch für einen kurzen Moment die Augen und beobachtete durch die zersplitterte Frontscheibe den Rand des Hanges, über den sich jetzt unaufhaltsam die Front eines Golfs schob. Eine wohltuende Ohnmacht erlöste ihn von dem Gedanken, dass dieses Auto sie alle in wenigen Augenblicken zerquetschen würde. Er bekam nicht mehr mit, wie der Fahrschulwagen plötzlich stoppte und wippend, das Gleichgewicht suchend, an der Kante zum Stehen kam. Der Erste, der seine Ängste wieder in den Griff bekam, war der Prüfer.

»Hören Sie mir gut zu. Meissner ... das war doch Ihr Name, oder?«

Der Angesprochene nickte mechanisch, sah aber mit angstgeweiteten Augen weiter auf die Baumspitzen, die sich bedrohlich vor dem Himmel abzeichneten.

»Also Meissner, Sie bleiben jetzt ganz ruhig und hören mir gut zu. Sie werden nun als Erster den Gurt ablegen und ganz vorsichtig zwischen den Sitzen zu mir nach hinten kriechen. Wir müssen unbedingt das Gewicht nach hinten verlagern. Das Gleiche machen Sie, Herr Schramme, sobald Ihr Schüler bei mir ist. Sie können aber auch vorsichtig Ihre Tür öffnen und aussteigen. Später sollten Sie dann versuchen, eine der hinteren Türen zu öffnen. Bitte, meine Herren, alles das sehr langsam. Wir werden ansonsten dem anderen Wagen folgen. Also los, fangen Sie an!«

Literweise wurde Schweiß vergossen, bis Schramme endlich die hintere Tür des Golfs aufhalten konnte, damit der Fahrprüfer aussteigen konnte. Genau in dem Augenblick, als er beide Füße auf den Rasen setzte und das Auto vom Gegengewicht befreite, neigte sich die Front des Wagens und rutschte los. Mit einem wilden Schrei warf sich der Mann in die Arme Schrammes, der Mühe hatte, das Gleichgewicht zu halten. Fassungslos mussten die drei Männer mitansehen, wie sich die Schnauze ihres Wagens in die Seite des VW-Busses bohrte. Der Lärm war ohrenbetäubend. Fahrlehrer Schramme lehnte sich mit zitternden Knien an den nächstbesten Baum und ließ sich auf den triefend nassen Boden herabgleiten. Jetzt brach die Anspannung der letzten Minuten brutal aus ihm heraus. Ein Weinkrampf schüttelte ihn.

Dirk spürte den Druck des Beamten auf der Seite, dessen Gewicht ihm erheblich das Atmen erschwerte. Der Gurt, den sie während der Fahrt anlegen mussten, hatte sie alle davor bewahrt, bei dem Unfall durch das Wageninnere geschleudert zu werden. Dennoch war sein Nebenmann mit dem

Kopf womöglich am Seitenholm angeschlagen und hatte das Bewusstsein verloren. Mit einer großen Platzwunde hinter dem Ohr presste er seinen Körper gegen Dirks. Der Kollege, der gegenüber saß, hing seltsam verbogen in seinem Gurt und stierte mit leerem Blick an den Wagenhimmel. Keine Bewegung verriet, ob er das Unglück überlebt hatte. Dirk Rasper setzte alle verbliebenen Kräfte ein, um den massigen Körper des auf ihn liegenden Mannes wegzuschieben. Erst als er den Sicherheitsgurt öffnete, gelang es ihm. Der schwere Wagen, der nur vom Stamm der Rotbuche vor einem weiteren Absturz in die Tiefe bewahrt wurde, wippte gefährlich, als die einhundertzehn Kilos des Beamten auf den Wagenboden krachten. Endlich konnte sich Dirk Rasper freier bewegen und den eigenen Gurt lösen. Nur die Hand- und Fußfesseln hinderten ihn daran, den Innenraum zu verlassen. *Ich muss sie unbedingt loswerden.* Der Gedanke an Flucht ließ ihn nicht mehr los und blockierte einen Moment sein klares Denken. Hektisch tastete er den Mann ab, der zuvor auf ihm lag. Nichts, kein Schlüssel, der ihm die verhassten Handschellen löste. Verzweiflung breitete sich in ihm aus, bis sein Blick auf den zweiten Beamten fiel, der noch immer im Gurt hing und dessen Brustkorb zumindest geringe Atmung zeigte. Ruckartige Bewegungen vermeidend rutschte Dirk Rasper über den Wagenboden und suchte die Taschen des Mannes ab. Da, er konnte es spüren, die Schlüssel zur Freiheit ... er konnte sie fühlen. In der linken Hosentasche befanden sie sich. Seine Hand tauchte tief ein und förderte neben einem sorgfältig zusammengefalteten Taschentuch und dem in einem Anhänger eingefassten Bild eines kleinen Mädchens, auch die Schlüssel zutage, die ihn befreien sollten.

Ein Lächeln zauberte sich auf Dirks Lippen, während er sich die Gelenke rieb, an denen die Handschellen rote Stellen hinterlassen hatten. Ein Gedanke durchfuhr ihn, der ihn in Sekundenschnelle handeln ließ.

9

Karin Rostock fuhr rechts ran, blickte in den Rückspiegel, um zu sehen, warum sie der Polizist auf dieser freien Strecke angehalten hatte. Sie konnte sich einfach nicht vorstellen, dass sie die vorgegebene Höchstgeschwindigkeit von siebzig Stundenkilometern überschritten haben sollte. Leichte Unruhe machte sich in ihr breit, als sie kein dazugehörendes Polizeifahrzeug und keinen weiteren Kollegen ausmachen konnte.

Was hatte das zu bedeuten?

Der großgewachsene Mann sah recht passabel aus und machte eine gute Figur in der Uniform. Irgendwie erinnerte er sie an Ralf, der sie vor etwa vier Wochen wegen dieser blonden Schlampe ... Noch während ihre Gedanken in Bereiche abdrifteten, an die sie lieber nicht erinnert werden wollte, tauchte dieses Lächeln an der Seitenscheibe auf, das ihr auf Anhieb jegliche Bedenken ausräumte. Dieses Lächeln brannte sich bei ihr ein und sorgte dafür, dass sie die Scheibe ohne weitere Skepsis herabgleiten ließ. Nun sah sie in stahlblaue Augen, die das Lächeln noch um Längen an Attraktivität übertrafen. Karin schmolz förmlich dahin.

»Was habe ich falsch gemacht, Herr ...?«

»Oberwachtmeister Horsch. Nein, Sie haben nichts falsch gemacht, gnädige Frau. Ganz im Gegenteil. Ich bin sehr froh darüber, dass überhaupt jemand in der Dämmerung angehalten hat. Mir ist das schon etwas peinlich, dass ich hier stehe und Sie um Hilfe bitten muss. Sie müssen mir versprechen, keinem davon zu erzählen. Habe ich Ihr Wort? Und darf ich mich einen Augenblick neben Sie setzen?«

Völlig irritiert nickte Karin wortlos und wies auf die Beifahrerseite. Der fremde Polizist nahm das Angebot gerne an und schritt um die Schnauze des kleinen Mini Cooper herum.

»Wir suchen mit einer Hundertschaft hier nach einem verloren gegangenen Jungen. Habe mich für einen Augenblick von den Kameraden getrennt, um ein kleines Geschäft ... Sie wissen schon, was ich meine. Hat etwas länger gedauert und ich habe die Jungs aus den Augen verloren. Als Krönung bin ich noch einen Abhang runtergerutscht und hier an der Straße rausgekommen. Die haben mich wohl noch nicht vermisst. Ansprechen konnte ich die auch nicht, da ich mein Funkgerät verloren haben muss. Sind Sie so nett und nehmen mich ein Stück mit? In Ihrer Richtung müsste doch Langenberg liegen, wenn ich mich nicht irre. Wenn Sie mich da rauslassen, kann ich die Einheit anrufen. Aber denken Sie dran, Sie haben mir was versprochen!«

Karin hatte Mühe, sich das Lachen zu verkneifen, als sie dem Geständnis dieses stattlichen Mannes lauschte. Die halbe Welt würde sich köstlich darüber amüsieren. Gleichzeitig konnte sie sich vorstellen, welcher Häme der arme Mann ausgesetzt wäre, sollten die Kameraden der Hundertschaft von dem Missgeschick erfahren. Mit zusammengekniffenen Lippen schüttelte sie den Kopf und legte den Gang ein.

»Sehen Sie? Jetzt lachen sogar Sie über mich. Sie erzählen auch Ihrem Mann nichts davon? Versprochen?«

»Nein, darauf haben Sie mein großes Indianerehrenwort. Meinem Mann kann ich das nicht erzählen, es gibt keinen, dem ich berichten könnte.«

Den Schwur unterstützend löste sie ihre schmale Hand vom Lenkrad und streckte die drei Finger zum Wagenhimmel.

»Das überrascht mich aber bei einer so attraktiven Frau. Auf jeden Fall ... das werde ich Ihnen nie vergessen und bin Ihnen sehr dankbar für Ihre Hilfe.«

Karins Blick erfasste die leere Straße vor ihnen, die von der Abenddämmerung überzogen wurde. Die Baumreihen zogen schnell an ihnen vorbei, während ihre Gedanken sich in Träumereien verirrten.

Deine Dankbarkeit könntest du mir schon recht bald beweisen. Verdammt, der passte gut für eine Weile in mein Schlafzimmer. Sie spürte plötzlich den Blick des Beamten auf sich ruhen und verfluchte sich dafür, dass sich ihr Gesicht bei den erotischen Entgleisungen rot eingefärbt hatte. Als hätte er in ihren Gedanken gelesen, war sein Lächeln wieder da, verzauberte sie und sorgte dafür, dass die leichte Röte sich in Purpurrot vertiefte. Das Gaspedal setzte den höheren Druck in Geschwindigkeit um, sodass erst die beruhigende Hand des Beifahrers dafür sorgte, dass Karin wieder auf Normalgeschwindigkeit regulierte.

»Ich bin gleich zuhause. Sie können wählen. Entweder lasse ich Sie hier raus oder Sie kommen noch auf einen

Kaffee ... Oh, entschuldigen Sie. Wie hört sich das an? Ich wollte nicht den Eindruck erwecken, als wollte ich Sie irgendwie abschleppen. Das ist mir jetzt aber peinlich. Ich dachte nur, dass Sie bei mir oben Ihre Einheit anrufen könnten und ...«

»Sie müssen sich für gar nichts entschuldigen. Ich finde, dass Sie einfach nur höflich sein wollten. Gerne nehme ich Ihre Einladung an und würde mich über einen Kaffee wirklich freuen.«

Dirk Rasper studierte die vielen Fotos, die seine Gastgeberin vorwiegend in Urlaubsregionen vermutlich mit den Eltern zeigten. Hin und wieder tauchte ein etwa gleichaltriges Mädchen neben ihr auf, mit dem sie herumtollte. Alle Bilder waren lediglich mit Reißzwecken an die Dielenwand geheftet worden und ergaben einfach eine Zurschaustellung guter Laune und einer fröhlichen Kindheit. Während Karin in der Küche hantierte und das Blubbern einer Kaffeemaschine durch die Räume schlich, suchte Dirk Rasper nach eindeutigen Beweisen einer Beziehung. Ohne dass er es bemerkte, stand die junge Frau plötzlich neben ihm.

»Suchen Sie etwas Bestimmtes? Das sind meine Eltern und meine Schwester Helen. Wir waren oft mit dem Camper unterwegs. Meist in Holland und Dänemark. Es war einfach nur schön, kann ich Ihnen sagen.«

Dirk war es nicht entgangen, welche Lebensfreude diese Frau auf den Fotos ausstrahlte. Er sog die Luft tief ein. Der angenehme Duft in der Wohnung wurde nicht nur vom frischgebrühten Kaffee erzeugt, das wusste er. Schon im Wagen war ihm dieses bezaubernde Parfum aufgefallen, das auch jetzt wieder seine Sinne berührte.

»Was rieche ich da?«

Karin machte einen Schritt zurück, als hätte er sie auf einen möglichen, unangenehmen Körpergeruch hingewiesen.

»Was meinen Sie?«

»Dieses Parfum. Was nehmen Sie? Es passt unglaublich gut zu Ihnen.«

»Uff ... ich dachte schon, dass ich ... es ist heute, so glaube ich, eine Herrennote von Armani. Gefällt es Ihnen wirklich, oder sagen Sie das nur so?«

»Nein, nein, es ist so ... so ... ich weiß nicht, wie ich es beschreiben soll. Das ist genau für Sie entwickelt worden, vermute ich.«

Karin stieß ihm lachend die kleine Faust in die Seite und schwebte, getragen von dem wunderbaren Kompliment, zurück in die Küche.

»Kommen Sie, der Kaffee ist durch. Einen Keks dazu?«

»Nein danke. Aber etwas Milch in den Kaffee nehme ich gerne. Entschuldigen Sie bitte, wenn ich so frech frage. Wie heißen Sie eigentlich?«

»Oh, jetzt muss ich mich aber entschuldigen. Ich habe mich ja noch gar nicht vorgestellt. Sagen Sie einfach Karin zu mir und lassen Sie das doofe SIE weg. Einfach Karin. Und wie darf ich dich nennen?«

»Einen schönen Namen haben Ihnen Ihre, Entschuldigung, ... deine Eltern dir gegeben. Mich nennen alle Micky, obwohl ich eigentlich Michael heiße. Also belassen wir es bei Micky.«

Diesmal war die Ursache für die leichte Gesichtsröte in Karins Vorfreude auf einen angenehmen Abend zu suchen. Um dieses Gefühl nicht überdeutlich dem Gast zur Schau zu stellen, wandte sie sich zum Kühlschrank, um das angebrochene Milchpaket herauszuholen. Sie bemerkte nicht, dass sich ihre neue Eroberung geschmeidig ihrem Rücken genähert hatte. Dirks Augen waren auf den Nacken der jungen Frau gerichtet, die Hände leicht vorgestreckt. Während Karin einige Lebensmittel im offenen Kühlschrank umsortierte, näherten sich die ausgestreckten Hände unaufhaltsam ihrem Hals.

Das schrille Klingeln hallte durch die Wohnung und ließ Karin herumwirbeln. Fast stieß sie mit ihrem Gast zusammen, der geistesgegenwärtig die Hände herunterfallen ließ. Erstaunt blickte sie in diese stahlblauen Augen, die jetzt nur wenige Zentimeter vor ihr auftauchten ... dazu diese sinnlichen Lippen. Es war mehr ein Reflex, als sie das Gesicht dieses Traummannes mit beiden Händen zu sich heranzog und ihm einen flüchtigen Kuss gab. Geschmeidig duckte sie sich an ihm vorbei, als die Türklingel ein weiteres Mal erklang, jetzt schon drängender. Lachend, begleitet von einem entschuldigenden Schulterzucken, tanzte Karin zur Tür und fiel fröhlich kichernd in die Arme einer dunkelhaarigen Frau, die mit ihr in der Diele herumtanzte.

»Komm rein, Moni. Setz dich schon ins Wohnzimmer. Ich möchte dich mit meinem Besuch bekanntmachen.«

Ausgelassen schob Karin ihre Freundin in das kleine Wohnzimmer und sprang zurück in die Küche.

»Einen kleinen Moment noch, Karin, ich muss mal kurz für kleine Königstiger. Komme sofort zu euch. Dauert nicht lange.«

Dirk Rasper verschwand hinter der Badezimmertür, die sich in der Diele befand, unweit der Haustür. Karin winkte ihm fröhlich hinterher und widmete sich der neuen Besucherin. Die Verabredung hatte sie völlig vergessen und sie am nächsten Tag in Erinnerung. Sie hoffte, dass Moni auf die neue Situation Rücksicht nahm und schnell wieder verschwand. Keine von beiden nahm das Geräusch wahr, das die Eingangstür verursachte, als sie einschnappte. Ihnen entging auch die leise Durchsage im Küchenradio.

... deshalb möchten wir die Bevölkerung im Raum des südlichen Ruhrtals vor diesem Serienmörder warnen, der sich vermutlich immer noch in der Kleidung eines Justizvollzugsbeamten auf der Flucht befindet. Hinweise auf diesen als äußerst gewalttätig eingestuften Mann nimmt jede Polizeidienststelle unter 110 entgegen. Es wird angeraten, keinen Kontakt zum Straftäter zu suchen, nichts in Eigeninitiative zu unternehmen, sondern sofort die Polizei zu informieren.

10

Tief im Schatten der breiten Plakatwand verschwamm die Kontur des Mannes, ohne dass er einem zufällig vorbeieilenden Passanten auffiel. Die dunkle Kleidung der großgewachsenen Gestalt half dabei, in der Nacht unterzutauchen. Lange starrte Dirk auf das hell erleuchtete Fenster, hinter dem sich der Schatten eines Kindes abzeichnete, das sich wie im Tanz bewegte.

Das muss Leonie sein. Mein Fleisch und Blut. Ja, das ist sie bestimmt.

Der Gedanke ließ ihn nicht mehr los und zauberte ein zufriedenes Lächeln in sein ansonsten hartes, angespanntes Gesicht. Immer wieder irrte sein Blick in die nähere Umgebung, achtete auf jede Bewegung, die einen Polizisten dahinter vermuten lassen könnte. Darüber war sich Dirk Rasper völlig im Klaren. Sie würden jeden Punkt unter Beobachtung haben, an dem er sich möglicherweise aufhalten könnte. Näher durfte er sich auf keinen Fall heranwagen. In weiser Voraussicht hatte er die Kleidung des Beamten gegen die eines Nichtsesshaften getauscht, der sich über die saubere Uniform amüsierte und eine diebische Freude bei der Vorstellung entwickelte, endlich einmal bei seinen Kumpels mit diesem ausgefallenen Outfit punkten zu können.

Die Straße, in der Beate eine neue Heimat gefunden hatte, besaß nicht das quirlige Leben, das sie damals mit Absicht suchten. Hier war es schlicht gesagt langweilig und dörflich. Doch er wusste, warum sie diese Abgeschiedenheit bevorzugte. Sie hatte es ihm erklärt. Auch von anderen Insassen hörte er, dass die Angehörigen von Straftätern oft die Hölle durchliefen, da sie und vor allem die Kinder bis zur Unerträglichkeit gemobbt wurden. Die Tat selbst übertrug das Volk gerne auch auf die Familie. Das war der Preis, den der Täter neben der Haft zusätzlich bezahlen musste. Kaum eine Beziehung hielt das aus. Auch Beate hatte die Konsequenz, sozusagen die Notbremse gezogen und die Scheidung eingereicht.

Einmal wollte er das Kind sehen, das zu ihm gehörte, in dessen Adern sein Blut floss. Zumindest den Schattenriss konnte er in diesem Augenblick wahrnehmen. Es würde sich schon eine bessere Gelegenheit ergeben, da war er sich sicher. Noch ein letzter Blick, bevor er sich wieder auf den Weg machte, zurück in das alte, verlassene Fabrikgebäude. Die Kälte zog durch sämtliche Glieder, zumal die Klamotten, die mittlerweile ein heftiges Jucken auf der Haut verursachten, durch und durch feucht waren. In einer dunklen Kammer hatte er sich ein behelfsmäßiges Lager aus alten Decken und Zeitungen gebaut. Es gab Augenblicke, da sehnte er sich in die Behaglichkeit seiner gemütlichen Zelle und der Vollpension der Haftanstalt zurück. Es musste sich etwas ändern, sonst würde er sich irgendwann freiwillig stellen. Geduckt eilte er durch die dichten Sträucher des Parks, um wieder eins zu werden mit dem unwirtlichen Fabrikgebäude. Seine Gedanken kreisten um die weitere Vorgehensweise und den eigentlichen Sinn des Unternehmens. Irgendwann würden sie ihn aufspüren und in dem Hochsicherheitstrakt einer Haftanstalt für immer verschwinden lassen. In ihm regte sich Widerstand gegen die aufkeimende Resignation, ein Plan reifte heran.

Schon früh, bevor die Helligkeit ihm die Möglichkeit der Deckung nahm, marschierte er los. Mittlerweile kannte er den Weg durch die verwinkelten Gänge des Gebäudes selbst im Dunkeln, ohne Gefahr zu laufen, in eines der gewaltigen Spinnennetze zu geraten, die überall die Wege überspannten. Die Räumlichkeiten, in denen sich die Nichtsesshaften eingenistet hatten, lagen in einem völlig anderen Teil des Geländes. Das Gebäude, in dem Dirk sich aufhielt, war denen zu verkommen und unheimlich. Die wildesten Gerüchte kursierten über dieses schmutzige und geheimnisvolle Gemäuer. Ihm gefiel zwar die Umgebung auch nicht, doch war er dankbar für den Umstand, dass ihn hier niemand störte. Schnell lernte er, wo er Pfandflaschen einsammeln konnte, die er dann gegen billige Lebensmittel eintauschte. Selbst an den Containern, in denen abgelaufenes Obst und Gemüse entsorgt wurde, kämpfte er mit anderen Bedürftigen um die besten Stücke. Ein dichter Bart und der Staub der Fabrikhalle sorgten dafür, dass ihn nach wenigen Tagen selbst seine Mutter nicht mehr erkannt hätte.

Allerdings erhielt seine Unterkunft nach relativ kurzer Zeit eine für seine Verhältnisse gemütliche Atmosphäre. Der alte Plüschsessel erlaubte Aufenthalte in sitzender Position.

Ein leuchtendrotes Laken überdeckte die beiden tiefen Risse im Polster. Aus dem Nebengebäude besorgte er sich diverse Stahlregale, die in grauer Vorzeit wohl einmal zu einem Materiallager gehörten. Sie beherbergten jetzt die Reichtümer, die sich Dirk Rasper zusammenstahl. Selbst ein zerlöcherter Orientteppich sorgte dafür, dass die von unten kommende Kälte erst verzögert seine Füße erreichte. In dem Nebenraum, der durch eine stabile Tür abgeteilt worden war, entstand ein separater Bereich, der mit viel Fantasie die Optik einer Schlafkammer erreichte, wenn man von dem verschimmelten Putz und flinken Kakerlaken einmal absah. Das Unglaubliche geschah. Er gewöhnte sich an diese Umgebung und gewann der vermeintlichen Freiheit auf Zeit das Positive ab.

Er konnte selbst entscheiden, was er wann und wo tat – eine Eigenständigkeit, die er jahrelang vermisst hatte. Er war sich darüber im Klaren, dass auch diese Ungezwungenheit sehr eingeschränkt war, doch sie war immerhin spürbar – und nur das zählte im Augenblick. Der Überlebenswille war wieder in ihm geweckt und die nähere Zukunft in seinem Kopf bereits geplant. Darin sollten Beate und Leonie wieder eine besondere Rolle einnehmen. Die Entscheidung darüber nahm er ihnen ab.

11

Der dunkelgraue Passat, der im halbstündigen Rhythmus die Straße vor Beates Wohnung entlang fuhr, war Dirks wachem Auge nicht entgangen. Mochten die beiden Männer noch so unbeteiligt und gelangweilt tun, er roch diese Bullen schon aus großer Entfernung, hatte ein Gespür für sie entwickelt. Sie bemerkten den Mann nicht, der wieder seinen Stammplatz hinter der Plakatwand eingenommen hatte.

Jeden Werktag, morgens um halb acht öffnete sich die Haustür und Beate erschien mit ihrer gemeinsamen Tochter Leonie, die ihren riesigen Schultornister auf dem schmalen Rücken jonglierte. Sie war ihrer Mutter wie aus dem Gesicht geschnitten und würde in einigen Jahren den Jungs den Kopf verdrehen. Wie gerne hätte er sie beide in den Arm genommen und nie mehr losgelassen. Dirk war sich ziemlich sicher, dass Beate darüber informiert wurde, dass ihm die Flucht gelungen war und möglicherweise eine Kontaktaufnahme durch ihn möglich war. Ihm fiel auf, dass sie immer wieder, bevor sie in ihren kleinen Suzuki Swift einstieg, die Umgebung mit den Augen absuchte.

Er liebte es an ihr, wenn sie ihr langes, blondes Haar mit einer anmutigen Bewegung des Kopfes über die Schultern warf. Heute jedoch war es zum Knoten hochgebunden und verlieh ihr ein strengeres Aussehen. Doch es nahm ihr nicht die natürliche Schönheit, die ihm schon beim ersten Kennenlernen den Puls beschleunigte. Beate stach alle Frauen aus, mit denen er bis zu diesem Zeitpunkt Freundschaften pflegte, sie war seine Göttin. Fortan war sein Denken nur in eine Richtung gelenkt, diese besondere Frau besitzen zu wollen. Die Hochzeit, ein Jahr später, erfüllte diesen Traum. Dass der durch die Mordanklage mit einem gewaltigen Knall platzte, hätte er sich niemals vorstellen können.

Das Auto mit seinen beiden Frauen entfernte sich Richtung Schule. Beate würde danach zur Arbeit fahren, einem etwa zwei Kilometer entfernten Supermarkt, in dem sie als stellvertretende Filialleiterin einen schlecht bezahlten Job ausübte. Sie wünschten sich damals, dass sie, gemeinsam mit seinem Verdienst, das ersehnte kleine Häuschen hätten kaufen und finanzieren können. Dass es für ihn letztendlich eine winzige Zelle und für sie eine Zweizimmerwohnung wurde, war niederschmetternd. Noch wusste er nicht, wie er es ändern sollte, doch eines war klar für ihn: Sie mussten wieder zusammen sein und einen Weg für die gemeinsame Zukunft finden. Heute Abend sollte es geschehen ... der erste Teil des Plans reifte in seinem Kopf. Alles Weitere würde sich finden.

Die Ganztagsschule ermöglichte Beate, dass Leonie vom Unterricht zu ihr in den Laden kam, sich dort für kurze Zeit beschäftigte, um dann gemeinsam mit ihr die Fahrt nach Hause anzutreten. Der Suzuki hielt vor dem Haus, wobei die Bremsen ein kaum hörbares Quietschen verursachten. Beate trug den Ranzen und schob Leonie zur Haustür. Noch in der Diele zeugte ein hässliches Scharren davon, dass die Schultasche über das Laminat geschoben wurde. Beide verschwanden, munter miteinander schwatzend, in der Küche. Das Klappern von Flaschen sowie das Knirschen eines sich öffnenden Schraubverschlusses mit anschließendem Sauggeräusch zeigten, dass zuerst der Durst gestillt wurde.

»Ich geh ins Wohnzimmer und schau mir den Schluss von *Once upon a time* an. Du kannst mich rufen, wenn du ...«.

Eine Pause ließ Beate aufhorchen.

»Mama ... Mama, kannst du mal kommen? Bitte schnell.«

»Was ist denn los, Kleines?«

Genau wie ihre Tochter blieb Beate wie angewurzelt im Eingang zum Wohnzimmer stehen, starrte auf den ungepflegten Mann im Sessel, der eine entfernte Ähnlichkeit zu Dirk aufwies. Der wildgewachsene Bart verdeckte die gesamte untere Hälfte des Gesichts. Doch die Augen ... das waren unverkennbar Dirks Augen. Er saß auf der Vorderkante des Sessels, so als wollte er jeden Moment aufspringen, die Flucht der beiden verhindern. Flehentlich waren die Augen auf Beate gerichtet, als schickten sie die Botschaft, dass sie jetzt bitte nicht schreien und fortlaufen möge. Dazu war sie auch nicht in der Lage. Der Schock lähmte nicht nur ihre Glieder, sondern auch die Lippen, die nicht ein Wort verloren. Die Stille lärmte in den Ohren. Keiner wusste mit der Situation umzugehen. Erstaunlicherweise war es Leonie, die als Erste die Fassung wiedererlangte.

»Wer bist du? Was tust du hier? Mama, wer ist das?«

Sie drehte den Kopf in Richtung ihrer Mutter, zeigte aber keine Angst vor dem Mann, der den Geruch von Moder und

Fäkalien verströmte. Geduldig wartete das Mädchen auf Antwort.

»Hab keine Angst, Leonie. Der Mann tut uns nichts. Der kommt uns nur besuchen ... es geht ihm im Moment wohl nicht gut und wir sollten ihm helfen. Weißt du, mein Kind, ich kenne ihn schon sehr lange, wir haben uns nur eine Weile nicht mehr gesehen. Sag ihm ... sag ihm bitte guten Tag.«

Ohne weitere Anzeichen von Angst lief Leonie auf den fremden Mann zu, die kleine Hand vorgestreckt. Dirk konnte nicht verhindern, dass seine Hand zitterte, als er die weiche Haut des Kindes berührte. Liebend gerne hätte er dieses Kind in die Arme gerissen, hatte Mühe, das Verlangen zu unterdrücken.

»Du riechst aber schlimm ... kannst du dich nicht waschen? Ich meine, da wo du herkommst. Hast du Hunger?«

Leonie drehte sich zu ihrer Mutter um, ohne die Hand aus der von Dirk zu lösen.

»Mama, kann der Mann nicht mit uns essen, wenn du einen Apfelpfannkuchen mehr machst?«

Wieder wandte sie sich dem Fremden zu und zog das Händchen wieder zurück.

»Aber du musst mir versprechen, dass du vorher die Hände wäschst. Willst du Zimt und Zucker dazu? Mama macht den besten Pfannkuchen der ganzen Welt. Ich trinke immer eine Tasse Kakao. Kannst du auch haben. Den mache ich aber selbst. Willst du?«

Das zögernde Nicken wertete Leonie als Zusage und tobte in die Hände klatschend in die Küche. Das Tassenklappern zeugte davon, dass die Kleine schon mit den Vorbereitungen beschäftigt war. Immer noch starrte Dirk auf die ängstlich wirkende Beate, die noch zu keiner Bewegung fähig war.

»Habe ich dich ... ich meine, hast du Angst vor mir? Ich tue dir nichts, glaube mir. Ich wusste einfach nicht, wohin ich gehen sollte. Wenn du möchtest, dann verschwinde ich wieder und ...«

Abwehrend hob Beate die Hände, mehr, um ihn zu unterbrechen, als sich vor ihm zu schützen.

»Nein, nein, du kannst ... wo kommst du her? Wo warst du die ganze Zeit, nachdem du ... die Polizei hat mich gewarnt. Sie meinten, dass du jemanden in der Strafanstalt getötet hast und dann geflohen bist. Die Männer aus dem Transporter sind auch teilweise schwer verletzt und liegen im Krankenhaus.«

»Das war ein Unfall. Das musst du mir glauben. Es war ein schlichter Unfall. Es war einfach, zu fliehen. Ich habe damit absolut nichts zu tun. Ich habe mich in der letzten Zeit vor der Polizei verstecken können. Das muss aber irgendwann ein Ende haben. Du siehst ja, was es aus mir gemacht hat.«

Der Ruf aus der Küche unterbrach das Gespräch.

»Mama, sag dem Mann, dass der Kakao fertig ist. Der soll aber das Händewaschen nicht vergessen. Du kannst den Teig in die Pfanne tun. Die Teller stehen schon auf dem Tisch. Wann kommt ihr endlich? Ich habe ganz schlimmen Hunger.«

Leonie ging alles nicht schnell genug, erschien in der Tür und nahm entschlossen Dirks Hand. Mit ernster Miene zog sie ihn zum Badezimmer und wies auf die noch verschlossene Tür.

»Du siehst aus wie ein Waldgeist ... bist du etwa Rübezahl? Der hat doch auch so einen gewaltigen Bart, nur dass der rot ist.«

Als sich Dirk an den Küchentisch setzte, konnte sich Leonie die Bemerkung nicht verkneifen, die bei Dirk und Beate ein kurzes Lächeln aufblitzen ließ.

»Siehst du, geht doch. Jetzt noch den hässlichen Bart ab, dann ...«

»Leonie, das reicht. Du kannst doch nicht unseren Besuch so beleidigen. Das muss der Mann doch selbst entscheiden.«

Beate bemerkte erschrocken, wie sich Dirks Hand auf Leonies legte und sie freundlich ansah. Ihr Puls raste, als sie seine Worte vernahm.

»Du hast vollkommen recht, kleines Fräulein. Der Bart sieht hässlich aus. Der kommt auch irgendwann wieder ab. Doch ich muss den noch eine Weile tragen, weil ich mir den extra für einen Film wachsen lassen musste. Dort spiele ich einen Mann, der auf der Straße leben muss, weil die Menschen ihn zurückstoßen. Sie glauben, dass er etwas sehr Böses getan hat.«

»Das ist ja toll. Ich bin auch in der Schule in der Theater AG. Ich spiele bald eine Prinzessin, die ihren Prinzen aus dem Kerker eines wilden Drachens befreit. Dann bist du ja ein Schauspieler. Au fein. Mama, dann kann mir der Mann doch zeigen, wie man richtig Theater macht. Darf er ein paar Tage hier bei uns wohnen? Bitte!«

Der Schreck fuhr Beate bis in die Haarspitzen, was Dirk nicht entgangen war.

»Jetzt überfall deine Mama nicht mit solchen Wünschen. Das geht nicht so einfach, wie du dir das vorstellst. Lass sie

erst einmal die Pfannkuchen backen, bevor wir weiter-
sehen.«

Beate zuckte zusammen, da sie mit Entsetzen an die
Pfanne dachte, die schon eine Weile auf der heißen Herdplatte wartete. Der Geruch von Vanille und gebratenen
Äpfeln verteilte sich in der Küche, während zwei Menschen
intensiv die aufregende Welt des Theaters diskutierten.
Leonie folgte mit hochrotem Gesicht den wilden Erzäh-
lungen des Besuchers.

»Ich will auch Schauspielerin werden, dann kann ich
später mit Onkel Rainer Filme drehen. Ja, genauso machen
wir das. Ich habe Hunger!«

Entschlossen klopfte die Kleine mit der Gabel auf den
Küchentisch.

12

»Was hast du dir dabei gedacht, einfach hier einzudringen und das Kind und mich zu erschrecken? Ich habe dich immer für so intelligent gehalten, dass du einschätzen kannst, dass das hier die schlechteste Adresse ist, die du dir als Versteck aussuchen kannst. Die werden dich doch als Erstes hier suchen.«

Beate hatte die Kleine zu Bett gebracht und zog die Wohnzimmertür hinter sich zu, damit das Kind nichts von ihrer unvermeidlichen Diskussion mitbekommen konnte. Dirk saß zusammengesunken vor seiner Flasche alkoholfreiem Bier, die ihm Beate vorgesetzt hatte. Sie betrachtete den Mann, der einmal ihre große Liebe entfachen konnte und alles zerstörte, als er seine Unschuld bei dem Prozess nicht beweisen konnte, den die gesamte Nation damals in den Medien verfolgte. Die bestialischen Morde berührten zu dieser Zeit Millionen von Menschen. Die enorme Welle des Hasses schwappte oft genug auch über sie hinweg, die bis zum Schluss fest zu ihrem Mann hielt. Erste Zweifel an seiner Unschuld kamen auf, als Dirk von ihr verlangte, das Alibi für die letzte Tatzeit zu liefern. Noch gut erinnerte sie sich daran, wie verzweifelt er darum bat, ihm zu bestätigen, dass er bei ihr war. Vor ihren Augen lief immer noch dieser Film ab, wie heftig seine Reaktion war, als sie ihm das verweigerte.

Nachdem er weinend, aber erfolglos vor ihr kniete, brach es wie ein Orkan aus ihm heraus. Diesen Hass hätte sie sich niemals bei ihm vorstellen können, der darin gipfelte, dass er ihr ins Gesicht schlug und die Hände um den Hals legte. Nachdem ihn der Anwalt zurückgerissen hatte, entschuldigte er sein Tun mit der Angst davor, unschuldig hinter Gitter gebracht zu werden. Nach diesem Vorfall verlangte er nie wieder, von ihr entlastet zu werden. Den anschließenden Indizienprozess ließ er fast kommentarlos über sich ergehen. Entweder hatte er sich in sein Schicksal ergeben und die erdrückenden Beweise akzeptiert, oder er hatte diese grausamen Morde tatsächlich begangen. Vielleicht wollte er keine Kraft mehr darauf verwenden, gegen das Unvermeidliche anzukämpfen. Bis vor einiger Zeit weigerte sich Beate, daran zu glauben. Dirk war kein eiskalter Mörder. Mittlerweile aber war ihre einstige Sicherheit von Zweifeln zerfressen worden.

Sie hatte Zeit genug, über ihr Leben und die gemeinsame Zeit nachzudenken. Oft analysierte sie peinlich genau seine damaligen Reaktionen, während man sich stritt. Was war normal? Was deutete eventuell auf Neigungen zu Gewalt und abnormem Verhalten hin? Immer wieder verwarf sie Verdachtsmomente, erklärte sie mit absolut alltäglichen Reaktionen. Sie durfte einfach nicht den Fehler begehen, Dinge, die in Millionen anderen Haushalten passierten, ausgerechnet bei ihnen als Spiegelbild und Tun eines möglichen Psychopaten zu sehen. Doch die Zweifel mehrten sich, bis sie an dem Punkt ankam, der die Waage zur anderen Seite ausschlagen ließ. Er hatte einen Mann in der Strafanstalt ermordet. Das gab er zu und hatte sich nur durch Flucht einer weiteren Bestrafung entzogen. Nun saß dieser Mann in seiner Verzweiflung vor ihr.

Ohne den Kopf zu heben, flüsterte er die Worte, die Beate kaum hören, sie erst recht nicht spontan verarbeiten konnte. Sie erstarrte und blickte auf den ungepflegten Haarschopf, der immer noch sein Gesicht verdeckte. Verzweifelt sah sie zur Decke und versuchte, Zeit zu gewinnen. In ihrem Kopf wiederholte sie diese Frage, die ihr in diesem Augenblick absolut fehlplatziert erschien.

»Liebst du mich noch?«

Was erwartete Dirk jetzt von ihr? Hatte sich diese Frage nicht von ganz allein beantwortet, indem sie die Scheidung eingereicht hatte? Die Entscheidung hatte sie sich wahrlich nicht leicht gemacht, da immer noch der Zweifel an seiner Schuld in ihr wühlte. Doch jetzt nach dem brutalen Mord an dem Mitgefangenen waren auch diese Zweifel ausgeräumt. In ihr breitete sich Angst aus. *Was antworte ich ihm nun? Wie wird die Reaktion sein? Ist er gekommen, um auch sie ...?*

»Du sollst mir antworten, verdammt! Ich will es wissen ... jetzt und hier! Ich glaube diesem Fetzen Papier nicht, will es aus deinem Mund hören. Nur dann ist es für mich bindend. Also, schwöre vor Gott und dem Leben deines Kindes ... unseres Kindes ... dass du dich von mir trennen möchtest, weil du mich nicht mehr liebst.«

Aus Beates Gesicht war jegliche Farbe gewichen. Ihre Hände zitterten, als Dirk ihr diese Worte entgegenschleuderte. Seine Augen funkelten sie wild an, sein Körper wirkte angespannt wie eine Feder, als wollte er sich jeden Moment auf sie stürzen. Ihre Lippen formten Sätze, die tonlos blieben. Ihre Stimme versagte. Immer weiter zog sie sich in die Couch zurück, bis die Rückenlehne sie stoppte. Flehentlich richtete sie ihren Blick auf das Foto an der Wand, womöglich in der Hoffnung, dass ihr das Urlaubsbild mit der vergnügt umhertollenden Leonie Kraft geben könnte. Dirk folgte ihrem Blick und erhob sich. Mit den Fingern fuhr er erstaunlich sanft über das Foto, blieb einen Augenblick auf dem Gesicht seiner Tochter hängen und flüsterte.

»Sie wäre es schon wert gewesen, dass wir zusammenbleiben. Sie ist ein Produkt unserer Liebe, vergiss das nie. Sie gehört dir nicht allein. Ich werde dieses Kind nicht aufgeben, hörst du? Niemals. In ihr fließt mein Blut, du wirst sie mir nicht nehmen. Wir werden gemeinsam das Leben dieses Kindes gestalten. Das wird der Weg sein, den ich gehen werde ... mit dir, oder ohne dich ... aber ich werde ihn gehen.«

So hatte Beate ihn noch nie erlebt. Es war nicht mehr der Mann, zu dem sie einst aufsah, der von ihren Eltern mit offenen Armen aufgenommen wurde. In seinen Augen brannte plötzlich eine Flamme, die sie nie zuvor gesehen hatte. Da bildete sich eine Aura um ihn herum, die sie frieren ließ. Ihr war durch die Rückenlehne jede Möglichkeit genommen, zurückzuweichen, als er sich auf sie zuschob. Abwehrend hob sie die Hände, zeigte ihm die Handflächen. Ihre Augen weiteten sich, ließen das Weiß der Augen leuchten.

»Mama, ich kann nicht schlafen. Kann ich noch für ein paar Minuten zu euch kommen?«

13

Der Abend verlief anders, als es sich Dirk Rasper vorgestellt hatte. Das plötzliche Auftauchen Leonis brachte sein Konzept, Beate zur Rücknahme des Scheidungsantrages zu überreden, gehörig ins Wanken. Doch entschädigte ihn der Anblick des daumenlutschenden Mädchens, das sich mit geschlossene Augen tief in die Arme ihrer Mutter gekuschelt hatte, für den Augenblick. Seine Züge hatten sich längst entspannt, wirkten nun fast verträumt, als er die weichen Züge seiner Tochter betrachtete.

»Kommt sie gut mit in der Schule?«

»Was erwartest du von mir als Antwort? Sie besucht die Schule erst seit drei Monaten und findet sie toll. Aber eine Leistung ist jetzt noch nicht zu beurteilen.«

Dirk streckte seine Hand aus, um die kleinen Füße der schlafenden Leoni zu berühren. Sein Körper versteifte sich augenblicklich, als Beate sie genau in diesem Moment enger an sich zog, so, als wollte sie ihre Tochter vor ihm schützen. Sofort trat wieder dieses Funkeln in seine Augen, was Beate einen gehörigen Schrecken einjagte.

»Was soll das? Glaubst du wirklich, ich könnte unserer Tochter etwas antun? Hasst du mich mittlerweile so sehr, dass du mir das zutraust? Ich erkenne dich nicht wieder, so wie du dich derzeit benimmst.«

»Entschuldige, es war nur ein Reflex, weil ...«

»Nur ein Reflex. Du enttäuscht mich wirklich sehr. Die Zeit hat dich hart gemacht, was ich ja zum Teil verstehen kann. Dass meine Verurteilung alle Menschen gegen uns aufbrachte, ist nachvollziehbar. Aber du jetzt auch? Du hast mir noch vor Monaten gesagt, dass du an mich glaubst, dass du an meine Unschuld glaubst. Was hat dich so verändert? War es der Tod dieses dreckigen Lumpen? Der hatte verdient, dass man ihm das Leben nahm.«

Beate wusste nicht, wie sie auf diese Feststellung reagieren sollte, die so einfach daherkam, als hätte Dirk über das Wetter geredet. Das Entsetzen darüber, wie dieser Mann plötzlich über den gewaltsamen Tod eines Menschen sprach, lähmte ihre Gedanken.

»Macht es dir mittlerweile so wenig aus, jemanden zu töten? Was hat diese teuflischen Gedanken in deinen Geist gesetzt? Es ist ein Mensch gestorben, Dirk. Ein Mensch, dem Gott das Leben gegeben hat. Das darf nicht mal eben so von dir ausgelöscht werden. Das werde ich niemals akzeptieren ... auch bei dir nicht.«

»Das war kein Mensch, glaube mir. Der hat tausend Tode verdient, bei dem, was er anderen angetan hat. Das Schwein hat ...«

»Hör auf damit! Das will ich nicht hören. Nichts auf der Welt rechtfertigt einen Mord an einem anderen Menschen ... auch nicht seine Taten. Wer tötet, begibt sich auf die gleiche Stufe wie der Verbrecher. Das Recht, wenn es das überhaupt gibt, haben wir in die Hände der Gerichte gelegt. Bedenke, dass auch die in deinem Fall nicht für deinen Tod plädiert haben, sondern die Sühne in Haft als passend anordneten. Drei Morde hätten auch hier die Todesstrafe gerechtfertigt, wenn es nach deinen Vorstellungen von Gerechtigkeit geht. Denke einmal darüber nach.«

Wieder versteifte sich Dirks Körper. Die klaren Worte trafen ihn bis ins Mark. Besonders enttäuscht war er über die Tatsache, dass seine eigene Frau scheinbar fest an seine Schuld in Bezug auf die Frauenmorde glaubte. Selbst die letzten Zweifel schienen bei ihr nun endgültig beseitigt.

»Was kann ich noch tun, damit du mir glaubst? Wenn ich dir schwöre, dass ich mit all diesen Morden nichts zu tun habe, wirst du mir das nicht abnehmen, denke ich. Trotzdem will ich dir gestehen, dass ich diesen Tod des Mannes im Gefängnis nicht verschuldet habe. Ich habe die Schuld auf mich genommen, um einen Mann zu schützen, der Rache für etwas genommen hat, das keiner von uns jemals erleiden möchte. Dieser Mann hat es nicht verdient, dass man ihn für den Rest seines Lebens wegsperrt. Er soll irgendwann zu seiner Tochter zurückkehren können, was mir versagt werden sollte. So, jetzt weißt du es. Glaube es oder auch nicht, es ist mir mittlerweile egal. Es ändert auch nichts an meiner Situation. Wenn sie mich kriegen, kreuzigen sie mich für Taten, die ich nicht begangen habe. Eine mehr macht da nichts mehr aus.«

Beates Blick war nicht zu entnehmen, was in ihr vorging. Ihre Augen forschten im Gesicht ihres Mannes, versuchten, die Lüge dahinter zu entlarven. Schließlich wich sie ihm aus und streichelte sanft über das weiche Haar ihrer Tochter. Dirk verbarg das Gesicht in seinen Händen und verfluchte sich dafür, dass er sich zu dieser Äußerung überhaupt hinreißen ließ. Er hatte sich geschworen, niemals diese Lüge als Entschuldigung oder Rechtfertigung vorzubringen. Es war trotzdem geschehen, würde aber auch ohne Relevanz sein. Er spürte, dass Beate ihm nicht glauben würde, es nur als weitere Unwahrheit abtat. Im Grunde verschlimmerte es nur sein Dilemma, seinen Kampf, ihren Glauben an ihn zurückzugewinnen. Nur gedämpft erreichten ihn ihre Worte, holten ihn wieder zurück in die Gegenwart.

»Fällt es dir wirklich so leicht, im Angesicht deiner Tochter eine Schuld weiterzugeben, die Taten einem anderen zuzuschieben? Du verlangst von mir, dass ich dem Mann glaube, dem der Mord an drei unschuldigen Frauen in einem langen Prozess nachgewiesen wurde? Vor Tagen hast du die Tötung eines Mannes gestanden. Nun plötzlich ist alles unwahr. Bitte Dirk, verstehe auch mich. Ich gebe zu, dass ich keine Angst davor habe, dass du mir und unserer Tochter jemals ein Leid antun wirst. Aber verlange nicht von mir, dass ich den Teufel in dir ignoriere. Das kann ich nicht ... nicht, nachdem du den Mann getötet hast. Ich möchte dir so gerne glauben, doch es ist ... es ist unmöglich. Bitte tu mir den Gefallen, unserer Tochter zuliebe, geh einfach wieder weg. Ich werde niemandem erzählen, dass du bei uns warst. Das verspreche ich dir.«

Dirk fuhr sich nach dieser eindringlichen Bitte mit den Händen durch das immer noch strähnig herunterhängende Haar, sprang mit einem an Wimmern erinnernden Stöhnen auf und stellte sich mit dem Rücken zur Couch vor das Sideboard. Seine Hand griff nach dem Foto, das ein vergnügtes Mädchen mit ihrer Mutter an einem Strandabschnitt zeigte.

»Darf ich das mitnehmen?«

Er sah sich nicht um, spürte trotzdem das stumme Nicken Beates, die ihre Tochter in den Armen wiegte. Sie verfolgte Dirk mit den Augen, der nach einem langen Blick auf Leonie das Zimmer verließ. Das leise Zuschlagen der Wohnungstür setzte den vorläufigen Schlusspunkt hinter die Worte, die Dirk beim Weggehen aussprach und bei Beate einen Schauer verursachte.

»Du willst mir mein Kind und damit einen Teil meines Lebens nehmen. Das wird dir nicht gelingen. Ihr gehört zu mir. Denke immer daran.«

14

Er spürte es sofort, als er über die Müllberge stieg, die sich vor dem Eingang zum Fabrikgebäude angehäuft hatten. Als wäre es der Instinkt eines wilden Tieres oder die Wahrnehmung eines Gejagten ... es war anders als sonst. War es das fehlende Kreischen der Elstern, die ihn immer begrüßten, oder der Umzugskarton, der heute an anderer Stelle vor dem Eingang lag ... ihn warnte etwas vor einer unbekannten Gefahr. Vorsichtig drückte er sich hinter einen verrosteten Baukran, der einst hier schwere Lasten auf die Rampe hievte, hielt die Luft an, witterte. Nur das Fiepen einer in ihrer Ruhe gestörten Ratte ließ ihn aufblicken. Sein Blick richtete sich auf den Stolleneingang, hinter dem sich sein Versteck verbarg.

Minuten verstrichen, in denen nichts geschah. Die Dunkelheit hatte inzwischen lange Schatten über das Gelände geworfen und zeigte deutlich das hässliche Gesicht eines verlassenen Firmenhofs. Entschlossen griff Dirk Rasper nach einer langen Eisenstange, die er prüfend in der Hand wog. An der Spitze bog sie sich in der Form eines Brecheisens. Zufrieden mit der Waffe wagte er sich schließlich aus der schützenden Deckung. Geduckt machte er sich auf den Weg, um herauszufinden, was ihn gewarnt hatte. Jede Faser seines Körpers war angespannt, als er sich dem dunklen Eingang näherte. Dirk glaubte, dass seine Schritte wie Kanonenschläge durch die Stille dröhnten. Plötzlich verharrte er, um wieder zu lauschen. *War da eine Bewegung, direkt hinter dem großen Blech, das ihm als erster Windschutz diente?* Die Augen schmerzten bereits, so angestrengt blinzelte er in die Schwärze. Fest umfassten seine Finger das Eisen, suchten den richtigen Schwerpunkt, um sofort zuschlagen zu können, falls sich jemand zeigte.

Er kannte mittlerweile jeden Zentimeter des Weges durch das Labyrinth der Ruine, setzte seinen Fuß zielgenau, ohne anzustoßen. Der Raum, den er sich eingerichtet hatte, lag nur noch wenige Schritte entfernt in absoluter Dunkelheit.

Es konnten nur noch wenige Schritte sein, bis er seinen Plüschsessel erreicht hatte, als er es hörte. Es war der Atem eines Fremden, der ihn erstarren ließ. Seine Sinne forschten in jede Richtung, versuchten, die Person genau zu orten. Das Atmen stoppte, so als würde der Fremde die Luft anhalten, um ihn in der Dunkelheit zu finden. Da war es wieder, begleitet von einer Bewegung, die einen Ortswechsel anzeigte. Dirk war sich plötzlich sicher und schlug die Eisenstange genau in die Richtung, in der er den Fremden vermutete. Ein Geräusch von splitternden Knochen, das ihm ein sicheres Gefühl dafür vermittelte, einen Kopf getroffen zu haben, wurde von einem erstickten Schmerzensschrei abgelöst. Mit einer kräftigen Bewegung zerrte er an der Eisenstange, schaffte es schließlich, die Waffe aus dem Körper des immer noch für ihn unsichtbaren Gegners herauszuziehen. Keine Sekunde zu früh.

Zwei kräftige Arme legten sich wie Klammern von hinten um seinen Hals, zogen an ihm, versuchten, ihn zu Fall zu bringen. In dieser Situation zahlte es sich aus, dass er im Fitnessbereich der Haftanstalt stets Sport getrieben hatte. Er spannte alle Muskeln an und lehnte sich nach vorne. Die Gewalt, mit der sich die Finger in seinen Hals verkrallt hatten, ließ nicht einen Moment nach. Nun vermochte er das hektische Keuchen in seinem Rücken wahrzunehmen. Der Gegner war noch größer und kräftiger als er, darüber war sich Dirk im Klaren. Er musste sich so schnell wie möglich etwas einfallen lassen, um nicht die Besinnung zu verlieren. Verzweifelt drehte er die Eisenstange, die er immer noch in der Hand hielt, um und umfasste sie mit beiden Händen. Mit aller Kraft, die er noch besaß, stieß er das spitze Ende nach hinten. Er spürte deutlich, dass die Waffe ein Ziel gefunden hatte und tief in einen weichen Leib eindrang. Die Luft wurde bereits knapp, als sich endlich der Griff um seinen Hals lockerte. Die Finger lösten sich und glitten in Zeitlupe über seinen Rücken, wobei die Nägel tief in Dirks Fleisch eindrangen. Sein Schmerzensschrei vermischte sich mit dem seines Gegners, bevor dieser hinter ihm in die Knie brach und seitlich wegkippte,

Die eintretende Ruhe war beängstigend. Dirk stellte die Atmung wieder einmal ein, um einen möglichen, weiteren Gegner ausmachen zu können. Nur hatte er jetzt keine Waffe mehr. Sie steckte in dem Kerl hinter ihm. Kein weiteres Geräusch, nur absolute Stille umfing ihn. Der Puls fuhr wieder auf Normalmaß herunter, sodass sich Dirk in die Richtung bewegte, in der er den Tisch mit der Kerze wusste. Es schmerzte fast in den Augen, als das Streichholz aufflammte und er es an den Docht hielt. Der schäbige Raum gab schließlich seine Geheimnisse preis.

Im kargen Licht der flackernden Kerze bemerkte Dirk als erstes den riesigen, sich schnell ausbreitenden Blutfleck auf seinem Teppich. Der Geruch von frischem Blut vermischte sich zügig mit dem aufgewirbelten Staub des Raumes und erzeugte bei Dirk einen Würgereiz. Der verstärkte sich noch, als er den gespaltenen Schädel eines Mannes erkannte, den er schon einmal in einem Nachbargebäude angetroffen hatte. Der über und über mit Fäkalien befleckte Parka saugte jetzt gierig das austretende Blut auf, das aus der Kopfwunde in einem scheinbar niemals endenden Strom heraustrat.

Dirks Blick suchte den zweiten Mann, der hinter die Holztruhe gerutscht war, die sich Dirk erst vor wenigen Tagen in mühsamer Kraftanstrengung aus dem ehemaligen Materiallager der Fabrik rübergezogen hatte. Ungläubig sahen die verdrehten Augen in einen imaginären Himmel, als wollten sie ihre Verwunderung darüber zum Ausdruck bringen, dass das Leben des Besitzers so schnell beendet worden war. Immer noch steckte die Stange tief im Bauch des Mannes, knapp unterhalb des letzten, rechten Rippenbogens. Lediglich aus dem Mundwinkel des weit geöffneten Mundes trat Blut heraus. Um die Wunde herum war kaum etwas davon zu sehen. Ein Riese, der noch vor wenigen Minuten versucht hatte, Dirk, aus welchen Gründen auch immer, das Leben zu nehmen.

Mindestens fünf Minuten saß Dirk in seinem Sessel und sinnierte darüber, warum die Männer ihn töten wollten und was er nun mit den Leichen anstellen sollte. Schließlich erhob er sich und wählte die einzig machbare Lösung.

Die großen Planen, die er schon vor Wochen auf einem Nebenplatz des Fabrikgeländes entdeckt hatte, kamen ihm gerade recht. Schon damals waren sie ihm aufgefallen. Allerdings fand sich zu diesem Zeitpunkt noch keine Verwendung dafür. Jetzt war der Augenblick gekommen, in dem sie nützlich waren.

Mit aller Kraft wuchtete Dirk die schwere Rolle mit dem eingedrehten Körper auf die Schulter und marschierte los. Nun profitierte er davon, dass er in den letzten Wochen das gesamte Gelände erkundet hatte. Er wusste, wo sich die Berber aufhielten, sodass er diesen Teil großzügig umgehen konnte. Das große Becken, in dem sich mit den Jahren viel Wasser und Müll angesammelt hatte, besaß eine Tiefe, die für sein Vorhaben ideal war. Der Draht, der hier in reichem Maße herumlag, erfüllte gute Dienste, als er das Paket verschnürte und mit diversen Metallteilen beschwerte. Mit einem satten Platsch verschwand das große Paket in der Schwärze des brackigen Wassers. Als auch der zweite Mann das nasse Grab gefunden hatte, sah Dirk ein letztes Mal auf die Oberfläche des Beckens, die sich nun wieder unschuldig geglättet hatte. Sie gab ihr Geheimnis nicht mehr preis.

Erst jetzt, als er seine Unterkunft wieder erreichte, fiel ihm auf, dass er ein letztes Beweismittel für das Verschwinden der Männer einfach vergessen hatte. Der Teppich hatte seine Unschuld in dem Augenblick verloren, als er das Blut eines Menschen aufsaugte. Eilig begab sich Dirk daran, ihn aufzurollen und den Lehmboden darunter mit einem Spaten abzutragen. Nichts sollte darauf hinweisen, dass die beiden Dreckskerle, sollte man sie jemals finden, in diesem Raum und durch seine Hand starben. Eine Notwehr würde er nie und nimmer beweisen können, selbst wenn eine Filmaufnahme darüber existieren würde. Er war und blieb ein Massenmörder ... er war zum Monster abgestempelt worden, als das Urteil über ihn gesprochen wurde.

15

Beate hob prustend den Kopf aus dem Badewasser, nachdem sie einen Moment mit dem Kopf eingetaucht war. Sie liebte diese Momente, in denen sie sich der Entspannung hingeben und den angenehmen Duft von Lavendel einatmen konnte. Seit ihrem Urlaub mit Dirk in Südfrankreich, als sie eine traumhafte Zeit in Valensole, in der Nähe von Manosque verbrachten, liebte sie nicht nur die bekannte Verdonschlucht, sondern auch diesen betäubenden Geruch, der im Juni über der Landschaft lag.

Sie strich den Schaum aus dem Gesicht und vernahm im gleichen Augenblick das schrille Klingeln des Telefons im Wohnzimmer. Schon vor Wochen hatte sie sich vorgenommen, einen angenehmeren, dezenten Klingelton einzustellen. Dieser hier erinnerte sie jedes Mal an einen Alarm, löste Ängste in ihr aus.

»Leonie, könntest du ...?«

»Bin schon auf dem Weg, Mama. Lass dich nicht stören.«

Leonie legte Polly, die Stoffpuppe beiseite, die sie immer noch in den Arm nahm, wenn sie ihre Kinderfilme im Fernsehen verfolgte. Es war eine Angewohnheit, die sie sich bis heute, wo sie doch schon fast erwachsen war, bewahrt hatte.

Mamas Sticheleien ignorierte sie großzügig und erinnerte sie daran, dass auch sie ihre alte Puppe Conny noch im Schrank aufbewahrte, verborgen vor den Augen der Freundinnen.

»Hallo, wer ist denn da?«

»Hi, meine kleine Maus, wie geht es dir? Hast du denn keine Schule?«

»Oma ... wie oft muss ich dir noch erklären, dass ich samstags keine Schule habe? Wir wollen morgen zu euch kommen und die Hasen füttern. Hat Opa den Stall jetzt fertig?«

»Aber sicher ist der schon fertig. Die Hoppelhasen fühlen sich wohl darin. Opa füttert sie gerade. Ich freue mich, wenn ihr kommt. Es gibt Apfelschnitten mit Zimt und Zucker. Wir können dann morgen viel quatschen, mein Schatz. Ist Mama in der Nähe? Gib sie mir mal.«

»Moment, die liegt in der Wanne und möchte eigentlich nicht gestört werden. Ich versuch es mal.«

Leonie wartete die Antwort ihrer Großmutter nicht ab und tobte ins Bad, wo sie vergeblich nach ihrer Mutter suchte. Erst als sie, begleitet von lautem Plätschern, aus dem Wasser auftauchte, übergab sie ihr mit ernstem Gesicht das Telefon.

»Das versuchst du jedes Mal, Mama. Das ist überhaupt nicht mehr lustig. Hier ist Oma. Ich muss wieder zu Polly.«

Beate verfolgte den Abgang ihrer altklugen Tochter mit einem lauten Lachen und ergriff den Telefonhörer, während sie mit der anderen Hand das Ohr vom Badeschaum befreite.

»Was gibt es so Dringendes, Mama? Wir sehen uns doch schon morgen, wenn ich das richtig im Gedächtnis habe. Mach es bitte kurz, sonst wird mir das Badewasser kalt, bevor ich mit dem Lesen angefangen habe.«

»Ich möchte meine Tochter auch nicht lange von ihrem Badevergnügen abhalten, aber mir liegt da etwas auf der Seele. Du hast doch jetzt ein paar Tage, wo Leonie Herbstferien hat. Was hältst du davon, wenn du mit der Kleinen zu uns kommst, bis diese Sache vorbei ist? Das kann ja wohl nicht mehr lange dauern.«

Beate legte den Hörer an das andere Ohr und wischte die letzten Schaumreste aus dem Gesicht.

»...bis was vorbei ist? Wovon redest du, Mama?«

»Jetzt tu bitte nicht so, als würdest du nicht wissen, wovon ich rede. Ich meine natürlich die Flucht von ... na, du weißt schon. Es ist ja gut möglich, dass er an den Polizisten unbemerkt vorbeikommt und dich und Leonie bedroht. Dem Mann ist doch alles zuzumuten. Dem wird es jetzt auf einen Toten mehr oder weniger nicht mehr ankommen. Schließlich hast du ihm ja das Alibi verweigert. Also, was hältst du davon?«

Ungläubig starrte Beate auf das Telefon, das sie vom Ohr genommen hatte und nun in weitem Abstand vor sich hielt. Schon dutzende Male hatten sie das Thema Dirk diskutiert. Für ihre Eltern stand unumstößlich fest, dass ihr Schwiegersohn sich schuldig gemacht hatte des Mordes an drei Frauen, zu dem sich aktuell noch ein Mord an einem Zellennachbarn addierte. Das hatten sie schwarz auf weiß. Das Urteil eines Gerichtes untermauerte das. Nach wie vor akzeptierten sie Beates Einwände nicht, dass Dirk zu solchen Taten nicht fähig wäre und sie immer noch an seiner Schuld zweifelte. Damals hielten sie ihre Tochter sogar für übergeschnappt, als sie das Urteil anfechten und in Berufung gehen wollte. Alles stützte sich auf Indizien, klare Beweise konnte die Staatsanwaltschaft nicht vorlegen. Doch Beate wurde das Gefühl nicht los, dass der Druck der Öffentlichkeit, die Vorverurteilung von Dirk durch die Medien und die schlampige Arbeit des Pflichtverteidigers ausschlaggebend dafür waren, dass man den vermeintlich Schuldigen ans Kreuz nageln wollte. Diese Maßnahme beruhigte die Bevölkerung, die mit den Ängsten lebte, dass der Mörder bald ein neues Opfer suchen würde. Tatsächlich gab es seit damals kein weiteres Opfer, das in dieser besonders grausamen Art förmlich hingerichtet wurde. Allmählich fand Beate wieder ihre Fassung.

»Nein, Mama, wir werden abends wieder zurückfahren. Für uns besteht keine Gefahr, was mir auch durch den leitenden Hauptkommissar vor Tagen bestätigt wurde. Die passen schon auf uns auf.«

»Das will ich gerne glauben, aber solche Typen sind zu allem fähig. Neulich habe ich ...«

»Mama! Bitte! Komm mir jetzt bloß nicht wieder mit deinen Bildern aus Kriminalfilmen. Du solltest dir besser nicht sonntagabends den Tatort ansehen. Das sind doch konstruierte Geschichten, die realitätsfremd in Szene gesetzt werden. Du leitest sofort das Schlimmste daraus ab. Ich finde das schon fast bedenklich, dass ihr beide jeden Abend gemeinsam durchs ganze Haus lauft und an Fenstern und Türen rappelt. Das ist in meinen Augen ein Fall für einen ...«

»Versündige dich jetzt nicht, Beate. Du solltest am besten wissen, wie schlecht und grausam die Welt ist. Man kann nicht vorsichtig genug sein. Vielleicht überlegt es sich Dirk ja noch und taucht sogar bei uns auf, weil er glaubt, dass wir ihn nicht ausreichend unterstützt haben. Ich denke dabei auch ein wenig an das arme Kind. Hat dieser ... dieser ... ich meine Dirk wirklich noch nicht versucht, Kontakt aufzunehmen? Das wäre ja immerhin möglich. Ich glaube nicht daran, dass er sich ins Ausland abgesetzt hat. Der beobachtet euch bestimmt noch aus einem Versteck. Verdammt, ist das gruselig. Ich stelle mir das gerade so vor, wie seine gierigen Mörderaugen nachts durchs Fenster blicken, wenn ihr ...«

Lauter, als sie es eigentlich wollte, unterbrach Beate ihre zeternde Mutter, sodass selbst Leonie erschrocken den Ton am Fernseher dämpfte, um besser verstehen zu können. Das hörte sich schlimm an. Selten genug gab es Streit zwischen Mama und Oma.

»Mama, ich will das nicht hören. Du hast nicht eine Sekunde daran geglaubt, dass Dirk unschuldig sein könnte. Nicht eine einzige Sekunde. Als ich ihn kennenlernte, wart ihr Feuer und Flamme. Ein Schwiegersohn, wie man ihn sich nur wünschen konnte. Doch von dem Augenblick an, als er uns allen gestand, dass sein Vater Alkoholiker war und seine Mutter sich aus Verzweiflung das Leben nahm, hat sich eure Meinung geändert. Als er verhaftet wurde, habt ihr euch sofort daran erinnert. Ich denke oft daran, wie ihr mir triumphierend an den Kopf warft: Siehst du, mein Kind, die Gene stecken drin!

Verdammt, sein Vater war alkoholabhängig und kein Mörder. Warum müsst ihr immer die Menschen in Schubladen packen und euch für ein perfektes Abbild Gottes halten? Auch ich habe Fehler, das weiß ich. Verflucht ihr mich, eure Tochter, deswegen auch? Mama, tut mir leid, aber ich muss hier Schluss machen. Und noch eins. Bitte entschuldigt, aber wir sollten den Besuch morgen verschieben. Ich kann das nicht, ich meine ...«

Beates drückte weinend die rote Stopptaste und presste das Gerät gegen die Wange. Nur knapp verfehlte sie ihre eintretende Tochter, als sie das Telefon voller Verzweiflung gegen die Wand warf.

16

Erwartungsvoll blickten die Kinder auf Frau Spieker, die jetzt, nachdem die Schulglocke das Ende des Unterrichts angekündigt hatte, das Zeichen zum Aufstehen geben würde. Mit lautem Kreischen sprangen sie von ihren Stühlen und verstauten die Malbücher in ihren Schulranzen. Wildes Schwatzen begleitete die Jungen und Mädchen, als sie zum Ausgang strömten. Vor dem Gebäude drängten sich wie jeden Nachmittag die Fahrzeuge der Eltern, die die Frucht ihres Leibes unbedingt unbeschadet nach Hause kutschieren mussten. Die Straße wurde von den Autos verstopft, was wildes Gehupe anderer Verkehrsteilnehmer zur Folge hatte.

Leonie winkte ihrer besten Freundin Claudia noch ein letztes Mal zu und machte sich auf den Weg zum SB-Markt. Mama hatte ihr versprochen, dass sie auf dem Rückweg bei der Buchhandlung vorbeischauen wollten. Die waren sicher, dass sie Leonie bis heute die aktuelle Folge *Geheimnis der Schattenhelden* für ihr Handy besorgt hätten. Damit wäre sie die Erste unter den Freundinnen, die diese Folge besaß. Sie rückte den schweren Ranzen zurecht, der ihr unangenehm in den Rücken drückte. Als hätte sich die Last in Luft aufgelöst, tastete sie zur Schulter, fühlte zwar den Tornister, jedoch das Gewicht nicht mehr. Jemand hob ihn am Griff hoch. Erstaunt drehte sie sich um und blickte in die Augen, die ihr deutlich im Gedächtnis geblieben waren. Sie saßen nicht weit über diesem mächtigen Bart und sahen feixend auf sie herunter.

»Hallo, Onkel Rainer, das ist aber eine Überraschung. Du hast ja immer noch diesen mächtigen Bart. Ist der Film, bei dem du mitspielst, immer noch nicht fertig. Spielst du darin einen Wikinger oder so was Ähnliches? Du bist dabei bestimmt der *Halvar*, der Papa von Wickie. Du kennst doch bestimmt die Geschichten von *Wickie und die starken Männer*, oder etwa nicht?«

Dirk Rasper zog den Tornister endgültig von den schmalen Schultern seiner Tochter und legte ihn sich selbst über.

»Klaro, wer kennt denn Wickie nicht? Aber wir drehen einen Film über einen Mann, der sich in den hohen Bergen in Alaska verlaufen hat und nun zwischen wilden Tieren leben muss.«

»Kenn ich, Onkel Rainer. Hab die DVD zuhause von dem *Mann in den Bergen*. Ich spiel sie dir vor, wenn du uns wieder besuchen kommst. Gehst du mit zu Mama, dann kannst du ja auch gleich mit zu uns kommen. Ich muss aber vorher noch an der Buchhandlung vorbei. Dort haben wir was bestellt.«

Mittlerweile hatten sie sich dem SB-Markt bis auf wenige Meter genähert, als heranbrausende Fahrzeuge und quietschende Bremsen sie erstarren ließen. Von allen Seiten wurden sie von Autos eingekreist, aus denen Männer herausströmten, die sofort hinter den Türen Deckung suchten. Waffen richteten sich auf sie. Die jetzt eintretende Stille wurde von den Rufen der Männer und Frauen unterbrochen, die jede Bewegung Dirks verfolgten.

»Lassen Sie sofort das Kind los, heben Sie die Arme! Sie haben keine Chance, Rasper! Sollten Sie den Anweisungen nicht folgen, werden wir von den Waffen Gebrauch machen! Treten Sie von dem Kind zurück und legen Sie sich auf den Boden! Sofort!«

Auf den Gehsteigen vergrößerte sich die Menge der Gaffer in atemberaubender Geschwindigkeit. Ein fehlgeleiteter Schuss musste unweigerlich ein unschuldiges Opfer treffen. Keiner der Gaffer konnte die aufkommende Gefahr richtig einschätzen.

»Wow, ist das jetzt ein Teil von dem Film, in dem du mitspielst? Bin ich jetzt auch mittendrin? Ich kann das gar nicht glauben, Onkel Rainer. Wenn ich das in der Schule erzähle, dann ...«

Die Szene fand ihren Höhepunkt in dem Aufschrei einer Frau, die fassungslos vor dem Eingang des Supermarktes stand und eine Hand vor den aufgerissenen Mund schlug.

»Leonie, oh Gott, Leonie. Was macht ihr mit meinem Kind? Holt meine Tochter da weg. Das ist mein Kind.«

Eine Beamtin, die zuvor aus einem der Fahrzeuge gesprungen war, steckte ihre Waffe zurück in das Holster und drückte Beate in den schützenden Raum des Eingangs.

»Bleiben Sie bitte ruhig! Ihrer Tochter wird nichts passieren. Wir haben alles unter Kontrolle. Der Mann wird unschädlich gemacht. Er scheint unbewaffnet zu sein.«

Beate verlor das Gleichgewicht und sank weinend in sich zusammen, klammerte sich fest an die Beamtin, die sie schützend umarmte.

Immer noch stand Dirk neben seiner Tochter, hielt ihre Hand. Langsam sank er in die Knie und drehte den Kopf zu seiner erstaunt dreinblickenden Tochter.

»Du hast recht, mein kleines Fräulein. Das ist eine der spannenden Szenen im Film. Du musst jetzt weiter gut mitspielen. Ich werde mich nun ganz langsam und vorsichtig auf den Boden legen. Du wirst dann ebenso vorsichtig zu deiner Mama gehen und ihr sagen, dass es mir gut geht. Und sage ihr bitte noch, dass es mir leidtut. Das ist sehr wichtig, meine Kleine. Sie wird wissen, was ich damit meine. Und jetzt geh los. Ach, und noch was sehr Wichtiges. Ich bin sehr stolz darauf, dass ich diesen Film mit dir zusammen drehen durfte. Du warst großartig.«

Dirk sank auf den Boden und hob die Arme über den Kopf. Mit einem Lächeln verfolgte er den Weg, den seine kleine, tapfere Tochter nahm. Triumphierend blickte sie in die Runde der vielen Zuschauer. Jeden Augenblick erwartete Dirk, dass sie in die Menge winkte. Stattdessen spürte er den schweren Stiefel eines SEK-Beamten, der damit seine Hände auf die Fahrbahn presste.

Hauptkommissar Holger Klare beobachtete den als gemeingefährlich eingestuften Serienkiller Rasper durch die verspiegelte Scheibe des Verhörraums, studierte seine Körpersprache. Er kannte den Mann von den damaligen Ermittlungen her. Immer noch gab ihm dieser Typ Rätsel auf. Im Verlauf seiner beruflichen Laufbahn beim Morddezernat waren ihm schon viele Mörder vorgesetzt worden. Darunter waren häufig Personen, die allein schon durch ihre Normalität nicht unbedingt das Klischee für einen potenziellen Killer erfüllten. Genau das erschwerte hin und wieder die Ermittlungen, weil sich das Böse in ihnen mit diesem Mantel tarnte. Dieser Rasper war anders. Etwas an ihm erweckte das besondere Interesse des Kommissars. Immer wieder hatte Klare die Berichte durchgesehen, die im Zusammenhang mit Raspers Flucht zusammengestellt wurden. Nein, Auffälliges war darin nichts zu finden. Und doch ... so benimmt sich kein Mörder, dem mindestens drei äußerst brutal ausgeführte Morde zur Last gelegt wurden.

Es schien erwiesen, dass diese Flucht nicht geplant, sondern durch einen Unfall möglich wurde. Die begleitenden Beamten konnten zum Fluchtvorgang selber keine genauen Angaben machen, da sie zu dem Zeitpunkt wegen ihrer Verletzungen außer Gefecht gesetzt waren. Weiterhin gab es da eine Frau, die Rasper als Anhalter im Auto bis nach Langenfeld mitnahm. Er verschwand aus ihrer Wohnung, als unvermittelt eine Freundin auftauchte. Würde sich ein so brutaler Killer, wie Rasper immer dargestellt wurde, ohne die Zeuginnen zu beseitigen, still und heimlich aus dem Staub machen? Die Gelegenheit war doch günstig, um seinem Trieb zu folgen.

Klare hatte sich auch die Verhörakte zum Mord in der JVA kommen lassen. Was brachte einen Mann, der nur sechs Jahre abzusitzen hatte, dazu, die Schuld an einem Mord, den angeblich Rasper an einem anderen Häftling begangen hatte, auf sich zu nehmen? Rätsel über Rätsel, die sich spinnenwebartig in Klares Gedanken ausbreiteten. Dieser Rasper barg ein Geheimnis, das er zu lüften bereit war. Rasper sah nicht einmal auf, als Klare den Verhörraum betrat. Seine Augen fixierten eine Kamera, die aus der oberen Ecke des

Raumes jede Bewegung der Besucher festhielt und dokumentierte.

»Wollen Sie, dass wir einen Anwalt hinzuziehen, Herr Rasper? Sie wissen, dass Sie das Recht dazu haben?«

Dirk deutete ein Kopfschütteln nur an und beobachtete weiter die Optik der Kamera.

»Eigentlich gibt es auch nicht viel zu besprechen, da Ihnen ja lediglich die Flucht und eine versuchte Kindesentführung zur Last gelegt wird. Wir werden Sie deshalb in die Haftanstalt verbringen, in die Sie sowieso eingeliefert werden sollten. Der Hochsicherheitstrakt wartet dort auf Sie. Ich habe gelesen, dass Ihnen eine Sicherungsverwahrung auferlegt wurde. Das wissen Sie selbst, dass Ihnen ein Aufenthalt bis zum Tode droht. Gestatten Sie mir trotzdem noch einige Fragen?«

Dirk Rasper reagierte nun zum ersten Mal und drehte Klare das Gesicht zu, das immer noch von dem dichten Bart verunstaltet wurde.

»Es war keine Kindesentführung. Was bringt euch auf diesen Gedanken? Ich habe lediglich meine Tochter zu ihrer Mutter begleitet. Warum, in Gottes Namen, sollte ich sie entführen?«

»Hören Sie, Rasper. Das ist nicht ganz so einfach, wie Sie es sehen möchten. Das Sorgerecht für das Kind liegt ganz allein bei der Mutter. Sie mögen vielleicht der biologische Vater sein, besitzen aber kein weiteres Recht, schon wegen Ihrer zu verbüßenden Strafe, über den Aufenthalt des Kindes zu verfügen. Ich bin sehr erleichtert darüber, dass Sie das Kind bei Ihrer Festnahme nicht gefährdet, oder sogar als Geisel verwendet haben.

Doch lassen wir das einmal so stehen. Mich interessieren viel mehr die Tatumstände damals, die zu Ihrer Festnahme und Verurteilung führten. Sie haben ja bis in die jüngste Zeit behauptet, dass Sie es nicht waren, der diese Frauen umbrachte. Am Tatort fanden die Kollegen aber Gegenstände, die Ihnen gehörten, was Sie sogar bestätigt haben. Zeugen glaubten, Sie zu den Tatzeiten sogar in der Nähe gesehen zu haben. Das sind doch eigentlich erdrückende Beweise, oder?«

»Wenn Sie es sagen? Ja, das Taschentuch und das Feuerzeug gehörten mir. Das kann und will ich nicht bestreiten. Ich weiß nicht, wie alles dort hinkam. Und jetzt erinnern Sie sich einmal, was Sie vor wenigen Augenblicken sagten. Sie *glaubten*, mich gesehen zu haben. Wir alle wissen, dass Glauben da beginnt, wo Wissen endet. Jeder vernünftige Verteidiger hätte diese Zeugenaussagen vom Tisch gewischt, aber nicht die Lusche, die meine Unschuld beweisen sollte.

Hauptkommissar, es ist vertane Zeit, die wir hier opfern. Alle glauben, dass ich eine Bestie bin, die man am besten vierteilt und an die Schweine verfüttert. Keinen interessiert es heute noch, ob ich schuldig oder nichtschuldig bin. Der Fall ist abgeschlossen, die Akte bereits im Archiv. Basta. Kann ich jetzt endlich nach Hause ... in meine Zelle?«

Die Aufsicht, die in der Ecke wartete, machte einen Schritt nach vorne, als sich Dirk Rasper erhob. Er öffnete das Schloss, mit dem man den gemeingefährlichen Mann an den Tisch gefesselt hatte. Nachdenklich richtete Klare seinen Blick auf den Rücken des Mannes, der stolz und mit gerader Haltung einer Zukunft entgegenschritt, die ihn für den Rest der Welt unsichtbar machte.

17

Holger Klare zögerte noch einen Moment, zupfte den beige-farbenen Trenchcoat zurecht, bevor er entschlossen auf den Klingelknopf drückte. Das Getrappel kleiner Füße näherte sich, was Klare automatisch nach unten blicken ließ, da er ein Kind hinter der Tür erwartete. Die weit aufgerissenen Augen eines kleinen Mädchens bestätigten die Vermutung des erfahrenen Polizisten. Die Kleine neigte keck ihren Kopf und sah den fremden Mann sekundenlang neugierig an, bis sie endlich die Frage hervorstieß, die Klare ein Lächeln auf das Gesicht zauberte.

»Warum bist du fast so klein wie ich? Du bist doch schon so furchtbar alt.«

Schon oft wurde der Hauptkommissar wegen seiner gerin-gen Größe gehänselt. Aber noch nie wurde es so charmant vorgetragen. Kurz nachdem er vom Gymnasium zur Uni wechselte, stellte sein Körper das Wachstum ein. Seine Mutter belastete das weniger als seinen Vater. Der wünschte sich von Anfang ihrer Ehe an einen kräftigen, intelligenten Jungen, der an die sportlichen Erfolge, die seine Seite seit Generationen vorzuweisen hatte, anknüpfen konnte. Selten sprach er darüber, die Enttäuschung war ihm trotzdem unschwer anzusehen. Mutter jagte ihren Sohn durch alle Instanzen, die die moderne Medizin zur Verfügung stellte. Sie gab erst auf, als ihr eine Koryphäe auf dem Gebiet der inneren Medizin und Pneumologie unmissverständlich klarmachte, dass ihr Sohn von der Kleinwüchsigkeit betroffen war. Sie trug zum Leidwesen ihres Sohnes die Wahrheit in die Welt, erklärte jedem der es hören, aber auch nicht hören wollte, dass der Vorderlappen der Hirnanhangdrüse des kleinen Holger irgendwann die Arbeit eingestellt hatte. Die Schilddrüse schüttete einfach nicht genügend Hormone aus, sodass sich das auf das Längenwachstum auswirkte. Holger konnte nur von Glück reden, dass es keinerlei Auswirkungen auf seine kognitiven Fähigkeiten hatte. Dass ihm ausgerechnet jetzt diese Gedanken durch den Kopf gingen, war nur auf diese kesse Frage der Kleinen zurückzuführen.

Klare war in diesem Augenblick dankbar dafür, dass er sich dennoch ein wenig zu dem Mädchen herabbücken durfte, um ihr mit der Hand über das lange, lockige Haar zu streichen.

»Du stellst aber tolle Fragen, mein Schatz. Ich erkläre dir das aber nur, wenn du mir vorher sagst, ob deine Mama auch zuhause ist.«

Die Antwort kam schon vom Ende des Ganges, bevor Leonie den Mund aufmachen konnte, den sie erwartungsvoll fest geschlossen hielt.

»Wer ist denn da, Mäuschen? Mit wem sprichst du?«

Beate Rasper näherte sich den beiden und trocknete sich dabei die Hände an einem Geschirrtuch ab. Neugierig betrachtete sie den glatzköpfigen Mann, der jetzt die Hand vom Kopf ihrer Tochter nahm. Dass auch ihr die gleiche

Frage durch den Kopf ging, die auch schon die kleine Leonie an den Hauptkommissar richtete, stand ihr ins Gesicht geschrieben. Klare ignorierte diese Einschätzung und zückte seinen Ausweis. Der lenkte erfahrungsgemäß recht schnell von seinen körperlichen Defiziten ab. So auch hier. Immer wieder wechselte Beates Blick zwischen dem Dienstausweis und dem dazugehörigen Original, bis sie die Frage erröten ließ, ob der Beamte einen Augenblick eintreten dürfte. Wortlos trat sie einen Schritt zurück und wies mit dem Arm, über den immer noch das Geschirrtuch lag, den Gang entlang. Leonie hatte jegliches Interesse verloren und verschwand eilig in ihrem Zimmer.

»Gehen wir in die Küche, dann kann ich auf den Topf mit der heißen Milch achten. Wir wollten gerade das Abendessen vorbereiten. Was führt Sie hierher, Herr ... wie war noch mal Ihr Name?«

»Oh, sorry, ich habe mich noch nicht vorgestellt. Klare, Holger Klare vom Essener Morddezernat.«

»Morddezernat? Was habe ich mit denen zu tun? Geht es wieder einmal um meinen Mann? Dazu habe ich doch schon alles Ihren Kollegen erzählt. Mehr weiß ich nicht, Herr Klare.«

»Es gibt keinen Grund zur Sorge, Frau Rasper, glauben Sie mir. Ich komme nicht wegen der aktuellen Vorfälle. Das dürfte eigentlich alles klar sein, sofern Ihr Gatte die Wahrheit sagte.«

»Moment! Was soll das heißen? Glauben Sie, dass er Sie angelogen hat? Er hat den Mord an diesem anderen Insassen doch zugegeben, was wollen Sie ihm denn unterstellen? Man hat ihn doch schon dafür verurteilt.«

»Ich sagte doch schon, dass kein Grund zur Sorge besteht. Mir geht es eigentlich mehr um die Fälle von damals ... diese drei Frauenmorde. Ich habe mir die alten Akten aus dem Archiv besorgt und gelesen, was die Kollegen dazu ermittelt haben. Da gibt es ein paar kleine Lücken, die meiner Meinung nach nicht gefüllt werden konnten und für mich zumindest Fragen aufwerfen. Und genau deshalb bin ich hier. Sind Sie vielleicht so nett und geben mir ein Glas Wasser? Nur so aus dem Hahn, das reicht völlig. Ich leide unter einer permanent trockenen Kehle.«

Wieder nahm Beates Gesicht eine dezente Röte an.

»Oh, entschuldigen Sie bitte, Herr Krane, dass ich Sie nicht gefragt habe, aber Sie haben mich durch Ihr Erscheinen ein wenig aus dem Konzept gebracht.«

»Klare, gnädige Frau, mein Name ist Klare.«

»Selbstverständlich, wie konnte ich nur? Bitte legen Sie doch ab und setzen Sie sich.«

Klare nahm einen kräftigen Schluck und legte beide Hände auf die Tischplatte, schob dabei die Buntstifte beiseite, die wohl Leonie dort hinterlassen hatte.

»Übrigens haben Sie eine süße Tochter, das wollte ich Ihnen noch sagen.«

Beate reagierte nicht auf das Kompliment, blickte nur gebannt auf die Lippen des Kommissars, erwartete die erste Frage.

»Bitte seien Sie mir nicht böse, wenn ich die Frage an den Anfang stelle, die mir am meisten auf der Seele brennt. Warum konnten Sie damals das Alibi Ihres Mannes nicht bestätigen? Was glauben Sie, wo er sich zur Tatzeit des letzten Mordes tatsächlich aufhielt? Verstehen Sie mich nicht falsch, aber Sie sagten aus, dass er nicht zuhause bei Ihnen war, deuteten aber an, dass Sie wüssten, wo er sich tatsächlich aufhielt. Sie verweigerten damals eine Erklärung mit der Begründung des Zeugnisverweigerungsrechts. Nun ja, als Ehefrau besitzen Sie das, wenn die Gefahr besteht, dass Sie dadurch einen nahen Angehörigen belasten könnten. Doch verstehen Sie bitte meine Frage richtig. Sie haben ihm damit einen Bärendienst erwiesen, denn auch er wollte daraufhin keine Aussage zum tatsächlichen Aufenthalt machen. Er baute wohl auf Ihre Loyalität, ging stets davon aus, dass Sie für ihn gewissermaßen einen Meineid leisten, indem Sie bestätigen, dass er zuhause bei Ihnen war. Helfen Sie mir, das zu verstehen. Meinen Sie nicht, dass es nach den vielen Jahren an der Zeit wäre, dieses wichtige Loch zu füllen? Schließlich war es einer der entscheidenden Punkte, warum er verurteilt wurde. Die Staatsanwaltschaft stützte fast alle folgenden Indizien auf diesen Punkt. Alles ergab dadurch einen fatalen Sinn.«

Beate wirkte abwesend, starrte auf den Edding, den sie unablässig zwischen den Fingern drehte. Ihre Augen füllten sich mit Wasser. Klare ließ ihr die Zeit, die sie wohl brauchte, um zu einer Entscheidung zu kommen. Wieder nahm er einen Schluck, beobachtete sie jedoch weiter. Er spürte den Kampf, den diese Frau in ihrem Inneren austrug. Jedes Drängen konnte jetzt nur falsch sein. Er musste sich in Geduld üben, bis sie bereit war, zu reden. Die überkochende Milch zerstörte jede Hoffnung, dass er schon jetzt ans Ziel kam. Beate sprang auf und riss den Topf von der Herdplatte. Leonie erschien in der Küchentür und rümpfte die Nase.

»Es stinkt, Mama. Hast du die Milch ...?«

»Ja, habe ich. Verdammt, ich will jetzt nicht darüber reden, verstehen Sie das, Herr Klare. Bitte gehen Sie jetzt. Bitte. Das ist nicht der Tag, um darüber zu sprechen. Ich muss nachdenken. Das war alles sehr viel in den letzten Tagen.«

Klare war längst aufgestanden und kramte in den Tiefen der Trenchcoat-Taschen, fand schließlich eine verknautschte Visitenkarte, die er auf den Tisch legte. Während er die Küche verließ, legte er wieder die Hand auf Leonies Haar und drehte sich noch ein letztes Mal um.

»Sie können mich jederzeit anrufen, Frau Rasper ... Tag und Nacht. Nehmen Sie sich die Zeit, die Sie brauchen. Aber denken Sie immer daran, was Ihr Schweigen möglicherweise für Ihren Mann bedeuten könnte. Und du kleines Fräulein wirst doch wohl vor ein klein wenig angebrannter Milch keine Scheu haben, oder? Kakao rein und die Welt ist wieder in Ordnung.«

Die Tür fiel hinter ihm ins Schloss, als Beate die Stirn gegen die Wand lehnte und ihre Tochter an sich drückte.

18

Der weite Hof mit dem großen Basketballfeld lag vor ihm, als Dirk Rasper zum ersten Mal den Zellentrakt verließ, um einige Runden für die Fitness zu absolvieren. Als er den Blick zum Himmel wandte, fiel ihm sofort das weitgespannte Netz auf, das einen Fluchtversuch mit dem Hubschrauber schon im Keim verhindern sollte. Nach längerem Verweigern hatte er sich jetzt doch durchgerungen, seinem Körper neben dem täglichen Training im Kraftraum auch das Laufen an der frischen Luft zu gönnen. Einige der Insassen, die sich an den Tischtennisplatten aufhielten, unterbrachen ihre Gespräche für einen kurzen Moment und beobachteten den Neuen, von dem zwar alle hörten, den man aber nur selten zu Gesicht bekommen hatte.

Schnell sprach es sich herum, dass er nicht nur wegen dreifachen Mordes einsaß, sondern auch in einer anderen Haftanstalt einen bekannten Schwerverbrecher aus dem Weg geräumt haben sollte. Die Männer zollten ihm schon deswegen einen gewissen Respekt und hielten bisher Abstand. Solche Typen waren nur schwer einschätzbar. Gleichzeitig wurde bekannt, dass er bis zum heutigen Tag nicht ein einziges Mal Besuch erhielt und keine Telefonate führte, obwohl den Gefangenen jeden Monat zwei Besuchsstunden zustanden. Nichts entging Dirks wachen Augen, als er zur ersten Trainingsrunde startete. Jede seiner Bewegungen wurde argwöhnisch verfolgt, allein schon, um ihn besser einschätzen zu können. Niemand stellte sich ihm in den Weg, man machte respektvoll Platz.

Schweratmend blieb er, mit auf den Knien gestützten Händen stehen, versuchte, den Puls wieder zu normalisieren. Der Schweiß durchnässte seinen Trainingsanzug. Der Beamte, der wenige Schritte abseits die Aufsicht führte, nahm von dem neuen Gefangenen keine nennenswerte Notiz. Gelangweilt kreiste sein Blick über die Gruppen, die sich gebildet und immer wieder in der gleichen Zusammensetzung, am gleichen Ort zu finden waren. Ihn interessierte es nicht, dass auf dem Hof diverse Geschäfte abgewickelt wurden, Waren und Geldscheine den Besitzer wechselten. Er hatte noch vier Stunden Dienst, bis er seine Nachbarn zur Geburtstagsfeier seines kleinen Sohnes begrüßen durfte. Das hier war Abschaum, dem er keine übergroße Aufmerksamkeit gönnen wollte.

Nur aus dem Augenwinkel registrierte er deshalb, dass sich der geschwätzige, allseits gemiedene Thomas Rieper dem Neuen näherte. Alle nannten ihn *The Whisperer*, was so viel bedeutete wie Flüsterer. Man vertraute diesem Mann nur Geheimnisse an, von denen man wollte, dass sie in die Welt getragen wurden. Ansonsten wurde dieser Speichellecker gemieden oder als Bote missbraucht.

»Hi. Das war gut, verdammt gut. Du hast bestimmt früher Leistungssport betrieben, oder? So läuft hier keiner in dem Scheißbau. Na ja, warum auch? Wo sollte man hin?«

Er stieß Dirk wie einen alten Kumpel vor den Oberarm, als wollte er seinen supercoolen Joke bestätigt bekommen. Sein Grinsen erstarb sofort, als er die feste Hand spürte, die seine Finger umklammerten.

»Was willst du von mir? Ich mag fremde Gesichter nicht – damit das von vorneherein klar ist. Also?«

»Bleib ganz ruhig, Mann. Ich wollte dir nicht zu nahe treten. Aber ich denke, dass jeder hier mal irgendwann Freunde braucht.«

»Und du wolltest jetzt mein Freund werden? Verstehe ich das richtig?«

Unsicher, ob er die richtige Strategie gewählt hatte, sah sich der Whisperer um, erntete jedoch nur spöttische Blicke der Gefangenen. Dennoch standen beide unter ständiger Beobachtung. Er startete einen weiteren Versuch.

»Ich kenn mich hier aus und kann dir sicher bei einigen Sachen behilflich sein. Zigaretten, Schnaps, was man so braucht. Habe da gewisse Beziehungen.«

Er trat näher heran und senkte die Stimme, als wollte er Dirk die Safekombination zum Haupttresor von Fort Knox verraten.

»Wenn du mal Crack brauchst oder einen knackigen Männerarsch ... nicht verzagen, Thommy fragen. Ich habe da, wie bereits gesagt, meine Kontakte im Haus. Und einen Tipp gebe ich dir schon jetzt kostenlos, damit du weißt, dass du dich auf mich verlassen kannst. Halt dich von den Al Shadam-Brüdern fern. Die stehen dahinten unter dem Korb. Die wollen das gesamte Drogengeschäft an sich reißen. Den Araber-Pissern kannst du nicht trauen. Die legen dich um, wenn du nicht das tust, was sie wollen. Halte dich an mich und die Türken, dann bist du auf der sicheren Seite. Wir haben den Handel hier voll im Griff und die Aufseher auf unserer Seite.

Stimmt das übrigens, dass du dem Hartmann das Licht ausgeblasen hast? Der stand hier bei einigen Brüdern auf der Liste. Die werden dir dankbar dafür sein, mein Freund.«

»Mach dich vom Acker, Thommy. Lass mich in Ruhe. Ich brauche nichts von euch.«

Dirk Rasper spurtete los, um seine Runden um den Platz fortzusetzen.

»Jetzt vielleicht noch nicht, aber du wirst noch an mich denken. Bin in Zelle A243.«

Die letzten Worte rief er dem neuen Mann hinterher. Dirk entging nicht, dass sich dieser Thommy aufmachte, um einer Gruppe von dunklen Gestalten seinen Bericht abzuliefern. Die Spiele waren in jeder Haftanstalt gleich und ihm nicht unbekannt. Es war nur eine Frage der Zeit, bis man in seiner Zelle auftauchen würde. Ein Eigenleben, ohne einer Clique zugehörig zu sein, war schier unmöglich.

Die Hände waren hinter seinem Kopf verschränkt, während Dirk Rasper mit geschlossenen Augen das Bild seiner kleinen Leonie genoss. Sie lief lachend neben ihm her und schwenkte ihre Stoffpuppe. Als ein Gegenstand auf seiner Brust aufschlug, schrak er auf und bemerkte die beiden Schatten in der offenen Zellentür.

»Willst du jemanden anrufen, mein Freund? Tu es. Du kannst das jederzeit bei uns.«

Erst jetzt ertastete Dirk das Smartphone, das der Typ ihm zugeworfen hatte. Ohne, dass er die beiden dazu aufgefordert hatte, traten sie näher und schlossen die Zellentür hinter sich.

»Mir wurde berichtet, dass du Hartmann gut kanntest. Ist das richtig? Dem sollst du einen zügigen Abgang besorgt haben. Keine Angst, wir sind keine Kumpel von ihm – ganz im Gegenteil. Du hast uns einen großen Gefallen getan. Ich bin Güven, das ist Hamza, mein Bruder im Geiste. Das bedeutet so viel wie *der Löwe*. Güven dagegen bedeutet, dass auf mich Verlass ist, man kann mir vertrauen. Das ist doch wohl eine gute Basis für eine gute Zusammenarbeit, nicht wahr? Auf deiner Seite wären Stärke und die Sicherheit, wenn wir uns einig werden. Das wirst du in dieser Umgebung gut gebrauchen können. Aber was erzähle ich dir da? Das kennst du ja zur Genüge.«

Ohne jede Regung ließ Dirk die Begrüßungsrede über sich ergehen, unterbrach die beiden Türken nicht ein einziges Mal. Er hatte lediglich den Oberkörper auf die Ellenbogen gestützt und sah die kräftigen Männer teilnahmslos an.

»Ich hatte schon eurem Laufburschen, diesem Thommy, gesagt, dass ich keine Gesellschaft suche. Hat er euch das nicht gesteckt? Bis jetzt bin ich allein gut zurechtgekommen, das wird auch so bleiben.«

»Das mag auch bisher geklappt haben, doch jetzt bist du in meinem Bau gelandet. Nicht dass wir uns falsch verstehen, ich will dich nicht unter Druck setzen oder sogar bedrohen. Nein. Wir sollten uns nur darüber klar werden, dass in diesem hohen Haus andere Gesetze herrschen als in dem Kinderhort, in dem du vorher gesessen hast. Du kannst dich hier nicht ausgrenzen. Du musst ein Bekenntnis ablegen, dich entscheiden, zu wem du gehören wirst.

Sieh das einmal so. Bist du nicht mein Freund, bist du mein Feind. Bist du der Freund von niemandem, bis du der Feind aller. Das ist nicht gut für dich und sehr gefährlich, da dich niemand aus der Gruppe heraus beschützen wird. Ich mache dir gerade ein Angebot, wenn du verstehst, was ich meine. Komme zu uns, dann geht es dir gut und du kannst tun und lassen, was du möchtest. Keiner wird dich anfassen. Gehst du zu diesen Arabern ... tja, dann bist du so gut wie tot. Wir werden nicht zulassen, dass du konvertierst. War das deutlich genug? Also?«

Güven beobachtete Dirk durch die Schlitze seiner Augen. Das Lächeln stand wie eingebrannt in seinem verschlagenen Gesicht. Er merkte genau, wie es in dem Neuen arbeitete, genoss die Wirkung seiner Worte. Unvermittelt streckte er seine riesige Hand aus, hielt sie Dirk entgegen. Dessen Blick richtete sich auf Hamza, der die Szene zu genießen schien und seine Fäuste, als wollte er drohen, geschlossen hielt. Dirk konnte gut einschätzen, wann er Kompromisse eingehen musste. Er ergriff die Hand des Türken und verfluchte sich gleichzeitig dafür, dass er den Drohungen nachgegeben hatte.

»Gib mir das Telefon nachher wieder zurück. Du findest mich in A112. Das war eine kluge Entscheidung, mein Freund. Wir sehen uns auf dem Hof.«

Ohne weiteren Gruß verließen er und sein Schatten die Zelle, hinterließen einen süßlichen Geruch von Hinterlist und Gefahr.

19

»Rasper, stehen Sie auf! Sie haben Besuch.«

»Ich will keinen Besuch, habe den nicht bestellt. Lasst mich in Ruhe.«

Manfred Habig, der in dieser Woche die Frühschicht im Zellentrakt A hatte, rüttelte Dirk Rasper an der Schulter und senkte die Stimme.

»Machen Sie doch keinen Aufstand, Rasper. Da wartet ein Hauptkommissar Klare im Besucherraum auf Sie. Scheint dringend zu sein. Kommen Sie hoch, ich bring Sie rüber. Hände bitte auf den Rücken!«

Dirk erhob sich mit einem Schulterzucken und drehte Habig den Rücken zu. Die Hand- und Fuß-Fesseln schlossen sich geräuschlos um seine Glieder. Mit verschlossener Miene folgte er dem Justizbeamten zum Flur, der den Zellentrakt von der Verwaltung abtrennte. Noch nie hatte Dirk in diesem Haus Besuch empfangen, fragte sich deshalb, was dieser Hauptkommissar von ihm wollte.

»He, Rasper, gehst du eine Runde vögeln? Hat dich deine Alte endlich mal besucht? Viel Spaß dabei.«

Ein kollektives Gegröle begleitete diesen zotigen Spruch, der aus einer der Zellen erschallte. Fäuste schlugen gegen

100

die Zellentüren und verursachten einen Höllenlärm. Dirk verfluchte diese Bande von Primitivlingen, denen jeder Anstand abhandengekommen war. Ihn erfüllte die Angst, dass er eines Tages ebenso reagieren könnte und jegliches Gefühl für normale Umgangsformen verlieren würde.

Der kleine, zur Korpulenz neigende Mann mit dem hässlichen Trenchcoat erhob sich in dem Augenblick, in dem Dirk in den verglasten, von allen Seiten einsehbaren Raum geführt wurde. Dirk konnte sich nicht von dem Gedanken freimachen, dass dieser Mann dem schon legendären Vorbild des Inspektor Columbo nacheifern wollte, indem er dessen bekanntes, immer verknautschtes Outfit trug. Klare ignorierte die Blicke des Gefangenen, die über seinen Mantel glitten. Dieses Grinsen trugen viele Menschen, denen er in seinem Beruf begegnete. Es machte ihm schon nichts mehr aus – er liebte diesen Mantel. Manchmal war er spontan geneigt, auch den üblichen Spruch des Fernsehhelden anzuwenden: *Entschuldigung, ich hätte da noch eine Frage.*

»Ich denke, Sie wundern sich bestimmt, warum ich Sie hier an diesem unwirtlichen Ort aufsuche. Ich muss zugeben, dass ich hier immer wieder Beklemmungen bekomme. Aber das wird Sie im Augenblick wenig interessieren.«

Dirk, der sich inzwischen dem kleinwüchsigen Mann gegenüber auf den Stuhl gesetzt hatte, schwieg und sah ihn gelangweilt an.

»Nun gut, Herr Rasper. Lassen Sie mich erklären. Wie Sie ja bereits wissen, mein Name ist Holger Klare. Neben meinen normalen, aktuellen Aufgaben in der Abteilung habe ich mir angewöhnt, mich auch mit abgelaufenen Fällen zu beschäftigen, die zwar als abgeschlossen gelten, jedoch noch

Fragen offenlassen. Und genau dazu möchte ich gerne von Ihnen Antworten haben. Die haben Sie sicherlich schon längst gegeben, doch vielleicht nicht die passenden Fragen erhalten.

Ich weiß, dass ich Sie jetzt verwirre, deshalb will ich weiter ausholen.«

Dirk zeigte Ansätze, sich zu erheben, woraufhin Habig, der im Zimmer auf einem Stuhl die Unterhaltung verfolgte, aufsprang und ihn wieder auf den Sitz drückte. Klare winkte beruhigend und richtete das Wort wieder an Rasper.

»In der damaligen Beweisaufnahme sind mir diverse Ungereimtheiten ins Auge gefallen, die aus meiner Sicht einer Abklärung bedürfen. Darf ich Ihnen dazu Fragen stellen? Sehen Sie das einmal so, Herr Rasper. Sie haben nichts dabei zu verlieren. Wenn Sie glauben, dass es Ihnen nichts bringt, dürfen Sie aufstehen und zurück in Ihre Zelle gehen, aus der Sie für den Rest Ihres Lebens nicht mehr herauskommen werden. Denken Sie aber auch daran, dass es eine verschwindend geringe Chance geben könnte, Ihre Unschuld, die Sie ja bis heute beteuern, zu beweisen. Was haben Sie zu verlieren? Nichts, Herr Rasper. Wenn, dann überhaupt nur Zeit ... und von der haben Sie im Übermaß. Also, wollen Sie mir dabei behilflich sein, Ihnen zu helfen?«

In Dirks Gesicht war trotz eines gelegentlichen Zuckens der Augenlider kaum eine Veränderung feststellbar. Das minimale Nicken wertete Klare als Zustimmung.

»Was versprechen Sie sich davon? Ich bin verurteilt, Sie vertun Ihre Zeit, Herr Klare.«

»Das lassen Sie mal meine Sache sein. Sagen wir, dass es mein Ego streicheln würde, wenn ich Fehler aufdecken würde, die eine korrekte Ermittlung vermieden hätten. Würde Ihnen das reichen?«

Wieder dieses kaum erkennbare Nicken, bevor Klare seinen Notizblock hervorkramte.

»Ich war vor einigen Tagen bei Ihrer Frau, ich meine Ex-Frau. Sie sind ja meines Wissens nach mittlerweile geschieden worden. Also noch einmal. Ich habe Ihrer Ex-Frau eine Frage gestellt, die ich Ihnen nun ebenfalls stellen werde. Ich will Ihnen nicht vorenthalten, dass sie mir die Antwort schuldig blieb. Genau das ist der Grund, warum ich Ihnen jetzt die gleiche Frage stelle. Sie können natürlich ebenfalls die Antwort verweigern. Doch, jetzt mal ehrlich unter uns ... was bringt Ihnen das heute noch, nach so langer Zeit? Sie können nichts mehr kaputtmachen, was nicht schon am Boden liegt. Darf ich weitermachen?«

Klare wartete erst gar nicht ab, bis Dirk Rasper ein Nicken andeutete. Dessen Gesicht drückte mittlerweile eine gewisse Neugierde aus. Klare schoss die Frage ab.

»Wo befanden Sie sich tatsächlich zur Tatzeit des dritten Mordes? Und wie kamen die Beweisstücke an den Ort, wo diese arme Frau den schrecklichen Tod erlitt?«

Sofort veränderte sich der Ausdruck in Dirks Gesicht. Klare blickte in eine Maske, die eine Mischung aus Verärgerung, Überraschung und Verzweiflung zeigte. Unbeeindruckt davon sah er Dirk Rasper weiterhin tief in die Augen, hielt seinem Blick stand. Als er schon nicht mehr mit einer Antwort rechnete, bewegten sich dessen Lippen. Kaum hörbar drang die Antwort in Klares Verstand. Er unterbrach diesen Mann nicht, der sich in diesem Augenblick mit dem Reden ausgesprochen schwertat, der immer wieder schluckte, während das Ungeheuerliche über die Lippen kam, was er viele Jahre tief in seinem Inneren bewahrt hatte. Klare konnte nicht fassen, was er zu hören bekam.

20

Beate warf den Mantel aufseufzend über das Bett, das sie immer noch so unaufgeräumt vorfand, wie sie es heute Morgen in aller Eile verlassen hatte. Jetzt konnte sie keinen Besuch gebrauchen, da sie Leonie in einer Stunde von der Kindergeburtstagsfeier abholen wollte. Die Verärgerung über das heftige Klingeln stand ihr ins Gesicht geschrieben, als sie die Tür aufriss. Wieder dieser aufdringliche Mensch, der ihr schon Tage zuvor eine schlaflose Nacht beschert hatte. Der Glatzkopf lächelte sie dermaßen freundlich an, dass ihr ein deftiger Spruch im Halse stecken blieb. Die kleinen Hände umklammerten einen bunten Blumenstrauß, den er ihr mit dem unschuldigsten Blick der Welt entgegenstreckte. Sie kannte diese fertig gebundenen Sträuße von der Tanke, freute sich dennoch über die unverhoffte Aufmerksamkeit des Hauptkommissars.

»Nehmen Sie die Entschuldigung an? Ich hoffe es sehr, Frau Rasper.«

»Warum sollten Sie sich für etwas entschuldigen, Herr Klare? Sie tun doch nur Ihre Pflicht. Kommen Sie erst einmal rein. Die Blumen müssen ins Wasser. Ich habe aber nicht so lange Zeit. Meine Tochter ...«

»Überhaupt kein Problem ... ich möchte Sie auch nicht lange aufhalten. Komme gerne an einem anderen Tag wieder. Dauert aber wirklich nur ein paar Minuten.«

Nachdem Beate die Nase wieder aus dem hübschen Strauß genommen hatte, stellte sie die Blumen in die Vase und platzierte sie auf der Anrichte. Nun schon besser gelaunt drehte sie sich zu ihrem Besucher um, der am Tisch Platz genommen hatte, sah ihn erwartungsvoll an. Sich an den letzten Besuch erinnernd, füllte sie ein Wasserglas, das sie dem Kommissar vorsetzte. Ihre Miene verdunkelte sich aber sofort wieder, als Klare zu sprechen begann.

»Sie erinnern sich an meine Frage, bevor ich Sie bei meinem letzten Besuch verließ?«

Er bemerkte sofort die Veränderung in Beates Gesicht.

»Bitte schmeißen Sie mich nicht sofort wieder raus, bevor ich mein Anliegen präzisiert habe. Ich war bei Ihrem Ex-Mann in der JVA.«

Hier legte er eine Pause ein und wartete ab, bis auch Beate Platz genommen hatte. Ihre plötzliche Blässe war beängstigend.

»Wir hatten ein langes Gespräch, in dessen Verlauf ich ihm die gleiche Frage wie Ihnen stellte. Auch seine Reaktion ähnelte der Ihren. Das ließ den Verdacht zu, dass sich hinter der Antwort etwas verbergen könnte, was die ganze Geschichte in einem anderen Licht erscheinen lassen wird. Ich habe mich nicht damit abspeisen lassen, dass es mich nichts anginge und es etwas sehr Persönliches wäre. Wissen Sie, Frau Rasper, ich bin schon sehr lange Polizist und spüre, wenn etwas wichtig oder unwichtig sein könnte. Ich habe Ihren Ex nicht mehr in sein schützendes Schneckenhaus kriechen lassen. Und es war gut so, wie sich später herausstellte.«

»Heißt das, Dirk hat es Ihnen erzählt? Er hat es wirklich einem Fremden erzählt? Er hat mir versprochen, nein, er hat es geschworen ...«

Beate schrak heftig zusammen, als die Faust des Kommissars auf die Tischplatte krachte und die antike, geblümte Zuckerdose, die sie einst von Tante Hedwig vererbt bekam, hochsprang. Nun war es Klare, dessen Gesicht Verärgerung ausstrahlte. Beate sah erstaunt in blitzende Augen.

»Verdammt, jetzt hören Sie endlich damit auf, auf diesem Argument herumzureiten. Sie beide haben schon genug damit angerichtet. Vielleicht wäre Ihr Mann niemals verurteilt worden, wenn Sie nicht diese verkorksten Ansichten beharrlich vertreten hätten. Verzeihen Sie meinen Ausbruch, aber so langsam macht mich das ganze Getue von Ihnen beiden sehr wütend.

Sie benehmen sich, als würden wir in Pakistan wohnen und Ihnen die Steinigung gedroht hätte, würde die Öffentlichkeit davon erfahren. Sie sind nicht die erste und einzige Frau auf dieser aus den Fugen geratenen Welt, die ... entschuldigen Sie die Formulierung ... die Liebe einmal in fremden Betten gesucht hat. Fremdgehen ist heute leider kein Vergehen mehr gegen das eheliche Treuegelöbnis, sondern eine Modeerscheinung. Kommen Sie endlich wieder runter auf die Erde. So, jetzt ist es endlich raus und ich fühle mich schon viel besser.«

Beate war längst aufgestanden und wanderte scheinbar orientierungslos durch die Küche, maß immer wieder die Entfernung zwischen Fenster und Elektroherd. Das endete erst, als Klare aufstand und sie an der Hand fasste und zum Tisch zurückholte.

»Sie machen mich ruschelig, Frau Rasper, bleiben Sie bitte sitzen. Dass Ihr Ex-Mann nun sein Schweigen brach, kann sehr wichtig für seine Zukunft sein. Was kann diese Wahrheit Ihnen heute noch antun? Eigentlich nichts. Wenn Sie einen schlechten Nachruf befürchten, kann ich Sie beruhigen. In keiner Todesanzeige wird stehen, dass Beate Rasper im Jahre X die Zuneigung eines anderen Mannes suchte, obwohl sich ihr treuer Ehemann stets aufopfernd hingab. Was sind das für verkorkste Ansichten? Angst vor der Familie? War es das? Räumen Sie endlich damit auf. Machen Sie Schluss mit dieser Geheimniskrämerei.«

Beate starrte immer noch auf ihre Hände, die sie unablässig knetete. Klare legte seine beruhigend darüber. Seine Stimme wurde zum ermutigenden Flüstern.

»Es ist noch Zeit, Frau Rasper, Sie können Ihren Mann noch immer aus dieser Hölle herausholen. Ich will ehrlich zu Ihnen sein. Als ich das von Ihrem Mann hörte, begann ich Sie zu hassen. Ja, ich hasste Sie dafür, dass Sie Ihre gottverdammte Ehre über das freie Leben Ihres Mannes stellten. Sie werden sich kein Bild davon machen können, wie dieser Mann gelitten haben muss. Er hat zu seinem Versprechen gestanden ... bedingungslos. Verdammt, muss der Sie geliebt haben. Vielleicht tut er es immer noch. Ich hätte mich nicht gewundert, wenn er Sie, als er freikam ... ach lassen wir das besser.

Es ist jetzt an der Zeit, die volle Wahrheit zu sagen, bevor ihm in dieser Hölle noch Schlimmes zustößt. Ihr Mann ist für diese Gewaltverbrecher nur ein Opfer, sie bringen ihn langsam um. Glauben Sie mir. Gehen Sie endlich mit der Wahrheit an die Öffentlichkeit, erzählen Sie, dass Ihr Mann damals, als der letzte Mord geschah, vor der Tür Ihres Liebhabers stand und Sie anflehte, zu ihm zurückzukommen.

Ich verspreche Ihnen, dass ich herausfinden werde, wie die angeblichen Beweisstücke in die Hände der Ermittler, überhaupt an den Tatort gerieten.«

Längst strömten die Tränen aus Beates Augen, als hätte sie jahrelang dafür gesammelt. Kurzentschlossen kramte Klare sein Taschentuch hervor, entschied sich aber nach eingehender Betrachtung dafür, ein Stück von der Küchenrolle abzureißen und Beate anzureichen. Dankbar nahm sie die Hand des Kommissars und legte ihre Lippen daran. Kaum verständlich vernahm Klare das *Danke* aus ihrem Mund. Der Körper bebte. Immer wieder strich er ihr über das Haar und wartete geduldig darauf, dass sie die Fassung wieder zurückgewann.

21

Holger Klare war sich mittlerweile gar nicht mehr sicher, ob Hauptkommissar Ressling nicht doch in seinem Büro war, ihn nur auf dem Flur sitzen und warten ließ. Klare wusste aus Erfahrung, dass er im Hause nicht besonders beliebt war, da er hier und da schon in älteren Fällen Schlampereien bei der Ermittlungsarbeit aufgedeckt hatte, die dem einen oder anderen Kollegen anschließend vom Staatsanwalt um die Ohren gehauen wurden. Keiner sah gerne, wenn er bei einem erneut aufgerollten Verfahren vorgeführt wurde. Das war häufig mit hohen Summen zur Wiedergutmachung der unschuldig verbüßten Jahre im Knast verbunden.

Genervt erhob sich Holger Klare und trat, ohne anzuklopfen, in den Büroraum des Kollegen. Er kannte den Leiter des Essener Morddezernats schon aus anderen Ermittlungen. Die beiden Männer, die sich hinter einer jungen Kollegin am Computer versammelt hatten und deren Augen immer zwischen den Fotos einer Party und dem weit ausgeschnittenen Dekolleté wechselten, wollten schon ihrem Ärger Luft machen, als sie Klare erkannten und sich aufrichteten.

»Ach, Sie Klare. Ich hätte Sie in wenigen Minuten reingebeten. Wir besprechen gerade einen wichtigen Fall. Was kann ich denn für Sie tun? Sie haben es ziemlich geheimnisvoll und wichtig angekündigt. Legen Sie los, Herr Kollege. Das ist übrigens mein Stellvertreter Oberkommissar Mansfeld.«

Holger Klare fiel sofort das dümmliche, überhebliche Grinsen auf, ebenso die Blicke, die sich die beiden Männer zuwarfen, als sie ihn zum Schreibtisch begleiteten. Er übersah diese Allüren, die sich bei einigen seiner Kollegen eingeschlichen hatten. Er schob die Ursache dafür den vielen amerikanischen Actionserien zu, in denen die Ermittler viel zu oft eine stinknormale Ermittlung als Showbühne nutzten. Die beiden Männer schienen fernsehsüchtig zu sein. Hauptkommissar Ressling ließ sich in seinen Drehstuhl fallen, streckte die Beine weit unter den Tisch und drückte die Fingerspitzen zusammen unter sein Kinn. Eine Pose, die derart gekünstelt wirkte, dass Klare innerlich den Kopf schüttelte. Er verschwendete keinen einzigen Gedanken daran, wie er in seinem abgetragenen Trenchcoat wirken mochte, wenn er dagegen den durchgestylten Anzugträger betrachtete, der mit neuester Frisur und dem exakt geschnitten Kinnbart vor ihm saß.

Oberkommissar Mansfeld war Resslings Kopie, nur dass er einige Jahre weniger auf dem Buckel und seine Haare in der Mitte des Kopfes hochgegelt hatte. Sein Gesicht war bartfrei und die Haut glatt wie ein Kinderarsch. Das gab ihm das Aussehen eines Gecken. Sicher nicht besonders hilfreich, wenn er im Milieu auf Spurensuche war. Er saß breitbeinig auf der Fensterbank. Die Gedanken des biederen Hauptkommissars unterbrach Resslings Hüsteln, er bemerkte die abwartenden Blicke.

»Ja, meine Herren. Sorry, ich war gerade mit meinen Gedanken ganz woanders.«

»Das, lieber Kollege, ist uns nicht entgangen.«

»Es geht um einen alten Fall, der plötzlich eine krasse Wendung erfährt. Ich spreche von den drei Frauenmorden, bei dem der einzige Verdächtige, ein gewisser Dirk Rasper, nach einem Indizienprozess lebenslänglich erhielt.«

»Moment, Herr Kollege. Wenn ich mich da recht erinnere, wurden Beweise am Tatort sichergestellt, die eindeutig ihm zugeordnet werden konnten. Hat er das nicht sogar selbst bestätigt? Also, von welchen Wendungen sprechen wir nach so vielen Jahren?«

»Gut, dass Sie gerade diese Beweise ansprechen. Halten Sie das nicht auch für ziemlich dumm vom Täter, an einem Tatort, der ansonsten komplett clean war, der nicht einmal Fingerabdrücke aufwies, ein Taschentuch und ein Feuerzeug zu hinterlassen? Ihrem Scharfsinn wird doch wohl nicht entgangen sein, dass Rasper nicht einmal rauchte. Warum also lässt er ausgerechnet ein Feuerzeug zurück? Sicher, er trug es häufig bei sich, da er Kunden damit Feuer geben wollte – also mehr eine Marotte. An keinem der vorherigen Tatorte wurde auch nur ein Haar von ihm gefunden. Bei der dritten Leiche vergisst dieser gewiefte Täter plötzlich alle Vorsichtsmaßnahmen und verstreut Beweismittel, die ihn ans Messer liefern. Ist das schon früh eintretende Demenz bei diesem Rasper, oder wollte er sogar gefasst werden?

Ich gebe zu, liebe Kollegen, dass dies ja sicherlich nicht das erste Mal der Fall ist, dass ein Psychopath bewusst Spuren legt, um endlich gefasst zu werden. Doch die brüsten sich dann auch mit ihren Taten. Rasper streitet bis zum heutigen Tag noch ab, dass er diese Morde begangen hat. Irgendwas stimmt da nicht.«

Klare war auch dieser Blick nicht entgangen, den die beiden Männer austauschten. Er hoffte, dass sie mit ihm versuchen würden, diesen Fall endgültig zu klären und nicht, eigene Fehler oder Versäumnisse zu vertuschen.

»Sie sprachen am Anfang von neuen Wendungen. Was darf ich darunter verstehen? Sind neue Beweise aufgetaucht? Was muss ich mir darunter vorstellen?«

Ressling war näher herangerückt und sah Holger Klare erwartungsvoll, fast spöttisch an, während sein Stellvertreter gespannt der Unterhaltung folgte. Seine Beine baumelten entspannt von der Fensterbank herunter.

»Oh ja, ich vergaß. Ein Teil dieser dubiosen Indizienkette bildete das Alibi des Angeklagten. Ein Alibi, das allerdings von seiner eigenen Frau nicht bestätigt wurde. Es stempelte ihn augenblicklich zum Lügner, der auf die Loyalität seiner Frau baute und enttäuscht wurde. Sie erinnern sich sicher, oder?«

Ein kollektives Nicken bestätigte seine Feststellung. Immer noch fragende Blicke.

»Genau das ist die Wendung, meine Herren. Hier haben wir jetzt Klarheit.«

Bewusst machte Klare hier eine Pause, erntete jedoch nur Schweigen von den gewieften Verhörspezialisten. Ressling lehnte sich wieder zurück und kopierte die Coolness und Weltklugheit eines *Alex Cross*, dessen verfilmte Detektivfigur vom Autor *James Patterson* geschaffen wurde. Klare blickte sich im Raum um.

»Suchen Sie was, Herr Kollege?«

»Mensch, habt ihr nicht einmal ein Glas Wasser oder einen Kaffee für mich? Mein Hals ...«

Seine Bitte unterstützend tippte der Hauptkommissar mit dem Finger gegen seinen Kehlkopf. Endlich bequemte sich Mansfeld zum Kaffeeautomaten, der noch einen Rest abgestandener Brühe enthielt, die er in einen bereits benutzten Pott goss. Höflich bedankte sich Klare dafür und nippte an dem ungenießbaren Gesöff. Längst saß Mansfeld wieder am Fenster und wartete darauf, dass der Gast sein Geheimnis lüftete. Ressling trommelte mit den Fingerspitzen auf die zu oberst liegende Akte auf seinem Schreibtisch.

»Köstlich, einfach köstlich. Danke für den Kaffee. Zurück zum Alibi. Rasper behauptete ja damals, dass er den Abend zuhause bei seiner Frau zugebracht hatte, was sie vehement bestritt. Sie fühlte sich an einen Eid gebunden, den sie als Ehefrau ja gar nicht ablegen musste. Also wollte sie diese Aussage ihres Mannes nicht bestätigen ... und das auch aus gutem Grund, meine Herren.«

Jetzt endlich besaß er die volle Aufmerksamkeit der Kollegen. Sie starrten ihn an.

»Und? Wissen wir heute, wo er war? Und kann das von einer Person glaubhaft bestätigt werden? Raus damit, Rasper. Machen Sie es nicht so beschissen spannend.«

»Seine Frau, besser gesagt, seine Ex-Frau, bezeugt aktuell, dass er an einem Ort war, an dem auch sie sich zum Zeitpunkt der Tat befand. Jetzt endlich brechen beide ihr verdammtes Schweigen, das Rasper im Grunde genommen den Hals brach. Beate Rasper, die liebende Ehefrau, hatte damals ein heimliches Liebesverhältnis, von dem Dirk Rasper wusste.«

Bei beiden Beamten schnellten die Augenbrauen hoch und der Mund öffnete sich.

»Genauso habe ich auch reagiert, als sie es mir beide gestanden haben. Man muss sich das einmal vor Augen führen. Die besitzen beide so ein verkorkstes Ehrgefühl, dass er lieber in den Knast wandert, als dass sie eine solche Verfehlung zugeben würden. Und bei Rasper kam noch hinzu, dass er seiner Frau sein Wort gab, es niemandem und niemals zu erzählen. Ich arbeite da immer noch dran, einen solchen Wahnsinn zu begreifen.«

Mansfeld schien sich als Erster gefangen zu haben. Er sprang von der Fensterbank und wanderte durch das Büro.

»Ich hätte meine Alte erschlagen, wenn ich die dabei erwischt hätte.«

»Du bist doch Single.«

»Ich meine ja nur, dass ich es gemacht *hätte*. Ich wäre doch für so eine beschissene Tussi nicht in den Knast gewandert. Wie bescheuert ist das denn?

Jetzt lasst mich das kurz zusammenfassen. Beide wollen plötzlich ein Wiederaufnahmeverfahren, in dem sie dann die volle Wahrheit darstellen möchten. Er fühlt sich nicht mehr an sein Wort gebunden und ihr ist es jetzt als Ex-Frau scheißegal, was die Welt und die Familie von ihr denkt. Ist es so? Aber weiter. Die hoffen darauf, dass das damalige Urteil aufgehoben wird und Rasper freikommt. Ich denke aber, dass er aufgrund der damaligen Aussage keine Wiedergutmachung erhalten wird. Und für uns heißt das: Wir haben einen ungelösten Fall und müssen neu ermitteln?«

Ressling hob die Hand und schüttelte den Kopf. Wieder lehnte er seinen Körper über den Schreibtisch.

»Moment, liebe Freunde. Da sind immer noch die Beweise am Tatort. Wird das jetzt einer abtrünnigen Elfe in die Schuhe geschoben, die von ihrem Gott *Asuryan* verstoßen wurde und das Taschentuch und das Feuerzeug in einem Anfall von aufkeimenden Zorn dort hinlegte? Klar, irgendein Kerl musste dafür büßen.

Doch Spaß beiseite, diese Gegenstände können wir nicht einfach wegdiskutieren. Die haben doch den Richter endgültig überzeugt. Ich denke, dass wir herausfinden müssen, warum sie dort lagen. In welcher Beziehung stand Rasper überhaupt zu dieser ermordeten Frau? Hat der sein Lasso etwa nicht immer in der Hose belassen? War der auch nicht besser als seine Frau? Klare, Mansfeld ... da wartet Arbeit auf uns.«

Holger Klare wühlte in seiner abgegriffenen Ledermappe und warf die Ermittlungsakte auf den Tisch, als er sah, dass Ressling den Hörer in die Hand nahm und die Nummer vom Archiv anwählte.

22

Der Kraftraum, in dem sich diverse Fitnessgeräte befanden, bewahrte den Geruch von Männerschweiß solange, bis sich jemand bemühte, das Fenster einen Spalt zu öffnen. Dirk Rasper beobachtete den kraftstrotzenden Kerl schon eine Weile, da ihn der Eindruck verfolgte, dass auch der ihn ständig beobachtete. Nach vielen Jahren in einer Haftanstalt entwickelte sich ein Alarmsystem, das Gefahren schon im Vorfeld erkennen ließ. Die Lasten, die der Mann mit der fast quadratischen Figur eines professionellen Gewichthebers auf der Hantelbank spielerisch stemmte, ließen seine Muskelberge anschwellen. Das strähnige, schwarze Haar fiel ihm weit über den Nacken, blieb hin und wieder an den nassen, verschwitzten Körperteilen hängen. Die Wiege dieses Monsters musste einst im vorderen Orient gestanden haben, was der heftige Knoblauchgeruch in beeindruckender Weise unterstrich. Dieser erfüllte den gesamten Raum und erzeugte mittlerweile Würgereize bei den Männern, die sich auf den Fitnessgeräten bewegten.

Coord, der Ostfriese aus Aurich, beging einst den Fehler, den Liebhaber seiner Frau an einen Felsen zu binden und in aller Ruhe die Flut abzuwarten. Das Gericht wertete das als kaltblütigen Mord. Heute machte er einen weiteren Fehler, indem er das Fenster öffnete, das sich direkt über der Hantelbank befand. Vielleicht war es auch das in den Raum gerufene *Hier stinkt es wie in einem orientalischen Puff*, was schlagartig für gespenstige Ruhe sorgte. Nur das Aufsetzen der Hantelstange unterbrach die Stille. Coord fehlte jegliches Gespür für aufziehende Gefahr, sollte man meinen, als er sich wieder seinem Ergometer zuwandte, auf dem er schon etliche Kilometer abgerissen hatte. Kurz bevor er das Gerät erreichte, riss ihn die harte Hand des Muskelberges zurück. Die Faust schlug mitten in das Gesicht, das zuvor nur Erstaunen über die Unterbrechung zeigte. Das Blut vermischte sich mit Knochensplittern, die sich in der Mundhöhle und im Bereich des Nasenbeins ansammelten. Die Pupillen drehten sich unnatürlich nach innen, bevor er wie ein nasser Sack zu Boden sank. Der Ostfriese nahm den heftigen Tritt in die Nieren gar nicht mehr wahr. Eine gnädige Ohnmacht sorgte dafür, dass er dafür unempfindlich wurde. Darauf nahm der Schläger jedoch keine Rücksicht, trat weiter auf den wehrlosen Mann ein, der verkrümmt und bewegungslos am Boden lag. Immer mehr Blut breitete sich auf dem Filzboden aus, wurde von dem gierig aufgesaugt.

»Es ist genug, verdammt! Du bringst den Mann ja um!«

Erst als Dirk den kleineren Mann an der Schulter fasste und herumzog, reagierte der. Die Faust verfehlte nur um Haaresbreite Dirks Kopf. Er hatte sich rechtzeitig durch eine Körperdrehung aus dem Gefahrenbereich befreit. Nun blickte er aber in zwei schwarze Pupillen, die einen unmenschlichen Hass ausdrückten, wie ihn Dirk nie zuvor bei einem menschlichen Wesen zu sehen bekam. Der jetzt schweißtriefende Mann brachte sich mit einem satanischen Lächeln in Position. In Dirk Rasper verfestigte sich stärker das Gefühl, als hätte dieser Mann nur nach einem Grund gesucht, sich genau mit ihm anzulegen. Er sollte vermutlich das Ziel dieser Aktion sein – von Anfang an.

Es war nicht die erste Auseinandersetzung für ihn. Diese Grabenkämpfe waren an der Tagesordnung, weil die Grenzen und Hierarchien im Hause nur so bestimmt wurden. Er hasste das aus tiefster Seele, hatte sich, so weit es ging, herausgehalten. Doch kniff er, war er für immer als Weichei und Feigling abgestempelt. Er musste jetzt und hier allen Mut zusammennehmen, selbst wenn er sich dessen sicher war, mit schweren Verletzungen aus diesem Kampf herauszugehen. Jede Sehne seines Gegners war gespannt, trat mächtig aus dem nur aus Muskeln bestehenden Körper des Mannes heraus. Dirk achtete aufmerksam auf die Fäuste, auf das kleinste Anzeichen einer Aktion in den Augen des Gegners. Dabei entging ihm der gemeine Tritt gegen sein Schienbein, der einen Schmerz auslöste, der ihn nach vorne sinken ließ. Das nutzte der Araber, wie sich später herausstellen sollte, aus, um Dirk den Ellbogen gegen die Stirn zu hämmern. Die Welt drohte, um ihn herum zu versinken, Sterne tanzten vor seinen Augen. Rein instinktiv riss er die Fäuste hoch, um weitere Schläge gegen den Kopf zu vermeiden. Der gemeine Schlag unterhalb des linken Rippenbogens bewies Sekundenbruchteile später, dass gerade dies die schlechteste Entscheidung war. Nun wurde es endgültig dunkel um ihn herum, den Aufschlag seines Körpers bekam er schon nicht mehr mit. Auch nicht die Tritte, die seinen Leib trafen und Rippen brechen ließen.

Licht, das durch die halbgeschlossenen Lider drang, verursachten im ersten Moment Schmerzen. Dirk Rasper kämpfte dagegen an und öffnete die Augen endgültig, legte eine Hand schützend darüber. Nur schemenhaft erkannte er Schatten, die in dem weißglänzenden Raum herumwuselten. Stimmen, die er nicht zuordnen konnte, wirbelten durch einen Nebel, den er zu durchdringen versuchte. Erst der typische Geruch von Krankenhaus erinnerte ihn daran, warum er immer mehr den Eindruck erhielt, mit eng anliegenden Verbänden komplett verschnürt zu sein. Bruchstückhaft kamen wieder Momentaufnahmen des einseitigen Kampfes zurück. Da war dieser Fitnessraum, der hässliche Araber und Coord, der Ostfriese.

»Da ist er ja wieder, unser Held. Hunger oder Durst?«

Immer deutlicher zeichnete sich das Gesicht eines dunkelbärtigen Krankenpflegers ab, der sich über ihn beugte und die Anschlüsse der Schläuche prüfte, die Dirk mit diversen Flüssigkeiten versorgten.

»Soll ich dir was zu trinken bringen? Eigentlich erhältst du ja genügend davon über die Infusion, aber es könnte ja auch mal was anderes sein, was du dir wünschst – außer Schnaps natürlich.«

Dirk war das leise Kichern nicht entgangen, was die Frage des jungen Mannes abschloss. Er versuchte, sich in eine bequemere Lage zu bringen, was die Verbände jedoch verhinderten.

»Soll ich das Bett hinten höher stellen? Kein Problem, mein Freund. Das haben wir gleich.«

Ein leises Summen begleitete die Bewegung der Matratze in seinem Rücken. Jetzt hatte er einen recht guten Überblick durch das Zimmer, bemerkte genau in diesem Augenblick, dass zwei Männer den Raum betraten. In einem erkannte er Güven. Hamza, sein ständiger Schatten, blieb jedoch an der Tür stehen und hob nur grüßend die Hand. Güven steckte dem jungen Pfleger etwas in die Hand, wobei Dirk einen Geldschein vermutete.

»Könntest du uns einen Augenblick alleine lassen?«

Stumm nickend verschwand der Mann, warf Dirk noch ein Lächeln zu. Güven zog sich einen Stuhl ran und parkte seine gefühlten einhundertdreißig Kilo darauf, was dieser mit einem beeindruckenden Knirschen quittierte.

»Schmerzen, mein Freund?«

»Nur wenn ich lache, Güven.«

»Das ist gut, das höre ich gerne. Du hast wenigstens deinen Humor nicht verloren. Der Rest heilt schon wieder. Dein Gesicht hat kaum was abbekommen. Habe gehört, dass einige Rippen gebrochen sind und deine rechte Niere geprellt wurde. Das bringt dich nicht um. In ein paar Tagen bist du wieder der Alte und wir können die Halma-Partie weiterspielen. Du fehlst mir als Gegner. Sonst laufen doch nur Verlierer um mich herum.«

Zumindest ein mildes Lächeln zauberte sich auf Dirks Gesicht, ein offenes Lachen versuchte er zu vermeiden. Güven beugte sich zu ihm, bis sich seine Lippen nur noch wenige Zentimeter von Dirks Ohr entfernt befanden.

»Du musst dir wegen dieser Drecksau aus dem Fitness-raum keine Sorgen mehr machen. Der hat nur auf Befehl seines Knast-Mufti gehandelt und darf dafür nie mehr wieder an der Pilgerreise nach Mekka teilnehmen. Es heißt, jemand hat ihn vorzeitig zu den heiligen Quellen von

Zamzam geschickt. Wenn er dort Mohammed trifft, wird der ihn kräftig in den Arsch treten.

Dieser Araber wollte Krieg ... jetzt hat er ihn. Der wird sich das mit seinem Helfer nicht bieten lassen, denn der hatte auch den Drogentransport inne. Aber Scheiß drauf, soll er doch kommen. Wir sind vorbereitet. Und der Bursche hier mit den weißen Klamotten wird auf dich achten, das ist unser Mann. Klaro?«

Dirk Rasper fühlte sich nicht wohl in seiner Haut. Durch sein Eingreifen verlor ein Mensch sein Leben.

»Was ist mit dem Ostfriesen? Hat der ...?«

»Mach dir keinen Kopp um den. Der liegt zwei Zimmer weiter und frisst schon wieder Unmengen an Fisch. Der wird noch eine Weile brauchen, bis die Ärzte ihm die Verbände von der Fresse wickeln, aber hübsch war er vorher auch nicht. Hauptsache du kommst wieder auf die Beine. Die Leute feiern dich als Helden. Wusstest du das? Das vergessen die hier nicht, wenn sich einer einmischt. Macht ja kaum jemand. Aber wenn das einmal passiert ... alle Achtung!«

Mit dem letzten Wort erhob er sich und legte stumm die riesige Hand auf Dirks Schulter. Ein letztes Augenzwinkern und er verschwand mit Hamza im Schlepptau.

23

»Sie sehen so nachdenklich aus, Klare. Was macht Ihnen zu schaffen?«

Schon lange beobachtete Ressling den Kollegen, der sich einen Platz im Büro der beiden Ermittler eingerichtet hatte. Die letzten Telefonate schienen nicht so positiv gewesen zu sein, ließen die Hochstimmung, die er zuvor verbreitet hatte, in den Keller fallen.

»Ich habe gestern mit dem Anwalt gesprochen, der Rasper bei der Hauptverhandlung vertreten hat. Da war noch alles klar, dass er ein Wiederaufnahmeverfahren beantragen würde. Vor einer Stunde lehnt dieses Arschloch die Vertretung ab. Angeblich sieht er keinen Grund, der das rechtfertigt. Er befürchtet, dass das Gericht die Wiederaufnahme nach § 359, Nr. 2 Strafprozessordnung ablehnt, da die uneidliche Falschaussage der Beate Rasper ohne Vorsatz geleistet wurde. Der Kerl ist total krank. Ich habe mich erkundigt. Rasper kann diese Wiederaufnahme auch selbst schriftlich bei Gericht anbringen. Wir werden schon einen Anwalt finden, der ihn durch das Verfahren boxt. Mich macht das krank, dass sich das ganze Prozedere so lange hinzieht. Jeder verfluchte Tag mehr in dieser Hölle, ist einer zu viel. Habt ihr eigentlich schon was gefunden, um den Mann weiter zu entlasten?«

»Klare, der Staatsanwalt wird versuchen, diese zweite Aussage zum Alibi als erfunden hinzustellen. Kaum jemand wird nachvollziehen können, dass ein Ehemann die Frau schützt, die ihm Hörner aufgesetzt hat. Mal ehrlich ... würden Sie für Ihre Frau für den Rest Ihres Lebens in den Knast gehen, wenn Sie die beim Vögeln mit einem anderen Kerl erwischt hätten? Wie bescheuert ist das denn? Ich hätte eher verstanden, wenn er ihr die Rübe weggeschossen hätte. Dann wäre selbst für ihn ein Grund für das harte Urteil da gewesen ... aber so? Ich muss zugeben, dass ich mich bei der Vorstellung auch schwertue. Erst legt er einen Eid dafür ab, dieses Fremdbumsen keinem mitzuteilen, weil sie um ihre beschissene Ehre bangt. Jetzt plötzlich ist es ihm egal? Woher kommt der Sinneswandel?

Wenn das Verfahren zustande kommt, wird die ganze Welt davon erfahren. Die Presse wird sich auf Beate Rasper stürzen und ihn als traurigen Idioten hinstellen. Die Rasper wird sich in keinem Winkel der Nation verstecken können. Man wird mit Fingern auf diese Frau zeigen, die für ihre vermeintliche Unbescholtenheit den Kerl in einer Zelle verrotten lässt. Ich gebe zu, dass ich den armen Kerl gerne da rausholen würde. Aber diese Ziege sollte man auch mal ein paar Jahre wegsperren.«

So erregt hatte Klare diesen ansonsten sehr gefassten Kollegen noch nie erlebt. Normalerweise agierte er recht einsilbig. Doch der war noch nicht am Ende seiner Rede.

»Haben Sie schon einmal darüber nachgedacht, dass es, wenn auch ein spätes, aber immerhin ein Spiel sein könnte?

Was ist, wenn die neue Geschichte einfach erfunden wurde, wenn die Frau unter Druck gesetzt wurde? Wir beide wissen doch, was aus dem Knast heraus alles organisiert wird. Rasper könnte doch einen Kumpel, der zwischenzeitlich wieder auf freiem Fuß ist, damit beauftragt haben, seiner Alten auf den Pelz zu rücken, um sie zur neuen Aussage zu überreden. Die hat eine kleine Tochter und ist deshalb leicht angreifbar.«

Die Männer schwiegen eine Weile, ließen den Gedanken sacken, bevor Klare energisch den Kopf schüttelte.

»Das kann ich mir schlecht vorstellen. Der Typ sitzt bereits im siebten Jahr. So lange hält doch keiner die Füße still, wenn er unbedingt wieder raus will. Was mir natürlich überhaupt nicht gefällt, ist die Tatsache, dass wir diesen Karsten Moller bisher noch nicht gefunden haben. Der hat die Rasper mehrere Monate lang bestiegen, wie sie behauptet, ist aber dann unbekannt verzogen. Ist das jetzt ungewöhnlich? Nein, ist es nicht. Das passiert jeden Tag mehrfach.

Es wird sogar bestätigt, dass ein solcher Moller in dem Achtenbergweg gewohnt hatte. Wo ist dieser Zeuge hin? Der wäre sehr wichtig, um die Geschichte abzurunden. Ich muss zugeben, dass die Beschreibung des Kerls durch Beate Rasper nicht besonders hilfreich war. Wenn wir dieses Phantombild zugrunde legen, dürfte die Frau mit mindestens zwanzig Fußballmannschaften geschlafen haben. Wir müssen den Mann finden, sonst hängt der Erfolg des Verfahrens an einem seidenen Faden.

Doch lassen wir diesen Punkt mal einen Augenblick außer Acht. Woher kommen diese dubiosen Beweismittel? Warum fanden wir ansonsten keine einzige Spur von Rasper, keine DNA? Die, die wir an den Leichen fanden, stimmt mit seiner nicht überein. Das macht mich wahnsinnig. Wenn Rasper unschuldig ist, müssen wir mit einer Konsequenz leben – der wahre Mörder läuft noch frei herum und er wird es wieder tun. Der hat drei Frauen massakriert, anders kann man das nicht nennen. Der hat eine Pause eingelegt, um Rasper als Täter nicht aus dem Rennen zu nehmen. Er könnte das Morden schon längst wieder aufgenommen haben. Wir haben es nur nicht dem gleichen Täter zugeordnet, denn der sitzt ja schon lange ein. Ressling, wir sollten mal die Listen der Frauenmorde der letzten Jahre unter die Lupe nehmen. Muss ja nicht unbedingt nur hier im näheren Umkreis sein. Vielleicht hat diese Bestie unter unseren Augen weitergemacht, wir haben es nur als völlig neue Einzelfälle betrachtet. Was halten Sie davon?«

Ressling malte große Kreise auf die Schreibtischunterlage, auf der unzählige Telefonnummern notiert waren. Man konnte es fast hören, so laut dachte Ressling über den Vorschlag nach. Er schrak hoch, als die Bürotür aufgerissen wurde und Mansfeld in den Raum stürmte. Sein gerötetes Gericht zeigte deutlich die Erregung, die ihn erfasst hatte.

»Die Kollegen haben den Kerl gefunden.«

Während er den Mantel von der Garderobe riss, schleuderte ihm Ressling die Frage entgegen.

»Sie haben wen gefunden? Bist du mal so nett und klärst uns auf?«

»Na, wen suchen wir denn? Natürlich diesen Moller. Der soll sogar seine Papiere dabei haben. Das, was von ihm noch übrig ist, könnte also Moller sein. Kommt ihr mit? Es ist nicht weit. Runter zum See. Der muss in eine Schiffsschraube geraten sein. Soll nicht mehr so hübsch aussehen, sagen die Kollegen.«

Noch immer lag das Boot der Wasserschutzpolizei vor dem Steg, auf dem sich eine Menschentraube gebildet hatte, die wild miteinander diskutierte. Die drei Männer, die gerade dem schwarzen Passat entstiegen waren, traten zur Seite, um dem abziehenden Pulk Platz zu machen. Erst dann näherten sie sich der weißen Plane, die man über den Körper gelegt hatte, von dem man annahm, dass es sich im Moller handelte. Mansfeld legte den oberen Teil der Leiche frei, woraufhin sich Ressling abdrehte.

»Scheiße, was ist denn mit dem passiert? Auf dem Kopf muss ja ein Panzer gewendet haben. Und das da soll wirklich Moller sein? Wir müssen, bevor wir damit an die Öffentlichkeit gehen, erst sicher sein. In der Wohnung müsste ja was zu finden sein, um einen DNA-Abgleich machen zu können. Ich möchte nicht riskieren, dass sich später herausstellt, es ist irgendein Berber, dem man die Papiere untergejubelt hat. Das sieht wirklich so aus, als wäre er in eine Schiffsschraube geraten. Was sagt die Spurensicherung?«

Mansfeld deckte den Körper wieder ab und richtete sich auf.

»Doktor Scheidt ist sich da noch nicht sicher. Er legt sich lediglich darin fest, dass dieser Mann mindestens achtzehn Stunden tot ist, aber nur maximal vierzehn Stunden im Wasser trieb. Die Waschhaut hat sich noch nicht komplett ausgebildet. Er ist sich schon jetzt sicher, dass das Opfer nicht ertrunken ist, sondern bereits tot im See entsorgt wurde. Es sollte nur so aussehen, als wäre er ertrunken und von einem Boot gerammt worden. Er hat eine Stelle am Halsansatz gefunden, die darauf hindeutet, dass er mit einem stumpfen Gegenstand erschlagen wurde. Die Wirbel sind gebrochen. Mehr kann er uns erst sagen, wenn er den Kerl auf dem Tisch hatte.«

Klares Augen irrten über die Wasseroberfläche, so als würde er die Wahrheit im tiefen, dunklen Wasser des Baldeneysees finden wollen. Der See schwieg beharrlich und bewahrte sein Geheimnis.

»Da stimmt irgendwas nicht!«

Ressling trat an den Mann heran, zu dem er in den letzten Tagen ein ganz besonderes Verhältnis aufgebaut hatte. Er bewunderte ihn dafür, dass er wie ein Terrier an einer Spur hängen blieb, hatte er sie erst einmal aufgenommen. Der Kollege besaß ein stark ausgeprägtes Gefühl für diese Feinheiten, die eine durchdachte Ermittlung so immens wichtig machten. Er entlarvte die verborgenen Löcher, die oft Spuren im Sande verlaufen ließen. Wenn Klare so was aussprach, musste es einen plausiblen Grund für Zweifel geben.

»Wie meinen Sie das, Klare?«

»Es will mir nicht in den Kopf, warum ein wichtiger Zeuge genau jetzt, wo man ihn sucht, den Löffel abgibt. Es kann auf keinen Fall im Interesse der Raspers sein, dass der von der Bildfläche verschwindet. Ihnen fehlt dadurch der einzige Mensch, der ihre Aussage bestätigen könnte. Für ihn bestand keinerlei Gefahr, bestraft zu werden, da er ja bisher keinerlei Falschaussage getätigt hat. Warum sollte man ihn also ausschalten, außer ...?«

»Worauf wollen Sie hinaus? Außer ...«

128

»... außer, der wahre Täter hat auf welche Art auch immer von der Suche erfahren und dafür gesorgt, dass kein neues Verfahren Rasper von der Schuld freispricht. Kein bewiesenes Alibi – keine neue Verhandlung. Kein Richter der Welt wird vermutlich die neue Aussage von Beate Rasper für einen Freispruch gelten lassen. Das ist allerdings nur meine Interpretation, wohlgemerkt. Ob es trotzdem zu einem Wiederaufnahmeverfahren kommt, lasse ich mal dahingestellt.«

Jetzt war es Ressling, der seine Hände auf die Stegabsperrung stützte und über das Wasser blickte, das jetzt, in den frühen Abendstunden, vom aufziehenden Nebel überzogen wurde. Das leise Tuckern des ablegenden Polizeibootes vernahm er nur am Rande. Erst als sich die Hand des älteren Kollegen auf seine Schulter legte, drehte er sich wieder um und verfolgte das Bemühen der Kollegen, die die Überreste des Opfers auf eine Bahre legten und in das schwarze Auto hievten.

Wer, in Gottes Namen, hatte Informationen über die Suche nach Moller nach draußen sickern lassen? Wie hätte der mögliche Mörder davon erfahren und derart handeln können? Sie mussten enger zusammenarbeiten, alle Kanäle schließen.

24

Still beobachtete Leonie ihre Mama, während sie von Langeweile geplagt die Buntstifte sortierte, ab und zu Figuren auf ein Papier kritzelte, das vor ihr auf dem Küchentisch lag. Schon über eine Stunde studierte Beate die Berge an Post, die sie seit Tagen in einer Schublade hortete. Bisher fehlte ihr der Mut, die Briefe zu öffnen, die ihr von Männern aufgrund ihrer Zeitungsannonce zugeschickt wurden. Sie war sich urplötzlich der Tatsache bewusst geworden, dass ihre biologische Uhr unaufhaltsam tickte und die Chancen Tag für Tag geringer wurden, einen attraktiven Mann an ihre Seite zu bekommen. Ganz abgesehen davon, dass sich bei ihr immer öfter ganz menschliche Bedürfnisse meldeten. Außerdem brauchte Leonie einen Vater. Sie sollte endlich in einer normalen Familie leben können, in der zumindest für das Umfeld ein Vater existierte. Auch sie spürte fast täglich, dass sie von vielen alltäglichen Dingen ausgegrenzt wurde. Zu Partys in der Nachbarschaft wurde sie erst gar nicht eingeladen, da dort nur Ehepaare über ihre Sorgen und Nöte, ihren Beziehungsstress sprachen. Da war ein Single, der auch noch eine unübersehbare Gefahr für das Familienleben darstellen konnte, nicht allzu gerne gesehen. Auf der Straße grüßte man sich freundlich, doch die Tür zu den eigenen vier Wänden blieben verschlossen.

Der erste Brief lag nun geöffnet vor ihr. Was fehlte, war der Mut, ihn zu lesen. Die Angst überfiel sie mit einem Schlag, dass Fremde zu intensiv in ihr Intimleben eindrangen, von ihr Dinge erwarteten, zu denen sie nicht bereit war, zu geben. Auch wollte sie nicht zu tief einsteigen in die Welt der Männer, die möglicherweise falsche Hoffnungen in eine Beziehung setzten. Endlich überwand sie diese Skrupel und las die ersten Zeilen. Sekunden später warf sie das Papier mit hochrotem Kopf auf den Tisch, griff sofort wieder danach und riss es in tausend Schnipsel. Immer noch wurde sie von Leonie beobachtet, die jetzt ihren Kopf in die beiden Händchen gestützt hielt und sie unverhohlen anstarrte.

»War das ein sehr böser Brief, Mama? Was stand da drin?«

Nun endlich wurde Beate sich der Tatsache bewusst, dass ihre Tochter mit am Tisch saß und keine Ahnung davon hatte, dass ihre Mutter zwanghaft nach Männerbekanntschaften suchte. Wie von Sinnen raffte sie die vielen Briefe zusammen und schob sie wieder in den Stoffbeutel, in dem sie diese schmutzige Post aufbewahrte.

»Das sind Briefe von Männern, die ... wie soll ich dir das sagen, Schätzchen? ... von Männern, die ...«

»Wollen die alle mein neuer Papa werden?«

Fassungslos glitt Beates Blick über das unschuldige Gesicht ihrer kleinen Tochter, von der sie glaubte, dass sie nichts von alledem mitbekommen hatte. Nun wurde sie sich bewusst, dass dieses kleine Wesen sehr wohl Dinge wahrnahm, die ihre Mutter zu verbergen versuchte.

»Kleines, das ist ganz anders, als du denkst. Du hattest einen richtigen Papa. Du brauchst keinen anderen ...«

Hier stockte Beate und schlug die Hände vor das Gesicht. Leonie rutschte mit todernstem Gesicht von ihrem Stuhl und legte die kurzen Ärmchen um die Taille ihrer Mutter. Die Stimme klang in diesem Augenblick schon sehr erwachsen.

»Ich möchte aber gerne einen Papa, der immer bei mir sein kann. Die Freundinnen erzählen mir oft davon, wenn sie mit ihrer Familie im Kino waren oder im Zoo. Die fahren auch in den Urlaub. Die spielen mit ihrem Papa im Garten oder bekommen Geschichten vorgelesen. Du sitzt doch auch manchmal unten im Wohnzimmer und dann weinst du. Ich höre das immer, auch wenn ich dir das noch nie gesagt habe.

Kann ich nicht so einen Papa bekommen wie Onkel Rainer? Wenn der mit seinem Film fertig ist und diesen hässlichen Bart ab hat, dann sieht der bestimmt ganz nett aus. Und ich kann damit bei meinen Freundinnen angeben, dass mein Papa beim Film arbeitet. Bitte, Mama.«

Bei Beate war die Gesichtsröte in Blässe umgeschlagen. Ihre Hände zitterten, als sie Leonies Kopf mit den Fingern anhob und sie fest an sich drückte.

»Das wird kaum möglich sein, Spatz. Ich meine, dass Onkel Rainer erwähnt hätte, dass er nach diesem Film zu anderen Filmaufnahmen ins Ausland muss. Und dann solltest du so ganz am Rande berücksichtigen, dass dieser neue Papa auch mir gefallen muss.«

Beate gewann recht schnell den Eindruck, dass dieser Einwand bei ihrer Tochter eine kleine Krise auslöste. Sie schien irritiert, trat einen Schritt zurück. Mit beiden Armen in die Hüften gestützt stand sie nun vor ihr.

»Das glaube ich dir nicht, Mama. Das hätte er mir bestimmt gesagt. Und warum sollte er dir denn nicht gefallen? Der sieht doch gut aus und er ist nett zu uns.«

Nachdem sich Leonie mit gesenktem Kopf in ihr Zimmer zurückgezogen hatte, nutzte Beate die Gelegenheit, um sich in den Nachrichten umzusehen, die sich in ihrem Postfach angesammelt hatten. Parallel zur Zeitungsannonce hatte sie sich auch in einer Partnerbörse angemeldet, die es ihr bei bescheidenen Beiträgen erlaubte, nach einem geeigneten Mann zu suchen. Ihr entfuhr ein überraschendes *Oh*, als sie die vierunddreißig Mails betrachtete. Auch hier sortierte sie relativ schnell die Zeitgenossen aus, die sehr gradlinig das Thema außerehelichen Sex ansteuerten. Übrig blieben acht Nachrichten, die sich vielversprechend anfühlten. Lange betrachtete sie die Bilder, die ihr teilweise recht ansehnliche Porträts zeigten, Männergesichter, die nicht sofort den über- proportional angestiegenen Hormonspiegel erkennen ließen. Ein Foto berührte sie auf eine besondere Art, die sie sich nicht erklären konnte. Die gewählten Worte hatten etwas Poetisches, sprachen sie an. Sie nahm sich vor, mit diesem Arne Kontakt aufzunehmen, zumal er auch noch in der Nähe wohnte.

25

Nur selten zuvor in ihrem Leben fühlte sich Beate dermaßen elend wie heute. Dieses enge Kostüm, das ihr kaum Platz zum Atmen ließ, trug sie zuletzt vor vielen Jahren, als sie mit Dirk zu einer Party eingeladen war und noch nicht über die kleinen, verräterischen Speckröllchen verfügte. Nun ja, auch sie konnte die Spuren der Geburt des Kindes und das gute Essen nicht einfach so wegwischen. Sie konnte nur versuchen, die Qualen einige Stunden zu ertragen. Immer wieder fuhren ihre Hände runter zum Saum, um den über die Knie zu zwingen. Sie fand ihre viel zu breiten Gelenke einfach unansehnlich und befürchtete, dass das Sitzen später einen Einblick gewähren würde, den sie unbedingt vermeiden wollte. Mama meinte zwar, dass man die Männer damit ruhig reizen sollte, und dass ihre Beine einen Blick wert wären. Den geraden Wuchs hätte sie selbstverständlich der mütterlichen Seite zu verdanken.

Leonie fehlte jegliches Verständnis dafür, dass sie die kommende Nacht und den folgenden Tag bei Oma bleiben sollte. Da half auch die Zusicherung nicht, dass sie dort absolut eigenverantwortlich einen Marmorkuchen backen durfte. Sie wollte einfach nicht, dass sich ihre Mutter mit einem doofen Kerl in einem Café traf. Ihrer Bitte, mitgehen zu dürfen, wurde seitens des Erwachsenenrates nicht entsprochen. Beate musste trotz der aufsteigenden Nervosität lächeln, als sie an das Gesicht ihrer Tochter dachte, das deutlich das Missfallen über diese autoritäre Entscheidung zeigte.

Noch zehn Minuten, bis sie einem Mann gegenübertreten musste, der vielleicht einmal eine wichtige Position in ihrem zukünftigen Leben einnehmen könnte. Nach einem flüchtigen Blick auf ihre bebenden Hände versteckte sie die wieder in den Manteltaschen und ballte sie zu Fäusten. Es wurde immer schwieriger, den aufkeimenden Fluchtgedanken zu unterdrücken. Sie trat von einem Bein auf das andere, als überfiele sie ein dringendes Bedürfnis. Die Stimme hinter ihr ließ sie herumfahren.

»Sind Sie genauso nervös wie ich? Sie, ich meine, du bist doch Beate, oder täusche ich mich da? Ich konnte es auch nicht mehr zuhause aushalten und musste schon früher zum Treffpunkt. Ich habe die Zeitung als Erkennungszeichen mitgebracht. Sollen wir ... ich meine, können wir reingehen? Ich brauche jetzt dringend was zur Beruhigung.«

Beate blickte in Augen, die ihr schon auf dem Foto angenehm auffielen. Sie irrten im Augenblick zwischen ihr und dem Eingang zum Café hin und her. Sie setzte sich wie unter einem fremden Zwang in Bewegung und folgte dem ausgestreckten Arm des Mannes, der sie um fast einen Kopf überragte. Während dieser Arne die Garderobe aufsuchte, zerrte Beate wieder einmal an ihrem Rocksaum, was dem Blick ihres neuen Begleiters nicht entging. Sie verfluchte sich einmal mehr dafür, dass der geringste Anlass ausreichte, um bei ihr eine Verlegenheitsröte zu produzieren. Arne verlor kein Wort darüber und winkte die Bedienung heran.

»Lass uns anstoßen, damit wir endlich die Scheu vor dem Anderen ablegen können. Für mich ist das heute das erste Mal ... ich meine, das erste Date. Aber ich konnte einfach nicht widerstehen, als ich dein Bild im Portal entdeckte. Du hast so was Vertrautes ausgestrahlt. Ich musste ...«

Beate forschte in ihrem Gedächtnis, versuchte dieses zugegebenermaßen attraktive Gesicht, einer Person zuzuordnen, die sie eventuell von früher kannte. Als dieser Abgleich ohne Ergebnis blieb, unterbrach sie Arnes Rede, indem sie eine Hand hob.

»Entschuldige, wenn ich dich so unhöflich unterbreche, aber könnte es sein, dass wir uns von irgendwoher kennen? Ich irre mich selten darin, doch fällt mir im Moment nichts dazu ein.«

Ein Lächeln, das Beate spätestens jetzt dahinschmelzen ließ, zauberte sich auf Arnes Gesicht. Unmerklich schüttelte er den Kopf.

»Das kann ich mir kaum vorstellen, denn wenn wir uns schon einmal getroffen hätten, wäre das nicht ohne engeren Kontakt verlaufen. Ich könnte mich sicher an dein Gesicht erinnern. Aber man kann nicht wissen, da ich viel auswärts bin und Firmen besuche. Ich hatte ja im Dossier bereits geschrieben, dass ich als Außendienstleiter im Bereich der Anzeigenwerbung unterwegs bin. Vielleicht war ich ja einmal in der Filiale, in der du arbeitest.«

»Ach lassen wir das. Ich werde mich einfach geirrt haben. Das hört sich interessant an, was du machst. Dann lernst du bestimmt viele Menschen kennen. Du siehst auch noch recht passabel aus, da dürfte es dir doch bestimmt nicht schwerfallen, eine Frau kennenzulernen. Verzeih mir bitte meine Offenheit, wenn ich das so frei raus sage.«

»Es fasziniert mich immer wieder, wenn ich Menschen begegne, die im selben Augenblick das Gleiche denken wie ich. Vor einem Moment gingen mir dieselben Gedanken durch den Kopf, denn du und dein Aussehen ... das passt einfach nicht in ein seriöses Dating-Portal. Nicht, dass wir uns falsch verstehen, aber du hast es wirklich nicht nötig, dich um Bekanntschaften zu bemühen. Die Männer dürften dir doch normalerweise die Tür einlaufen. Was stimmt denn dann mit uns nicht? Könnte es sein, dass du ebenso schüchtern bist wie ich?«

Ein Schatten legte sich über Beates Gesicht. Um nicht das Falsche zu entgegnen, trank sie einen Schluck aus ihrem Weinglas.

»Bitte tu mir einen Gefallen und übertreibe es nicht mit den Komplimenten. Und versuche mir auch nicht zu verkaufen, dass du schüchtern bist. Das nehme ich dir einfach nicht ab. Lass uns offen und ehrlich gegenübertreten. Jede Lüge und Übertreibung würde alles wieder kaputtmachen und das fände ich schade.«

Arne hob entschuldigend beide Hände und rückte näher an den Tisch heran.

»Du hast recht damit. Erzähle mir von deiner Tochter. Ist sie schon in der Schule? Ich möchte alles über die Kleine wissen, über ihre Hobbys, über den Vater, einfach alles.«

Arne schien zu spürten, wie Beates Körper sich für einen kurzen Augenblick versteifte, als er auf den Vater zu sprechen kam. Abwartend sah er in ihre Augen, die Momente später wieder Gefasstheit ausstrahlten. Sie spielte mit dem Weinglas, drehte es unablässig, als sie sprach.

»Leonie geht schon zur Schule, sie geht sogar gerne dorthin. Ich habe ein Bild von uns beiden dabei. Möchtest du das sehen?«

»Aber sicher, gerne.«

Nur Sekunden später hielt er es in der Hand und wieder war es dieses bezaubernde Lächeln, das Beates Puls in die Höhe trieb. Fast verliebt betrachtete Arne das Foto, das Leonie und ihre Mama vergnügt am Strand zeigte. Oma hatte eine ganze Serie davon geschossen und verteilte die Aufnahmen voller Stolz im gesamten Bekanntenkreis. Keine ihrer Freundinnen wurde dabei verschont.

»Die Prinzessin wird einmal die Männerwelt mit ihrem Aussehen verzaubern. Damit musst du dich abfinden. Sie schleppt dir bestimmt Heerscharen von möglichen Schwiegersöhnen ins Haus. Langweilig wird dein Leben auf jeden Fall nicht. Ein wirklich schönes Foto. Wer hat das gemacht? Dein Ex-Mann?«

Beate hoffte, dass er ihr Zucken nicht bemerken würde. Er drängte sie jedoch nicht weiter. Als er schon das Thema wechseln wollte, erreichte ihn die Antwort, mit der er längst nicht mehr gerechnet hatte.

»Es war die Oma, die das Bild damals schoss. Der Vater ... ich weiß nicht, wie ich das sagen soll ... der Vater ...«

»Du musst es jetzt nicht sagen. Bitte fühle dich nicht von mir bedrängt. Es ist völlig okay, wenn du darüber noch nicht sprechen möchtest.«

»Ich will aber darüber sprechen, verstehst du? Ich stehe auf dem Standpunkt, dass die erste Lüge die schlimmste von allen ist. Ich möchte eine mögliche Beziehung nicht auf einer Unwahrheit aufbauen. Das würde nur eine weitere nach sich ziehen und in einem Lügengespinst enden. Du sollst die Wahrheit jetzt und hier erfahren, da ich dir ... ich kann es nicht erklären ... weil ich dir einfach vertraue.«

Arne senkte den Kopf und flüsterte ein *Danke* über den Tisch.

»Leonie hat natürlich einen biologischen Vater, das ist klar. Aber sie hat ihn nie kennenlernen können ... nein, besser gesagt, kennenlernen dürfen. Ihre Wahrheit ist, dass er bei einem Unfall ums Leben kam.«

»Ihre Wahrheit? Und was ist deine Wahrheit? Ich verstehe nicht.«

»Wie solltest du auch? Das Kind wurde in einer Liebeszelle im Gefängnis gezeugt. So, jetzt weißt du, warum ich ihr die Wahrheit über ihren Vater vorenthielt. Sie soll nicht unter dieser Last leiden müssen. Die Öffentlichkeit nimmt auf Kinder keine Rücksicht. Doch bitte verlang zum jetzigen Zeitpunkt nicht, dass ich dir mehr über ihn erzähle. Vielleicht würde ich es später einmal ... ich möchte nicht darüber reden. Komm, lass uns einfach nur über Gott und die Welt quatschen.«

Arne legte seine große, schlanke Hand auf Beates und freute sich darüber, dass sie die ihre nicht wegzog. Sie spürte, dass sich zwischen ihnen etwas anbahnte, das eine angenehme Zukunft versprach. Der Abend verlief mit einem guten Essen in einem nahe gelegenen Restaurant, in dem Beate ihr viertes Glas Wein leerte. Heute wollte sie das Leben ohne Hemmungen genießen, das Schicksal hatte ihr bereits viel genommen, es vergeudet. Es störte sie plötzlich nicht mehr, dass ihr der Rock weit über die vorher festgelegte rote Linie rutschte, als Arne sie beim Verlassen des Restaurants unverhofft hochhob und leidenschaftlich küsste. Zehn Minuten später bremste der schwarze BMW vor Beates Wohnung. Galant stieg er aus und öffnete die Beifahrertür, um ihr beim Aussteigen behilflich zu sein. Beate amüsierte sich köstlich darüber, als ihr ein kleiner Rülpser über die Lippen kam.

»Ich weiß nicht, was man so zum Abschied sagt, wenn eine alleinstehende Frau von einem fremden Mann nachts vor der Haustür ausgeladen wird. So was vielleicht wie *ich habe da eine wunderschöne Pfannensammlung in meiner Küche?* Oder klappt das besser mit der Tasse Kaffee? Keine Ahnung.«

Arne konnte sich ein lautes Lachen nicht verkneifen, woraufhin sich Beates Zeigefinger mahnend auf seine Lippen legte.

»Bitte, mein Herr, denken Sie an die Nachbarn!«

Albern kichernd hakte sie sich bei Arne unter und zog ihn zur Haustür.

26

»Klare, Mansfeld ... es gibt Neuigkeiten. Kommt mal kurz rein!«

Ressling wartete noch ein paar nervende Sekunden, bevor er mit der Überraschung aufwartete. Ihm schien es große Freude zu bereiten, die beiden Kollegen auf die Folter zu spannen.

»Richter Heifeld hat uns über den Alten eine Nachricht zukommen lassen, die mich, ehrlich gesagt, fast vom Hocker gehauen hat. Nachdem wir sämtliche DNA, die wir in den Wohnungen der drei Opfer mit der von Rasper verglichen haben und keine Übereinstimmung fanden, kamen dem Richter zumindest Zweifel an der professionellen Ermittlungsarbeit. Auch bei ihm stießen die beiden Beweismittel auf Skepsis. Heifeld ist der Ansicht, dass es recht unwahrscheinlich ist, dass ein Täter mit akribischer Sorgfalt die Tat ausführt, um dann, wie ein Dilettant, ein Taschentuch und ein Feuerzeug am Tatort zurückzulassen. Er stört sich wohl daran, dass der einzige Zeuge für Raspers Alibi nun tot ist, bewertet allerdings die Gründe für die damalige Aussage als nachvollziehbar. Der Richter hat sich zwar, so wie wir auch, über dieses bescheuerte Schweigen lustig gemacht, stellt jedoch gleichzeitig fest, dass bei der Zeugenvernehmung von der Seite Beate Raspers keine Falschaussage vorliegt. Sie hat damals lediglich die Bestätigung des Alibis verweigert. Somit könnte man einem Wiederaufnahmeverfahren zustimmen. Heifeld fordert uns allerdings auf, alles erdenklich Machbare zu unternehmen, um den wahren Mörder zu finden. Der war stinksauer darüber, dass wir nicht nach allen Seiten ermittelt haben. Das ist zumindest sein Empfinden.

Wenn wir schon irgendwann zugeben müssen, diesen Mann über so viele Jahre unschuldig weggesperrt zu haben, wäre es sicherlich von Vorteil, wenn wir der aufgebrachten Öffentlichkeit den wahren Täter servieren können. Er gibt uns da absolut freie Hand. Allerdings sollen wir das noch nicht an die große Glocke hängen. Sobald wir auch nur die kleinste Spur finden, kann er die vorläufige Entlassung des Mannes anordnen. Wann das Wiederaufnahmeverfahren beginnt, ist jetzt noch offen.

Also, liebe Kollegen, jetzt sollten wir einmal zeigen, was wir zustande bringen können und inwieweit uns die neuen Ermittlungstechniken dabei behilflich sein können. Ich möchte sämtliche Akten auf meinem Tisch sehen, die Fakten zu den drei Morden enthalten. Es muss etwas geben, was damals übersehen wurde. Notfalls grabe ich persönlich die Opfer noch mal aus, damit sie uns ihr Geheimnis verraten.«

Ressling beobachtete die Männer sehr gut, die vor seinem Schreibtisch saßen und sich bemühten, die neue Situation einzuschätzen. Während Klares Gesichtszüge allmählich Zufriedenheit ausdrückten, stand über Mansfeld immer noch ein unausgesprochenes Fragezeichen. Er hatte eigentlich von Beginn an die Einschätzung vertreten, dass er für das neue

Verfahren keine großen Chancen ausrechnet. Jetzt bemerkte er, dass die Blicke der beiden Hauptkommissare auf ihn ruhten. Mansfeld zuckte lediglich mit den Schultern und erhob sich. Resslings Worte erreichten ihn, als er sich wieder auf den Weg zum eigenen Schreibtisch machte.

»Verdammt, Mansfeld, du könntest dich auch mal ein klein wenig darüber freuen, dass unsere Arbeit die ersten Früchte bringt. Mir passt das auch nicht unbedingt in den Kram, dass man versucht, uns die schlampige Arbeit unterzuschieben. Doch wenn es einen Unschuldigen aus dem Knast holt? Sei´s drum, ich werde alles daran setzen, dass wir Rasper freibekommen. Und Gnade dem Psychopathen Gott, wenn wir ihn selbst nach so langer Zeit überführen. Ich darf mir das gar nicht vorstellen, dass ich für ein solches perverses Schwein sieben Jahre meines Lebens vergeudet hätte. Mir dürfte der dann nicht in die Hände geraten ... ich meine, wenn ich Rasper wäre. Doch Schluss damit. Lasst uns an die Arbeit gehen!«

»Rasper, stehen Sie auf! Sie haben schon wieder Besuch. Hat sich dieser mickrige Hauptkommissar in Sie verliebt? Geben Sie Ihre Hände her.«

Die Handschellen schlossen sich um Dirk Raspers Gelenke. Mit undurchdringlicher Miene lehnten Güven und Hamza am Gitter des Treppenaufgangs. Dirk hätte viel dafür gegeben, um zu erfahren, was diese beiden Gewaltverbrecher wohl über seinen häufigen Kontakt zu Klare dachten. Nichts in diesem Haus blieb geheim, auch nicht, wer sich als Besucher anmeldete. Kaum etwas lief hier so flott wie die stille Post zwischen den Gefangenen. Selbst Rieper, der

Whisperer, der normalerweise immer zwischen den Zellen pendelte, stand regungslos vor seiner Zelle. Dirk fiel die gespenstische Ruhe auf, die sich plötzlich über den gesamten Zellentrakt gelegt hatte. Man schien auf etwas zu warten. Endlich schloss sich die Tür des Besucherraumes hinter ihm und Klare kam ihm einige Schritte entgegen. Dirk wartete ab, bis der Beamte die Kette seiner Handschellen am Tisch befestigt hatte. Erwartungsvoll blickte er auf den kleinen Mann, zu dem er in den letzten Wochen ein besonderes Verhältnis entwickelt hatte. Heute fiel ihm auf, dass Klare einen ungewöhnlich angespannten Eindruck vermittelte.

»Was ist los, Klare? Lassen Sie es endlich raus. Der Richter hat meinen Antrag in tausend Schnipsel zerrissen und runtergeschluckt, oder? Quatschen Sie nicht so lange drumrum und sagen Sie mir frei raus, dass ich hier verschimmeln werde. Das bringt mich nicht um, aber es macht Schluss mit der verwichsten Warterei.«

Zorn breitete sich in Dirk Rasper aus, als er das breite Grinsen in Klares Gesicht gewahrte. Er zerrte an der Kette und wollte schon aufspringen, als er die beruhigende Geste des Hauptkommissars bemerkte, die ihn für den Augenblick entspannte. Noch wusste er das zufriedene Feixen des Mannes nicht einzuordnen, konnte sich allerdings nicht vorstellen, dass Klare ihn hochnehmen wollte. Er entschloss sich dazu, erst einmal zu schweigen und abzuwarten, warum der Kerl überhaupt gekommen war.

»Nur ruhig, Brauner. Es gibt gar keinen Grund, sich aufzuregen. Na ja, vielleicht doch ein wenig. Hören Sie zu, Rasper. Es gibt Neues zu berichten, wobei ich zum jetzigen Zeitpunkt noch nicht weiß, ob das gut oder schlecht für Sie ist. Fangen wir mit der wichtigsten Nachricht an. Wir haben Moller gefunden.«

Spätestens jetzt hatte Klare die volle Aufmerksamkeit seines Gegenübers. Dirk Rasper versteifte sich auffällig und rückte einige Zentimeter nach vorne.

»Was sagt dieses Arschloch? Wundert der sich immer noch, dass ich ihm damals nichts auf die Fresse gehauen habe?«

Klare winkte ab und setzte seine Rede fort.

»Wir konnten ihn nicht mehr fragen, Rasper ... der Kerl war tot. Mausetot. Jemand hat ihm das Licht ausgeblasen, bevor er seine ... ich meine ... Ihre Aussagen bestätigen konnte. Doch lassen Sie sich davon nicht entmutigen. Wir haben die richterliche Anordnung, eine Soko zu bilden, die Ihren alten Fall noch mal aufrollt. Was heißt das für Sie?

Wir werden jede, aber auch jede noch so kleine Spur ein weiteres Mal prüfen. Der Kerl, der Ihnen das untergejubelt hat, soll keine ruhige Minute mehr haben. Wir werden ihn früher oder später an den Eiern haben, das verspreche ich Ihnen. Jeder macht mal einen Fehler. Und da bildet dieses Schwein keine Ausnahme. Und den werden wir finden.

Und jetzt die Nachricht, die mindestens ebenso wichtig für Sie ist. Der gleiche Richter, der den Fall für uns freigegeben hat, hat angeordnet, dass Sie sofort auf freien Fuß zu setzen sind, sobald wir einen einzigen Beweis vorlegen können, der Sie von jedem Verdacht reinwäscht. Dann komme ich Sie persönlich hier abholen, darauf haben Sie mein Wort.«

Klare war bereits aufgefallen, dass Rasper den Blick auf die kahle Wand des Besucherraums gerichtet hatte, weg von den Kameras, die zumindest jede Bewegung aufzeichneten. Ihm kam es vor, als hätten sich die Augen des Mannes mit Wasser gefüllt. Ihn erstaunte nicht, dass sich Rasper plötzlich erhob und dem im Raum sitzenden Aufseher signalisierte, dass er zurück in seine Zelle wollte. Stumm, ohne Gruß, verließ er den Raum und bemerkte wieder die lähmende Stille im Zellentrakt, als man ihn in seine Zelle führte. Die beobachtenden Güven und Hamza blickten sich nur überrascht an, als sie sahen wie der Beamte Raspers Zelle von außen verriegelte.

27

Das Telefon machte schon eine Weile durch wildes Klingeln auf sich aufmerksam, als Beate leicht angesäuert aus dem Bad stürzte, um dem Störenfried die Meinung zu geigen.

»Spätestens nach dem fünften Klingeln sollte auch Ihnen klar sein, dass ich keine Lust habe ...«

»Beate? Bist du das? Hier ist Mama, was ist los mit dir? Warum machst du mich so an?«

»Entschuldige bitte, aber ich habe mir gerade die Mascara aufgetragen und wollte nicht gestört werden. Nimm das bitte nicht persönlich. Was gibt es so Dringendes, dass du so lange klingeln lässt?«

»Ich wollte meine Tochter eigentlich nur fragen, warum sie es nicht für nötig hält, ihr Kind, so wie verabredet, wieder abzuholen. Wir haben jetzt dreizehn Uhr und du trägst deine Wimperntusche auf. Ist wohl spät geworden gestern, oder?«

Die eintretende Pause dauerte mehrere Sekunden an, bevor Beate wieder passende Worte fand, die nicht ihre volle Wut wiedergaben.

»Mama, ich mag diesen Unterton nicht, der da mitschwingt. Ich denke, dass auch ich einmal das Recht habe,

Zeit für mich und meine Bedürfnisse abzuzweigen. Und ja, es wurde gestern später. Was ist daran so schlimm? Bist du früher nicht ausgegangen? Du tust so, als wärst du ein Engel gewesen. Ich bin schon lange in der Lage, die Zeitspanne zu errechnen, die zwischen meiner Geburt und deiner Hochzeit liegt. Hör mir damit auf, dich und deine gute, alte Zeit als Vorbild darzustellen. Die so vortreffliche Erziehung durch Oma hat auch dich damals nicht davon abgehalten, deinen Körper der Lust hinzugeben. Fang jetzt bitte nicht damit an, mir Moral zu predigen. Was meine Tochter betrifft, kann ich dir versprechen, dass ich sie spätestens um sieben bei dir abholen werde.«

Beate konnte es förmlich sehen, wie ihre Mutter in diesem Moment den Hörer vom Ohr nahm und ihn ungläubig anstarrte. Bisher hatte sich Beate immer zurückgehalten, wenn es darum ging, die gebetsmühlenartig vorgetragenen Warnungen vor der verdorbenen Männerwelt zu ertragen. Sie wollten immer nur das Eine. Verdammt ... sie wollte es auch. Einmal musste damit Schluss sein. Schließlich war das Leben durch Dirks Gefängnisaufenthalt viele Jahre an ihr vorbeigelaufen. Das sollte nun ein Ende finden. Arne zeigte ihr in der letzten Nacht, dass sie eine Frau war. Eine Frau, die leben wollte, Gefühle hatte. Es war eine Nacht, die sie so schnell nicht vergessen würde.

»Es ist ... das hast du doch gerade nicht wirklich gesagt, oder? Wie kannst du undankbares Kind so was deiner Mutter an den Kopf werfen? Habe ich nicht immer für dich gesorgt, dir stets all meine Liebe gegeben? Das habe ich nicht verdient ... nein, das muss ich mir nicht anhören. Hat dir deine neue Bekanntschaft den Verstand geraubt? Liegt der Kerl vielleicht noch in deinem Bett und hört dir zu, wie du deine Mutter beschimpfst? Du solltest dich schämen. Mir tut das Kind so leid, das jetzt in eine ungewisse Zukunft geht. Sie wird sich wohl mit wechselnden Besuchern abfinden müssen.«

Zornig warf Beate das Telefon in eine Sofaecke und verhinderte somit, dass es in tausend Teile zerbarst. Weinend ließ sie sich daneben in die Kissen fallen. Ihr erster Reflex war, das Telefon zu schnappen, Arnes Nummer anzuwählen und die Verabredung zum Essen abzusagen. Zweifelnd betrachtete sie die Zifferntaste, wählte gedanklich seine Telefonnummer und presste das Gerät verzweifelt gegen die Brust.

Nein ... du wirst mir das bisschen Lebensfreude nicht wieder kaputtmachen. Ich werde mich mit ihm treffen. Basta.

Beate konnte sich trotz ihrer angestauten Wut ein Lachen nicht verkneifen, als sie wieder ins Bad ging und sah, was die Tränen mit ihrer Wimperntusche angerichtet hatten. Während sie sich wusch und die Arbeit von vorne begann, schwirrten ihr die Worte durch den Kopf, die ihr Mama an den Kopf geworfen hatte. Mittlerweile war ihre größte Wut verraucht und machte Platz für Selbstkritik. Sie war geneigt, Mama anzurufen und sie um Entschuldigung zu bitten.

Leonie durfte auf keinen Fall zur Nummer zwei in ihrem Leben werden, dem charmanten Arne Platz machen. Er hatte Zauberhände, das musste sie zugeben, aber es bestand immer noch die Gefahr, dass er sie nur als Abenteuer sah und das Weite suchte, wenn er sie leid war. Die Worte, die er ihr während der wilden Nacht ins Ohr flüsterte, waren zu schön, um wirklich wahr zu sein. Sie nahm sich vor, ihn beim Essen einfach losgelöst von den Komplimenten, ganz pragmatisch zu betrachten. Irgendwie war er schon ein wenig zu perfekt, das musste sie zugeben.

»Du kommst spät, Liebling. Ich wollte dich schon anrufen. Ist was passiert?«

Lange betrachtete Beate den Mann, der sie mit einem flüchtigen Kuss auf die Wange begrüßt hatte und nun ihr gegenüber am Tisch Platz nahm. Auch er hatte sein Äußeres zwischenzeitlich wieder hergerichtet, neue und sportlichere Sachen angezogen. Immer noch bestätigte sich ihre Meinung, dass er eine Ausstrahlung besaß, die sie seit dem ersten Augenblick ihrer Begegnung in den Bann zog. Selbst jetzt in dieser lässigen Kleidung verströmte er eine souveräne Gelassenheit, die sie an Männern mochte. Sein Blick glitt über die Kante der Speisenkarte, war in Erwartung einer Antwort auf sie gerichtet.

»Da kam noch ein wichtiger Anruf, als ich mich gerade auf den Weg machen wollte. Meine Mutter. Die konnte ich nicht so einfach abwürgen. Die passt auf Leonie auf.«

»Warum hast du sie nicht einfach mitgebracht? Ich meine damit deine Tochter. Das wäre eine gute Gelegenheit gewesen, sie kennenzulernen. Ich bin so gespannt auf sie. Die wird bestimmt auf ihre Mutter rauskommen, oder?«

Wieder ersparte sich Beate eine schnelle Antwort und forschte im Gesicht des Mannes, der sich sofort wieder in die Karte vertiefte, so als würde er gar keine Rückäußerung erwarten. Ungeduldig sah er sich immer wieder nach der Bedienung um und winkte sie letztendlich heran.

»Was möchtest du bestellen? Ich würde sagen, dass du ...«

»Bitte, Arne, gib mir noch etwas Zeit. Ich hatte noch keine Gelegenheit, in die Karte zu sehen. Und außerdem möchte ich selbst auswählen. Aber ein Mineralwasser hätte ich schon gerne.«

Beate spürte, wie sich leichte Verärgerung in ihr ausbreitete. Auch registrierte sie, dass Arne ein wenig erstaunt wirkte, weil sie seiner Empfehlung nicht bedingungslos gefolgt war, ließ sich das aber nicht weiter anmerken.

Beide konzentrierten sich auf das Essen, nachdem der Kellner mit einer angedeuteten Verbeugung serviert hatte. Ein angespanntes Schweigen lag über dem Tisch, das erst von Arne mit einer Frage unterbrochen wurde.

»Du hast mich gestern mit einer Feststellung sehr neugierig gemacht, das muss ich eingestehen. Wie ich deinen Angaben entnehmen konnte, bist du ja seit kurzer Zeit geschieden. Dein Ex-Mann sitzt deinen Aussagen zufolge immer noch im Gefängnis. Das muss ja schon ein ziemlich schweres Verbrechen gewesen sein, das er verübt hat. Bedenkt man, dass er bereits seit mindestens sieben Jahren sitzt und vorerst nicht mit einer Entlassung rechnen kann ... da vermutet man ja als Laie mindestens Totschlag. Warum hast du so lange gewartet mit der Scheidung? Hast du ihn so geliebt, dass du ...?«

»Arne, bitte. Ich habe dir schon gestern gesagt, dass ich über das Thema nicht sprechen möchte. Ich erwarte von dir, dass du es respektierst. Das ist einzig und allein meine Angelegenheit. Solltest du damit ein Problem haben, will ich dich nicht aufhalten, dann kannst du ...«

Beate blickte auf zur Abwehr gehobene Hände, die sich anschließend auf ihre legten.

»Hoh hoh, beruhige dich, Liebes. Ich wollte nicht indiskret sein und dich beleidigen. Du musst aber auch verstehen, dass mich das neugierig macht. Eine bezaubernde Frau, ein süßes Kind ... und ein Ex-Partner, der im Gefängnis eine Strafe absitzt. Das klingt, als wäre es aus einem Film. Ich muss es an dieser Stelle mal loswerden, bevor ich daran ersticke.«

Arne legte eine Pause ein, deren Ende Beate mit einer gewissen Anspannung erwartete. Ihre Augen waren fest auf die Lippen gerichtet, die noch vor einigen Stunden ihren Körper erkundeten.

»Ich glaube, ich habe mich in dich verliebt.«

Beate war anzumerken, wie schockiert sie auf dieses Geständnis reagierte. Das ging ihr wahrlich viel zu schnell, das musste sie sich eingestehen. Gleichzeitig berührten sie die Worte so sehr, dass sie Arnes Hände fester umklammerte und ihn zu sich über den Tisch zog. Etliche Gäste an den Nebentischen nickten lächelnd, als sie Arne einen Kuss gab. Ihre Frage hätte er fast nicht verstanden, die sie ihm ins Ohr flüsterte.

»Glaubst du das nur oder weißt du es bereits?«

Ein laszives Lächeln auf ihrem Gesicht zeigte Arne, dass der Nachtisch in Beates Wohnung serviert würde.

28

Der Whisperer näherte sich Dirk Rasper, sodass es auf die beobachtenden Beamten wie eine zufällige Begegnung wirken sollte. Beide Hände in den Taschen vergraben stellte er sich neben ihn und beobachtete scheinbar gelangweilt die krächzenden Raben, die sich auf den hohen, stacheldrahtbewehrten Mauern um die Vorherrschaft stritten.

»Der Hauptkommissar scheint ja an dir einen Narren gefressen zu haben. So oft kriegt hier keiner von uns einen solch hohen Besuch. Hat der Kerl nichts anderes zu tun, als Langzeitgefangene zu besuchen? Was will der Arsch eigentlich von dir? Alle hier rätseln schon herum. Nicht, dass mich das persönlich berühren würde, aber komisch ist das schon.«

Kräftig zog er an seiner Zigarette, die er lässig wie ein Franzose im Mundwinkel hängen ließ. Mit der Fußspitze stieß er gegen die steinerne Kante, die den Rasen des Basketballplatzes eingrenzte. Dirk drehte sich zu ihm und sprach so, dass es keiner der vielen Beobachter mitbekam.

»Hör zu, Whisperer, ich vertrau dir jetzt etwas an, das keiner im Haus erfahren darf. Das tue ich nur, weil du der Einzige bist, bei dem ich sicher bin, dass er es nicht weiterträgt. Das ist doch so, oder? Hab ich dein Wort darauf?«

»Klaro, das weißt du doch. Du kannst dich da ganz auf mich verlassen. Wir sind doch Kumpels.«

»Genau das wollte ich von dir hören.«

Thomas Rieper rückte näher an Dirk heran, blickte noch ein letztes Mal sichernd in die Runde, als würde ihm ein MI5-Agent eine geheime Message von nationaler Bedeutung verraten wollen. Alle seine Sinne waren gespannt auf diese sehr vertrauliche Nachricht ausgerichtet. Während er innerlich aufgewühlt die Ohren spitzte, übersah er das hintergründige Grinsen seines Informanten.

»Ich hau hier ab! Hab da schon einen festen Plan.«

Dirk entging nicht das heftige Zucken, das durch Riepers ausgemergelten Körper schoss. Der schien wie gelähmt, bevor er Dirk mit großen Augen anstarrte.

»Du willst hier wirklich verschwinden? Das ist unmöglich. Das hat bisher noch keiner geschafft. Die Sicherungsmaßnahmen sind einfach zu streng. Wie ... ich meine, wie willst du das anstellen? Brauchst du Hilfe dabei? Ich könnte ja eventuell die Ohren hochstellen oder dir was besorgen. Allerdings bin ich dann dabei. Ist das ein Deal?«

Jetzt bereitete es Dirk schon Probleme, das Grienen zu verbergen, als er dem Whisperer im Fortgehen noch die Antwort zuflüsterte.

»Kein Wort darüber, Rieper. Ich sage dir noch, was ich brauche und wie dann unser Plan aussieht. Ich muss mich nur auf dich verlassen können, sonst wird das nichts mit dem Vorhaben.«

Dass Rieper unmerklich nickte, sah Dirk schon nicht mehr. Der nächststehende Aufseher öffnete die Stahltür, um Dirk Rasper wieder ins Haus zu lassen. Der Hofgang für

Gruppe drei der Inhaftierten neigte sich dem Ende zu. Rasper verzog sich nach der obligatorischen Leibesvisite in seine Zelle zurück und wartete geduldig darauf, dass sich Güven bei ihm meldete. Seine Geduld wurde auf eine harte Probe gestellt. Niemand erschien. *Sollte Rieper vielleicht dichtgehalten haben?*

Längst war das Tablett mit dem benutzten Geschirr vom Abendessen und Frühstück durch die Essensklappe aus der Zelle abgeholt worden, als Dirk zum Küchendienst begleitet wurde. Er sah es als Hafterleichterung an, eine Arbeit in der Küche erledigen zu dürfen. Kontakte waren allerdings auch dort kaum zu pflegen, da sowohl das Aufsichtspersonal als auch die Gefangenen ständig wechselten und Gespräche sofort unterbunden wurden. Heute jedoch war erstaunlicherweise Hamza sein Gegenüber. Dirk sah ihn zum ersten Mal in der Küche. Die Arbeit dort wurde nur selten von muslimischen Gefangenen ausgeübt, da die sich in der Regel weigerten, Schweinefleisch zuzubereiten. Heute bestand da aber kein Grund zur Sorge, da es einmal mehr das Lieblingsgericht aller deutschen Kantinenesser gab – Spaghetti Bolognese. Hier kam reines Rindfleisch zum Einsatz.

Dirk beobachtete den Kraftprotz, der auffällig lange das Küchenmesser in der Hand betrachtete, das an einem ein Meter langen Edelstahlkabel befestigt, nicht entwendet werden konnte. Niemand konnte unbemerkt auch nur ein Teil aus der Küche in die Zelle schmuggeln, da die Bestecke nicht nur gezählt wurden, sondern auch eine Leibesvisite stattfand. Sogar hier wechselten ständig die Beamten.

Zwischen dem Klappern der Töpfe und den Anweisungen des Küchenchefs waren Hamzas Worte kaum zu verstehen.

Während er das vor ihm liegende Gemüse mit ungeübten Bewegungen zerkleinerte, beugte er sich etwas vor und beobachtete die Aufsicht, die gerade mit einem Kollegen sprach.

»Wann willst du abhauen?«

Die Frage, an die Dirk Rasper schon nicht mehr geglaubt hatte, ließ ihn aufhorchen. Der Whisperer trug seinen Spitznamen also nicht ohne Grund. Güven war informiert und sofort tätig geworden.

»Wie kommst du darauf, dass ich die Biege machen will?«

»Rasper, ich warne dich. Treib keine Spielchen mit uns, sonst ...«

Seine Hand, mit der er das Küchenmesser über seine Kehle führte, zeigte deutlich, was er damit andeuten wollte. Seine schwarzen Augen blitzten Dirk an.

»Hat dieser verwichste Rieper wieder Scheiße verbreitet? Was hat der euch untergejubelt?«

»Wir wissen bisher nur, dass du deinen Arsch nach draußen bewegen willst und dafür noch Hilfe suchst. Jetzt rück mit deinem Plan raus. Güven reißt dir sonst das Herz aus der Brust.«

Immer noch unterhielten sich die beiden Aufseher neben dem Kücheneingang und bekamen nichts mit von dem Gespräch.

»Der Spinner hat euch verarscht. Der sollte mal richtig hinhören, wenn man ihm was erzählt. Ja, es ist richtig, dass ich abhaue. Aber der Verrückte sollte euch nur darauf vorbereiten, dass ich eure Kontakte da draußen brauche. Das meinte ich mit Hilfe. Es ist sehr wahrscheinlich, dass ich ein

Wiederaufnahmeverfahren bekomme und dann vielleicht sogar freigesprochen werde. Die haben damals einen Riesenfehler gemacht, den ich jetzt für mich ausnutzen kann. Bestell Güven, dass ich einen Kontakt brauche, der mir schnell eine Waffe besorgen kann. Die muss sauber und darf nicht registriert sein. Die Kohle treibe ich schon auf. Da muss sich Güven keine Sorgen machen.«

Der laute Ruf, dass sie die Schnauze halten sollten, überdeckte die Geräusche des Küchenbetriebes. Beide Männer stellten augenblicklich ihr Gespräch ein. Es war eigentlich auch alles gesagt.

Klaus Rappert, der als Vollzugsbeamter heute die Gruppe zwei aus der Küche zurück in den Zellenbereich führen musste, ließ Dirk, als Letzten der Gruppe, durch den Metalldetektor laufen und stoppte vor dessen Zelle.

»Beine auseinander, Hände seitlich strecken.«

Rapperts Hände glitten geübt über Dirks Körper, kontrollierten jeden Zentimeter der Kleidung. Sie fuhren sogar in die Hemd- und Hosentaschen, ergriffen schließlich den Schlüsselbund und öffneten die Zellentür.

»Rein mit Ihnen, Rasper. Gute Nacht und schlafen Sie gut.«

Dirks Augen suchten die kleine, quadratische Digitaluhr, die ihm anzeigte, dass er sein Abendbrot aus dem Kühlschrank holen musste. Er mochte es nicht, wenn der eh schon nach Chemie schmeckende Kartoffelsalat auch noch eiskalt war. Der Reizdarm würde sich kurz darauf unangenehm bemerkbar machen. Ihm blieb noch Zeit zum Duschen. Er konnte es sich auch nach so vielen Jahren Knast einfach nicht abgewöhnen, seine Kleidung sorgfältig über die Stuhllehne zu falten. Erst relativ spät fiel ihm der kleine Zettel auf, der aus der Hosentasche auf den Boden fiel. Sein Blick wanderte spontan zur Tür, um zu kontrollieren, ob er von dort beobachtet wurde. Mehrfach las er den Zettel, auf dem eine Adresse und ein Betrag vermerkt waren. Immer auf's Neue wiederholte er die Notiz, bis sie sich in seinem Kopf eingebrannt hatte. Niemals wieder würde er sie je wieder vergessen. Angewidert verzog er das Gesicht, als er sich die Unterwäsche auszog, unter die enge Dusche kletterte und versuchte, das Papier zu zerkauen. Endlich schluckte er den Papierbrei herunter und wiederholte leise die Zeilen, die er sich eingeprägt hatte.

29

»Die Leute im Labor sind ziemlich sauer, das kann ich Ihnen sagen, Klare. Richter Heifeld hat wohl ganz oben Druck gemacht, sodass die jetzt sämtliche Beweismittel der alten Mordfälle aus der Asservatenkammer holen mussten. Bei denen sieht es aus wie auf einem Trödelmarkt. Die halbe Mannschaft sucht nach Spuren, die eventuell auf einen anderen Täter hinweisen könnten. Schon jetzt hat man festgestellt, dass Unterlagen fehlen. Die haben zum Beispiel damals mit dem Spurenstaubsauger Partikel gesichert. Die Papierfilter sind nicht mehr da, einfach verschwunden. Man wollte die Mikrospuren noch einmal unter das Mikroskop legen. Die neuen Geräte sehen ja heutzutage Dinge, die uns damals noch verborgen blieben.

Ich verspreche mir wichtige, aussagekräftige Ergebnisse, wenn wir eine Maßnahme nachholen, die zur Zeit der damaligen Ermittlung schlichtweg unterlassen wurde. Bei Leiche eins und drei wurden Bissspuren im Hals- und Schulterbereich festgestellt. Der Durchmesser des Bissrings wurde zwar vermessen, aber ... und jetzt kommt's ... keine Gegenprobe bei Rasper genommen. Wenn die Messungen nicht übereinstimmen, wird Heifeld sofort die Freilassung unterschreiben. Ich wage mir gar nicht vorzustellen, was der Alte dazu sagen wird. Bin froh, dass ich zu der Zeit noch nicht der Dezernatsleiter war. Den Hauptkommissar Hohldorf, der die Soko führte, werden sie wohl beim Wiederaufnahmeverfahren im Zeugenstand ans Kreuz nageln. Der wird bestimmt unruhige Zeiten erleben in seinem Ruhestand.

Wo treibt sich eigentlich Mansfeld rum? Der sollte doch nur eine Zeugin im Fall des erstochenen Zuhälters in der City vernehmen.«

»Ressling, haben Sie schon jemanden zu Rasper geschickt wegen der Gebissvermessung? Der wird sich wundern, wenn wir einen Gebissabdruck von ihm holen. Das Gesicht von ihm möchte ich sehen.«

Hauptkommissar Klare klemmte sich wieder hinter seinen Schreibtisch. Unschwer war ihm anzusehen, wie sehr er sich über die Nachricht des Kollegen Ressling freute. Sollte ihn sein Bauchgefühl wieder einmal zu einem Fall geführt haben, bei dem ein Unschuldiger hinter Gitter wanderte? Und das auch nur, weil ein entlastendes Alibi nicht bestätigt, Spuren verschwanden und Ermittlungen nicht sorgfältig genug durchgeführt wurden. Wie oft hatte er schon ähnliche Fälle verfolgt. Er wollte den Kollegen keine Absicht unterstellen, aber zumindest eine gehörige Portion an Schlamperei. Da würde sich allerdings Rasper wenig für kaufen können. Er hatte mindestens sieben Jahre seines Lebens und die Liebe seiner Frau verloren. Ihm fehlten gleichzeitig die gemeinsamen Jahre mit seiner kleinen Tochter, die ohne Vater eine ihrer wichtigsten Zeiten verleben musste. Fest umklammerte er die Computermaus, die sofort ein Wirrwarr auf dem Bildschirm verursachte.

»Hören Sie, Ressling, konnten die Laborratten immer noch nichts am Taschentuch oder am Feuerzeug finden? Wäre doch möglich, dass der wahre Täter darauf Spuren hinterließ. Ich mache mir schon seit Tagen Gedanken darüber. Warum gerade Rasper? Warum sucht sich dieser Mistkerl, vorausgesetzt es war ein anderer, ausgerechnet Dirk Rasper aus? Da muss es eine Verbindung zwischen den beiden Personen geben, von denen wir bisher nichts wissen. Sollten wir einmal den erweiterten Freundeskreis ins Visier nehmen? Schaden kann es doch nicht. Ich weiß ja, dass es weit hergeholt scheint, aber wäre es nicht denkbar, dass der tote Moller derjenige ist, der die Frauen tötete und Beweise ablegte, um den Weg zur Geliebten, also dieser Beate, freizubekommen? Wie nennt man das? Zwei Fliegen mit einer Klappe schlagen? So bekommt die Öffentlichkeit den Mörder serviert und er belohnt sich mit dessen Frau.«

Mochte die These noch so weit hergeholt wirken, so beschäftigte sie doch Resslings Gedanken. Lange stand er am Fenster, die Augen auf den im Regen liegenden Parkplatz gerichtet, durchdachte alle Möglichkeiten. Schließlich griff er zum Telefon und wählte die Nummer des Labors.

»Hören Sie, Schmidt, ich weiß, dass Sie bis über die Ohren in Arbeit stecken. Trotzdem möchte ich, dass Sie eine Sache vorziehen. Wenn da was bei rauskommt, könnten Sie sich weitere Ermittlungen möglicherweise ersparen. Vergleichen Sie die DNA von diesem ermordeten Moller bitte mit der Fremd-DNA, die Sie hoffentlich an den Frauenleichen gesichert haben. Und bitte sofort Nachricht direkt an mich.«

Kaum lag der Hörer wieder in der Schale, als Mansfeld die Tür öffnete und seinen Mantel sorgfältig über einen

Bügel an die Garderobe hing. Zu guter Letzt strich er noch die Falte glatt, die sich auf dem Revers gebildet hatte. Ein kurzer Gruß, bevor er sich an seinen Schreibtisch setzte. Erst als er die Stille und die Blicke seiner Kollegen registrierte, sah er hoch.

»Ist was passiert, habe ich noch Zahncreme an der Backe? Warum starrt ihr mich so an? Ach so, bevor ihr blöd fragt. Der Mantel ist neu, den habe ich heute zum ersten Mal an. Ist eure Frage damit ausreichend beantwortet?«

Trotz der ernsten Lage blickten sich die beiden Hauptkommissare an und prusteten gleichzeitig lauthals los. Verständnislos starrte Mansfeld auf die Kollegen und lachte irgendwann mit, ohne den Grund zu kennen.

»Schöner Mantel, Mansfeld, wirklich schön.«

Ressling konnte sich nur schwer beruhigen und lachte wieder los.

»Jetzt aber wieder zur Sache, Mansfeld. Wir wollen dich in die neue Lage einweihen, damit du den gleichen Kenntnisstand hast wie wir.«

Ressling klärte Mansfeld in groben Zügen auf, der interessiert den Worten seines direkten Vorgesetzten lauschte. Die Erleichterung über den positiven Verlauf der Ermittlungsarbeit war ihm anzumerken.

»Hauptkommissar Hohldorf war damals froh, als wir die entscheidende Spur zum Täter fanden. Unser gesamtes Team wurde danach in der Presse gefeiert. Die Frauen hier in Essen wagten sich endlich wieder nachts auf die Straße und wir konnten uns um die anderen Fälle kümmern. Ich weiß noch, wie der Kriminalrat und Hauptkommissar Hohldorf vor die Journalisten traten und sich wie Filmstars vor den

Kameras positionierten. Unsere Namen wurden damals in keiner Zeile erwähnt. Es gab nur zwei Helden, also das Übliche. Mensch, das wär ja klasse, wenn wir Moller noch post mortem überführen und Rasper endlich da rausholen könnten. Kann ich irgendwas tun, was in der Sache hilft? Ich bin mit dem Bericht von der Vernehmung schnell durch.«

»Ja, Mansfeld, du könntest dir ein Foto von Moller schnappen und noch einmal bei den Nachbarn von den ermordeten Frauen nachfragen, ob die das Gesicht schon einmal dort gesehen haben. Wir haben ja das Bild aus dem Ausweis, das wir vergrößern können.«

Ressling holte sich den gescannten Personalausweis auf den Bildschirm, machte eine Ausschnittsvergrößerung vom Bild und druckte das aus. Wenige Minuten später verschwand Mansfeld wieder, voller Elan.

»Ein guter Mann, dieser Mansfeld. Der hängt sich richtig rein. Ich habe ein gutes Gefühl, als würden wir schon bald die Lösung in Händen halten. Ich geh mal rüber zur kriminaltechnischen Untersuchung. Mal schauen, ob die was Neues für uns haben.«

Ressling, an den die Rede gerichtet war, schaute nicht einmal auf, als Klare den Raum verließ, konzentrierte sich auf die Akten, die er sich am Bildschirm betrachtete.

30

Kartoffelschälen gehörte zu den Arbeiten, die keiner aus der Küchenclique gerne machte, doch heute konnte sich Dirk Rasper nicht davor drücken. Er wusste, dass er bestimmt in der kommenden Nacht den Schmerz in der Hand spüren würde. Für eine Familie zu schälen war in Ordnung, aber für eine Gefängnisküche, wo über sechshundert Gefangene beköstigt wurden, bedeutete diese Arbeit Strafverschärfung. Genervt warf er die Kartoffel ins Wasserbad und hoffte, dass sich keiner an den schwarzen Stellen störte, die er einfach übersah. Fast hätte er sich in den Finger geschnitten, als sich die Hand auf seine Schulter legte.

»Rasper, kommen Sie mit. Sie haben hohen Besuch. Legen Sie das Messer auf den Tisch und zeigen Sie mir die Hände. Ich kann Ihnen die Handschellen nicht ersparen. Vorschrift, wie Sie wissen.«

Hauptkommissar Klare zeigte ein Grinsen, wie es Dirk bisher noch nie bei ihm sah. Neben ihm stand ein weiterer Mann, der zwar etwas größer gewachsen war als Klare, der aber seinen Bauch wie eine Trophäe vor sich hertrug. Der Diplomatenkoffer, den er in der Hand trug, ließ für Dirk die

Vermutung zu, dass es sich um einen Anwalt handelte. Sein Maßanzug unterstrich die Einschätzung deutlich. Wie er es gewohnt war, marschierte Dirk zum Tisch, um dort mit seinen Ketten angebunden zu werden. Erstaunt drehte er sich nach seinem Begleiter um, der noch immer abwartend an der Tür zum Besucherraum verharrte. Als Klare ihm ein Zeichen gab, kam die Aufsicht näher und steckte den Schlüssel in die Öffnung der Handfesseln. Jetzt zeigte sich auch auf dessen Gesicht ein Lächeln und Dirk begann zu begreifen, was das bedeuten könnte. Mit feuchten Augen blickte er auf seine Hände und verfolgte die Bewegungen des Mannes, der ihn jetzt auch von den Fußfesseln befreite. Mit einer Hand tastete Dirk Rasper nach dem Stuhl, fiel fast auf den Sitz, als ihn die einsetzende Freude übermannte. Die Hoffnung auf ein Wiederaufnahmeverfahren stieg in ihm zwar von Tag zu Tag, sodass sie schon fast zur Gewissheit mutierte. Doch wenn dieser Tag dann endlich real würde ... es war unbeschreiblich.

Die Männer im Raum sahen verschämt zur Seite, als der Gefangene sein Gesicht in den Armen verbarg und der Körper in einem Weinkrampf zuckte. Sie ließen ihm Zeit, sich zu beruhigen, bis sich Klare ihm gegenüber hinsetzte und wortlos ein Schreiben über den Tisch schob. Dirks rote Augen entzifferten lediglich die letzten Worte.

... somit ist das Wiederaufnahmeverfahren auf den 14. November anberaumt. Der Gefangene ist mit sofortiger Wirkung aus dem Hochsicherheitsgefängnis zu entlassen und in die vorherige Justizvollzugsanstalt zu überführen.

Nichts weiter interessierte ihn in diesem Augenblick. Als befände er sich in einem Rauschzustand, erhob er sich, hielt sich jedoch an der Tischkante fest. Der Beamte, der ihn geholt hatte, stützte ihn jetzt und legte Dirk beruhigend die Hand auf den Rücken.

»Kommen Sie, Rasper, wir gehen. Es gibt noch viel zu tun, bis wir uns am Transporter verabschieden können. Wir müssen Ihr Zeug aus der Zelle zusammenpacken und dann geht´s noch zur Direktion. Auf die Handschellen können wir jetzt verzichten. Ich freue mich für Sie, ganz ehrlich.«

Es gab eigentlich keine Erklärung dafür, dass im Zellentrakt A3 plötzlich absolute Stille herrschte. Wie so oft schienen die Insassen auf diesem Flur zu spüren, dass sich in diesem Augenblick etwas Besonderes abspielte. Sie hatten im Laufe der Jahre ein Gespür dafür entwickelt, wenn der normale Tagesablauf eine Veränderung zeigte. Die Männer hinter ihren Stahltüren erkannten jeden Beamten sogar am Gang. Als Dirk Rasper mit vollen Armen den Flur entlangschritt, holte ihn die Stimme aus einer Zelle ein.

»Du bist mir was schuldig, Kumpel. Vergiss das nie.«

Nur einen kurzen Augenblick verharrte Rasper, bevor er weiter auf die erste Durchgangstür zuging. Seinem Gesicht war nicht zu entnehmen, mit welchen Gedanken er sich in dem Augenblick beschäftigte. Aus Gründen der Vorschrift waren ihm wieder die Handfesseln angelegt worden. Laut richterlichem Beschluss durften die Justizbeamten auf weitere Fixierung im Fahrzeug verzichten. Eine Fluchtgefahr sah man im Augenblick nicht.

Das Tor zur früheren JVA rollte beiseite und gab den Blick frei auf die Eingangshalle, in der schon zwei Beamte auf den

Gefangenentransport warteten. Während die Transport-papiere und der Gefangene übergeben wurden, winkte eine Aufsicht aus dem geschützten Pförtnerbereich. Dirk Rasper erkannte hinter der Scheibe den Beamten, der auch schon bei seiner vorherigen Überführung das Tor bediente. Mit einem gezwungenen Lächeln winkte er zurück, soweit es seine Handfesseln zuließen. Nach über sieben Jahren, in denen man hier Gastfreundschaft genießen durfte, kannte man jedes Gesicht.

Schon als die erste Tür zu Trakt B aufgeschlossen und hinter ihm wieder verschlossen wurde, vermutete Dirk, dass er die Tage bis zum Gerichtstermin wieder im gewohnten Bereich verleben durfte. Klaus Federer, der schon zuvor in diesem Bereich seinen Dienst versah, nahm Dirk Rasper in Empfang. Ihm war anzumerken, dass er den Gefangenen am liebsten umarmt hätte, konnte diese Sympathiebekundung jedoch unterdrücken. Seine Augen drückten aber die Wiedersehensfreude aus. Schweigend schritt er neben seinem Neuzugang her und blieb vor genau der Zelle stehen, die Rasper schon zuvor bewohnt hatte. Der Universalschlüs-sel drehte sich im Schloss, Federer legte den Sperrriegel um und machte den Weg frei für Dirk. Zwei Männer, die ein seltsames Band der Zusammengehörigkeit verband, standen sich plötzlich wieder gegenüber. Liam Preston war anzu-merken, dass ihm diese Begegnung, an die er schon nicht mehr geglaubt hatte, sehr nahe ging. Keiner von beiden wusste, was er als Nächstes tun sollte. Federer spürte die besondere Atmosphäre und schob Rasper in die Zelle.

»Macht hin, Leute, ich habe nicht den ganzen Tag Zeit. Begrüßt euch endlich, ich muss abschließen. Gleich gibt's übrigens Essen. Heute mal ausnahmsweise Spaghetti, die zwölf Wochen seit dem letzten Mal sind um. Bis gleich dann.«

Hinter den Männern schloss sich geräuschvoll die schwere Tür und ließ zwei Menschen zurück, die sich schweigend die Hand reichten.

»Verdammt, Kumpel, mit dir hatte ich nicht mehr gerechnet. Es hat sich schon bis hierher rumgesprochen, dass du jetzt doch deinen Prozess bekommst. Die Leute hier freuen sich mit dir – zumindest die meisten. Diese Scheiße mit dem Hartmann hat man dir auch nicht mehr abgekauft, habe ich gehört? Mich haben die noch ein- bis zweimal dazu vernommen. Ich habe denen aber jetzt erzählt, dass ich das nur auf mich nehmen wollte, um einen Kumpel zu schützen. Wie ich weiß, lief das bei dir genauso. Ich glaube, das ist denen mittlerweile auch scheißegal. Da hat ihn eben einer aus einem anderen Clan beseitigt. Was soll's? Hauptsache, wir sind das Schwein los. Habe dir das untere Bett freigelassen. In Ordnung?

Übrigens hat mir das Arschloch, mit dem ich bis gestern hier zusammenlag, jeden Tag verklickern wollen, dass ich schnarche. Der Kerl hat nicht alle Schweine im Rennen.«

Dirk lächelte.

»Du schnarchst wirklich wie ein Tier, mein Freund.«

31

Der Hofgang war beendet, die Männer wurden in Gruppen zurück in die Zellentrakte geleitet. Dirk Rasper warf sich auf das Bett, da seine Kniescheibe immer noch schmerzte. In der Schlosserei stieß er am Nachmittag ziemlich heftig gegen die Drehbank, sodass ihm einen Moment schwarz vor Augen wurde. Federer war so nett, ihm aus seinem Privatvorrat eine Salbe zu überlassen, die zumindest für eine gewisse Zeit den Schmerz nahm. Während Liam mit dem Abendessen herumhantierte, ließ er wie aus heiterem Himmel die Frage los.

»Wie sicher bist du dir eigentlich, dass du hier wieder rauskommst? Haben die denn schon einen Verdacht? Ich meine damit, gibt es einen neuen Tatverdächtigen? Die werden dich doch wohl nicht nur wegen der neuerlichen Aussage der Ex freilassen, zumal der einzige Zeuge mausetot ist.«

Dirk hatte die Augen einen Moment geschlossen und dachte über die Frage und einer passenden Antwort nach.

»Mein Strafverteidiger hat der Staatsanwaltschaft belegen können, dass damals wichtige Beweise, die möglicherweise meine Unschuld hätten belegen können, nicht verfolgt wurden. Das reichte dem Richter beim Additionsverfahren, um dem Antrag zuzustimmen. Als Nächstes hat der Verteidiger innerhalb des Probationsverfahrens diese neuen Beweise glaubhaft darstellen können. Mein Anwalt meint sogar, wenn man diesen Dreckskerl Moller nicht umgelegt hätte, wäre es möglich gewesen, dass mich das Gericht ohne Erneuerung des Hauptverfahrens sofort freigesprochen hätte. Dann hätte ich mich anschließend noch bei dem Kerl dafür bedanken können, dass er meine Frau gevögelt hat. Verrückt, oder nicht? Jetzt musste ich warten, bis die einen Termin vor einer anderen Kammer finden.«

»Hast du denn keine Angst davor, dass die das alte Urteil bestätigen, weil denen die Beweise nicht ausreichen?«

Dirk Rasper stützte sich auf seine Ellenbogen und beobachtete Liam, wie er das Abendessen liebevoll auf die beiden Metallteller verteilte.

»Nee, Liam, da muss ich mir keine Sorgen machen. So, wie mir dieser Hauptkommissar Klare erklärte, gibt es nicht einen Hinweis darauf, dass ich mit den Tötungen der ersten beiden Frauen in Verbindung gebracht werden könnte. Die werten gerade noch die DNA-Spuren mit moderneren Geräten aus. Mich belasten eigentlich nur das Taschentuch und das Feuerzeug bei der dritten Leiche. Und ein höheres Strafmaß ist sowieso nicht möglich. Da habe ich mich schon erkundigt. Wenn das Wiederaufnahmeverfahren allein zugunsten des Angeklagten eingelegt wurde, kann die Entscheidung nur besser ausfallen. Dann gilt das Verbot der Schlechterstellung. Die nennen das Reformatio in Peius oder so ähnlich zumindest. Ich bin da guter Dinge, schlimmer kann es also nicht kommen. Bist du endlich fertig mit dem Essen? Ich habe einen Mordskohldampf.«

»Mir ist es aber schleierhaft, warum du freikommen sollst, obwohl du doch wegen Hartmann verurteilt ...«

»Ach, das habe ich dir ja noch gar nicht erzählt. Ich habe auch dazu eine Wiederaufnahme beantragt. Das Geständnis habe ich zurückgenommen. Das Gleiche musst du jetzt auch tun, damit man kein Verfahren gegen dich aufrollt. Wegen Hartmann wird man wohl nichts weiter unternehmen. Die werden das unter den Tisch kehren.«

Mitten hinein in die Stille, die normalerweise bei ihnen beim Essen herrschte, berichtete Liam über neue Geschehnisse im Trakt.

»Das wird dich wohl kaum noch interessieren, aber kurz, nachdem du in den anderen Bau übergesiedelt bist, hat sich in Hartmanns ehemaliger Gruppe ein neuer Anführer hervorgetan. Diese Sau soll noch brutaler vorgehen, als es Hartmann schon tat. Der begnügt sich nicht damit, die Häftlinge verprügeln zu lassen, die gegen ihn arbeiten. Der hat schon einen vom Araber-Clan umlegen lassen. Der Mann ist unglücklich die Treppe runtergefallen, war sofort tot. Man munkelt allerdings, dass er Würgemale am Hals hatte. Die Ermittlungen kommen nicht weiter, weil keiner was gesehen hat und dort im Flur keine Kameraüberwachung ist. Es gibt Stimmen, die dem Kerl sogar Hartmanns Tod unterjubeln. Das Ganze wird wohl wieder einmal im Sande verlaufen. Auf jeden Fall muss man jetzt Augen und Ohren offenlassen, da hier Krieg herrscht. Jetzt haben sich die Araber mit den Türken und den Russen zusammengetan, um dem neuen Hartmann-Clan genug Kraft entgegenzusetzen. Die Einzigen, die sich raushalten, sind die Schwarzen. Die haben ihre eigenen Quellen, aus denen sie die Drogen beziehen.

171

Soll ich dir mal was sagen? Das macht hier langsam keinen Spaß mehr. Ich glaube, die bringen sich allmählich alle gegenseitig um. Und die Aufsicht steht machtlos dabei und muss zusehen. Ich denke, ich hau ab hier.«

Dirk schluckte das letzte Stück Gurke hinunter, bevor er loslachte. Liam, der das mit ernster Miene erzählt hatte, konnte jetzt ebenfalls nicht mehr an sich halten. Aus der Nebenzelle erreichte die beiden lautes Gebrüll.

»Schnauze, ihr elenden Wichser!«

Der übernächste Morgen begann mit einer Überraschung. Dem Klopfen an der Zellentür folgte Sekunden später das Geräusch des Schlüssels. Federer steckte seinen Kopf durch den Schlitz und stieß die Stahltür weit auf.

»Ich habe schlechte Nachrichten, Rasper. Stehen Sie bitte auf und packen Ihre Sachen zusammen!«

Preston war es, der erschrocken hochfuhr und mit einem Satz von seinem Hochbett heruntersprang. Obwohl ihn Federer um mindestens einen Kopf überragte, stellte sich der Engländer mit in die Hüften gestemmten Arme vor ihn und funkelte ihn an.

»Wollt ihr den Mann wieder verlegen? Der bleibt bei mir in der Zelle, verstanden? Der Kerl ist unschuldig, das dürfte doch feststehen, oder? Was soll denn das ganze Theater noch?«

Was die beiden Gefangenen noch nie bei dem kräftigen Mann gesehen hatten, geschah plötzlich. Er legte dem vor ihm stehenden Preston den Arm um die Schulter, anstatt ihn einfach wegzuschieben.

»Alles ist gut, Preston. Alles ist gut. Trotzdem muss ich Ihnen Ihren Kumpel wegnehmen ... Befehl von ganz oben ...

verstehen Sie? Der Mann ist augenblicklich in Freiheit zu entlassen. Dagegen kann ich einfach nichts machen. Richterliche Anordnung. Basta. Kommen Sie, Rasper. Da gibt es Leute, die schon auf Sie warten. Packen Sie alles zusammen. Sie kennen das doch schon. Ich warte draußen.«

Immer noch stand Liam Preston in der gleichen Pose mitten in der kleinen Zelle, nur sein Gesichtsausdruck hatte von Zorn in eine Mischung aus Freude und Enttäuschung gewechselt. Langsam drehte er sich zu seinem Zellenpartner um, der noch auf seinem Bett lag und auf die Matratze über ihm starrte. Es blieb für Liam rätselhaft, was in diesem Augenblick in dem Mann vor sich ging. Nichts verriet seine Gedanken, nur die Blässe zeigte an, dass ihn etwas Gravierendes beschäftigte. Liam setzte sich wortlos neben ihn. Es waren mehrere Minuten, die verstrichen, bevor Dirk Raspers Hand den Freund sanft berührte und ihm signalisierte, dass er aufstehen sollte. Es herrschte eine bedrückende Stille, als Rasper mit ruhigen Bewegungen seine persönlichen Dinge auf seine Wolldecke legte und verknotete. Die dicke Winterjacke mit dem Fellbesatz, die ihn bei winterlichen Hofgängen wärmte, behielt er in den Händen und legte sie Preston um die eingezogenen Schultern.

»Das kann ich nicht ...«

»Doch, du kannst, mein Freund. Du wirst auch einmal diesen Augenblick erleben, wenn sie dich freilassen. Das ist nicht mehr so lange hin. Ich überlasse dir meine Jacke. Eines Tages wirst du sie mir zurückgeben, das musst du mir versprechen. Meine Adresse lasse ich dir zukommen. Wir werden uns wiedersehen, das müssen wir uns schwören. Alles klar, Preston? Halt die Ohren steif. Ich muss mich jetzt drauß en wieder zurechtfinden, ein neues Leben beginnen. Bis bald.«

Preston zog die Jacke enger um seinen Körper, sah dem Mann hinterher, der einst seine Zukunft für ihn hergab. Das würde er ihm niemals vergessen. Er schrak zusammen, als sich die Stahltür hinter dem Partner schloss und der Schlüssel die letzte Verbindung kappte.

Fast geräuschlos, Zentimeter für Zentimeter, schob sich das Rolltor auf und gab den Blick auf die Zufahrt und den Parkplatz frei. In der Öffnung zeigten sich zwei Personen, die sich die Hand reichten. Hausdienstleiter Federer und sein ehemaliger Gefangener.

»Rasper, Sie gehörten nicht in diesen Laden. Das Gefühl hatten wir alle schon lange. Es tut uns auch wahnsinnig leid, dass Sie das miterleben mussten. Machen Sie jetzt was aus Ihrem Leben und versprechen Sie mir nur, dass wir Sie niemals wiedersehen. Draußen auf ein Bier gerne, aber niemals wieder hier drin.«

Dirk Rasper legte die Hand zum Schutz vor der Sonne über die Augen und blinzelte. Als einziges Fahrzeug in der Nähe der Pforte erkannte er die Mercedes-Limousine des Anwalts. Klare selbst lehnte seinen unverkennbaren Body gegen die Beifahrertür und hob nur wortlos grüßend die Hand.

»Ich habe Ihnen einen Schlafplatz besorgt, Rasper. Morgen sehen wir weiter. Geben Sie mir Ihre Tasche und setzen Sie sich nach hinten. Das Leben hat Sie wieder.«

32

Die vier Männer saßen um den großen Tisch herum, der zur Feier des Tages nicht nur mit den üblichen Kaffeetassen und Kannen gedeckt war, sondern auch mit zwei Platten belegter Brötchen zum Frühstück einlud. Ressling stieß gegen das Glas vor ihm und unterbrach die Gespräche.

»Herr Rasper, ich freue mich, dass Sie so kurz nach Ihrer Freilassung die Zeit fanden, unserer Einladung zu folgen. Wir alle hätten nachvollziehen können, wenn Sie das abgelehnt hätten, zumal die Hauptschuld für die verlorenen Jahre auf den Schultern einiger Mitarbeiter lagert, die nachgewiesenermaßen schlampig ermittelt haben. Der Chef wird gleich auch noch zu unserer kleinen Runde hinzustoßen. Doch vorher hoffe ich darauf, dass Sie schon die von mir vorgetragene Entschuldigung annehmen. Außerdem würden wir es sehr begrüßen, wenn Sie durch sachdienliche Hinweise an der Suche nach dem wahren Täter mitarbeiten würden.

Einen besonderen Dank möchte ich, sicherlich auch in Ihrem Namen, an den Kollegen Klare richten. Ohne ihn säßen Sie heute noch ... ach, lassen wir das. Er hat keine Ruhe gegeben und sein Gespür hat ihn einmal mehr nicht getäuscht. Wir drei, die wir hier sitzen, Hauptkommissar Klare, Oberkommissar Mansfeld und ich, werden diesen Fall nicht ruhen lassen und die Ermittlungen spät, aber intensiv fortsetzen.«

Dirk Rasper, der jetzt in Jeans und Rollkragenpullover, nach dem Besuch eines Friseursalons vor ihnen saß, konnte als gut aussehender, recht faszinierender Mittvierziger bezeichnet werden. Er unterbrach den Hauptkommissar mit einer erhobenen Hand.

»Keiner hat mir bisher verraten, warum die Hauptverhandlung ausgesetzt wurde und die Staatsanwaltschaft die sofortige Freilassung angeordnet hat. Hat es Ermittlungsansätze gegeben, die dafür verantwortlich waren?«

Rasper blickte in erstaunte Gesichter am Tisch.

»Richtig, Herr Rasper. Das habe ich ganz vergessen, Ihnen zu erklären.«

Klare übernahm die Rechtfertigung und erntete dafür einen dankbaren Blick von Ressling.

»Sie werden sich daran erinnern, dass Sie in das Krankenzimmer gebracht wurden und Ihnen ein Gebissabdruck abgenommen wurde. Wir haben die Daten, das heißt, den Gebissring vermessen und mit den Bisswunden an den Opfern verglichen, die damals von den noch frischen Leichen abgenommen wurden. Es gab keine Übereinstimmung. Auch die Zahnabstände ergaben ein gänzlich anderes Ergebnis. Dafür haben wir aber die Speichelflüssigkeit, die unsere Spurensicherung abnahm, einem DNA-Test unterzogen. Keine Übereinstimmung mit Ihrer. Nun werden wir mit aller Kraft daran arbeiten, den Besitzer dieser DNA zu ermitteln. Das ist eine Sisyphusarbeit, ich weiß, aber ein vielversprechender Ansatz. Ich bin voller Hoffnung, dass wir darüber weiterkommen werden.

Das einzige Mysterium liegt noch darin ... wie kamen die beiden entscheidenden Beweismittel an den letzten Tatort?«

Dirk Rasper verabschiedete sich aus einer heißen Diskussion, die seiner Meinung nach, vor allem, als auch noch Männer der Spurensicherung hinzukamen, allzu sehr ins Fachchinesisch abdriftete. Nun stand er auf dem Parkplatz vor dem beeindruckenden, altehrwürdigen Gebäude. Sein Blick wanderte von dem zweitürigen Eingangsportal hinauf zum gemauerten Bundesadler, der stolz auf ihn herabsah. Er sollte wohl zum Ausdruck bringen, dass genau hier das Gesetz mit der verbundenen Gerechtigkeit zuhause war. Er wusste es besser. Mit Recht verband sich noch lange keine Gerechtigkeit. Er drehte sich weiter zum riesigen Komplex des Gerichtsgebäudes, in dem über ihn vor mehr als sieben Jahren ein für die Öffentlichkeit gerechtes Urteil erging.

Sein Weg führte ihn zu der Adresse, die sich in sein Gedächtnis eingebrannt hatte.

Die Stadt, so wie sie in seiner Erinnerung bestand, gab es in Teilen nicht mehr. Neue Gebäude reckten sich in den Himmel, alte waren ersetzt worden. Der Autoverkehr versetzte ihn anfänglich in Panik und ließ ihn des Öfteren verwundert verharren. An der beschriebenen Adresse befand sich ein stinknormales Sechsfamilienhaus, dessen Klingelschilder Rückschlüsse darauf zuließen, dass hier alles multikulti zuging. Drei Familien mit dem Nachnamen Arslan fielen ihm ins Auge. Entschlossen drückte er auf die Klingel, die ein B vorangestellt hatte.

Zwei geschlagene Minuten musste er warten, bis endlich der Türöffner summte. Wieder stand Dirk Rasper vor einer geschlossenen Tür, bis sich nebenan ein Frauenkopf durch den Türspalt streckte.

»Bora nicht da, was willst du?«

Dirk zuckte zusammen, da er das Öffnen der Tür zu spät bemerkte. Die schwarzhaarige Frau, die ihr Kopftuch nur notdürftig über das Haupthaar gezogen hatte, drängte das kleine Mädchen zurück, das zwischen ihren Beinen neugierig den Fremden beäugte.

»Ich muss mit ihm geschäftlich reden. Wo kann ich ihn finden?«

»Bist du Polizei? Ich weiß nicht, wo Bora.«

»Nein, nein, ich bin nicht von den Bullen. Ich möchte was von ihm kaufen. Güven schickt mich hierher.«

Nun öffnete sich die Tür weiter und ein ganzer Schwarm Kinder kam ins Bild. Ein wilder Schrei in Landessprache scheuchte alle wieder zurück in die Wohnung. Nun hatte Dirk die volle Aufmerksamkeit der Wohnungsinhaberin.

»Güven? Welchen Güven meinst du?«

»Ich meine den, mit dem ich im Gefängnis saß. Der hat mir diese Adresse gegeben. Sag mir jetzt endlich, wo ich Bora finde. Es ist wichtig.«

»Bora kommt wieder ... er sagt um acht heute Abend. Dann musst du kommen. Jetzt geh besser, damit keiner dich sehen hier. Ich kann Bora sagen, dass du heute kommst ... in Ordnung?«

Die Frau wartete die Antwort nicht ab und warf die Tür ins Schloss. Dirk sah die Bewegungen hinter dem Guckloch, als sie seinen Abgang verfolgte.

Kurz nach acht stand Dirk wieder vor der gleichen Tür und klopfte an. Sie öffnete sich kurz danach, ohne dass er eine Person ausmachen konnte. Eine Hand, die plötzlich hinter der Tür erschien, riss ihn nach vorne in die Diele. Große, schwarze Pupillen funkelten ihn an, die sich direkt vor seinem Gesicht befanden. Ekliger Knoblauchgeruch schlug ihm entgegen, als er die Frage, dieses gedämpfte Zischeln, vernahm.

»Du kleiner Pisser willst von Güven kommen? Los, heb die Arme hoch! Ich muss dich filzen.«

Dirks Puls hatte wieder den normalen Rhythmus gefunden, sodass er brav die Hände über den Kopf streckte, während geübte Hände seine Kleidung abtasteten.

»Gut. Komm mit in Küche. Was willst du von mir kaufen?«

Mit schnellen Blicken nahm Dirk die Einrichtung und die Unordnung auf, die ihm die Ursache für einen vorherr-schenden, ekelerregenden Geruch lieferte. Er nahm sich vor, das Geschäft schnell abzuwickeln, damit der Zeitrahmen niedrig blieb, in dem seine Textilien diesen Gestank in sich aufnehmen konnten. Seine Selbstsicherheit hatte er bereits wiedergefunden.

»Ich brauche eine Knarre, schnell und sauber. Kriegst du das hin?«

»Hast du sie noch alle? Was glaubst du, mit wem du es zu tun hast? Glaubst du, dass ich dir eine Waffe anbiete, die ich aus der Asservatenkammer bei den Bullen geklaut habe? Bei mir findest du keine registrierte Puste. Was hast du dir vor-gestellt? Eine Glock, eine Smith & Wesson oder eine 7,65er? Alles im Angebot, da kannst du wählen.«

»Mir reicht eine Glock. Ich will ja keine Elefanten jagen. Dazu zwei volle Magazine. Was kostet das zusammen?«

Bora versuchte, während Dirk seine Wünsche offenbarte, ein sehr widerspenstiges Stück Fleisch mit dem Nagel des Zeigefingers aus einer Zahnlücke zu pulen. Wieder schlug Dirk der Geruch eines schon mehrtägig toten Hasen entgegen. Angewidert wandt er sich ab.

»Das kostet dich tausendvierhundert Schleifen. Cash.«

Dirk drehte sich wortlos zum Gehen, steuerte auf die Dielentür zu. Eine Hand, die er auch erwartet hatte, legte sich auf seine rechte Schulter.

»Was soll das, du Scheißer? Du wolltest den Preis, hier hast du ihn.«

»Hör mir zu, Bora. Güven hat mich vor deinen Betrügereien gewarnt. Ich werde jetzt in die nächste Shisha-Bar gehen und mir die Puste für maximal siebenhundert Euro besorgen. Und wenn ich Güven nächste Woche besuche, werde ich ihm von deinen Schweinereien berichten, die du bei seinen Freunden abziehen willst. Das wird ihm nicht gefallen, glaube es mir. So und jetzt fuck you und tschüss.«

Weiterhin hielt ihn die Riesenhand zurück, nur erkannte Dirk etwas mehr Demut im Gesicht des Waffenhändlers.

»Ist ja gut, mein Freund, ist ja gut. Beruhige dich wieder. War ja nur ein Test. Sagen wir sechshundert. Die Zeiten sind schlecht und die Knarren sind nicht mehr so einfach zu bekommen. Aber du kriegst noch den Güven-Preis.«

Dirk war zufrieden, da er mit einem höheren Preis gerechnet hatte, hielt sich mit seiner Zusage aber noch zurück.

»Scheiße, also gut. Du kriegst die Glock für fünfhundert. Komm mit.«

180

Bora zog seinen Kunden zum Küchenschrank, in dessen offenen Regalen Gewürze standen, die Dirk im Leben noch nie gesehen und gerochen hatte. Er betete darum, dass die Waffe diesen Geruch nicht angenommen hatte, da sie den Träger sofort verraten hätte. Ein Druck auf einen verborgenen Knopf sorgte dafür, dass Bora den oberen Teil des Schranks zur Seite klappen konnte. Zum Vorschein kam eine breite Vertiefung in der Wand, die etliche verschiedene Waffen zeigte. Bora griff auf das obere Tuch eines großen Haufens, der vermutlich aus Glocks bestand. Zwei Magazine zog er bewundernswert sicher aus einem großen Sortiment heraus. Alles andere verschwand wieder hinter dem zuklappenden Küchenschrank.

»Hör zu, das ist eine G17L mit längerem Lauf. Mit der bist du zielsicherer auf größerer Entfernung. Zwei Magazine mit neun Millimeter-Patronen. Brauchst du sonst noch was?«

Schweigend schüttelte Dirk Rasper den Kopf, während er das Magazin löste und in die Hand fallen ließ. Routiniert zog er den Schlitten nach hinten und blickte in die Patronenkammer. Er wollte nicht riskieren, dass er sich selber ins Knie schoss, weil eine Patrone schussbereit in der Waffe lauerte.

»Gut, Bora. Und nun zum letzten Punkt. Ich habe die Kohle noch nicht cash. Bevor du dich jetzt aufkratzt, will ich dir das erklären. Ich kann dir heute und hier erst zweihundert geben von meinem Knast-Lohn. Ich bekomme vom Staat in wenigen Tagen einen Vorschuss auf meine Haftentschädigung für über sieben Jahre in der Kiste. Wir sprechen also von etwas unter siebzigtausend Mäuse. Das ist zwar nur ein Fliegenschiss für das, was ich verloren habe, aber es hilft mir über die erste Zeit hinweg. Ich werde dir den Rest also in einigen Tagen zahlen. Güven meint, das wäre für dich kein Problem. Also, haben wir einen Deal?«

Bora schlug mehrfach mit der Faust auf den Tisch und fluchte.

»Scheiße, Scheiße, ich wusste von Anfang an, dass ich mit dir in die Kacke gegriffen habe. Dann kriege ich aber Zinsen, mein Freund. Die zweite Rate ist dann dreihundertfünfzig. Rück die zweihundert Schleifen raus, pack dir die Knarre weg und verdufte. Ich warte genau zwei Wochen, dann suche ich dich ... und glaube mir eins, ich finde dich auch.«

Als Dirk auf die Straße trat, spürte er den kalten Stahl der Waffe auf der Haut. Ein zufriedenes Lächeln umspielte seinen Mund, als er sich auf den Weg machte.

33

Marianne Schenker hob den Kopf und lauschte. Hin und wieder ertappte sie sich dabei, dass sie die Hörhilfe nicht einsetzte, die ihr der Arzt jedoch dringend empfohlen hatte. Vom ersten Tag an war ihr dieses Fremdgefühl und die überlauten Geräusche ungewohnt und wirklich unangenehm. Wenn es die Türklingel war, würde der Besucher es ein weiteres Mal versuchen. Werner, dem der Schweiß von der Stirn tropfte, grub das Möhrenbeet um, während sie die Rosenstöcke zurückschnitt. Ein Schatten fiel über ihre Hände, ließ sie nach der Ursache sehen.

Werner drehte sich erschrocken zu seiner Frau um, als ihr ein Laut des Entsetzens über die Lippen fuhr. Die Blumenschere fiel ihr aus der Hand und verfehlte nur knapp die Füße, die lediglich in Flipflops steckten. Eine freie Hand legte sie auf den Mund, um den zweiten Schreckensschrei zu unterdrücken.

»Werner ... Werner, komm schnell! Das darf nicht wahr sein. Der Kerl ... sieh nur ... das ist doch Dirk. Geh weg ... du kannst doch gar nicht da sein. Du ... dich hat man doch für immer weggesperrt. Werner, wo bleibst du denn nur. Schick ihn weg. Ich habe Angst!«

Werner Schenker fasste sich relativ schnell, griff den Spaten fester und näherte sich seiner Frau, als würde er ein gefährliches Raubtier umkreisen. Sein Blick ruhte unablässig auf der Gestalt des Mannes, der einmal sein Schwiegersohn war. Sie hatten sich damals recht gut verstanden, sodass es ihn völlig überraschte, dass genau dieser Mann ein Serienkiller sein sollte. Das Urteil des Gerichts ließ aber keinen Zweifel an dieser Tatsache zu. Es war jedoch unumstößliche Realität, dass dieser verurteilte Mörder an ihrem Gartenzaun lehnte und sie beide beobachtete. Wortlos richtete der seinen Blick auf die Menschen, die ihm vor Gericht jegliche entlastende Aussage verweigerten. Seinen Augen war nicht zu entnehmen, was dieser brutale Killer in diesem Augenblick dachte, was er mit ihnen vorhatte. Werner Schenker stellte sich schützend vor Marianne, um sie notfalls mit seinem Leben vor dieser Bestie zu schützen. Die Knöchel an den von Erde beschmutzten Händen, mit denen er den Spaten umklammert hielt, traten hervor und zeigten seine Anspannung. Der klägliche Versuch, der Stimme einen festen Klang zu verleihen, misslang gründlich. Tonlos kamen die Worte über die Lippen.

»Was ... was willst du von uns? Du darfst gar nicht hier sein, das ist nicht möglich. Die werden dich nicht entlassen haben. Bist du wieder ausgebrochen, um dich an uns zu rächen? Komm nur her! Ich weiß mich zu wehren und werde dir den Schädel ...«

»Werner, hör auf mit dem Schwachsinn, ich tu euch nichts. Was soll das ganze Theater? Hat euch Beate nichts davon gesagt?«

»Wovon soll sie uns was erzählt haben?«

184

»Beate wusste doch, dass man das Urteil aufgehoben hat. Sie hätte längst erzählen müssen, dass man mich auf freien Fuß gesetzt hat. Ich bin unschuldig!«

Vorsichtig bewegte sich Marianne, stand jetzt neben ihrem Mann, der noch immer kampfbereit den Kopf nach vorne geschoben, seinem Gegner Paroli bieten wollte. Wäre der Ernst der Situation nicht gewesen, hätte sich ein Betrachter sicher ein Lachen nicht verbeißen können. Der von Morbus Bechterew gekrümmte Körper des weißhaarigen Mannes stand im krassen Gegensatz zu seiner Entschlossenheit, die er im Blick verströmte. Er versuchte, Marianne zurückzuhalten, die sich nun langsam dem Gartenzaun näherte. Sie streifte Werners Hand von ihrem Arm und ging Schritt für Schritt auf den Mann zu, der drei Frauenmorde auf dem Gewissen haben sollte. Ein Zittern ihrer Hände konnte sie nicht völlig verbergen. Ohne sich umzudrehen, spürte sie, dass Werner ihr zum Zaun folgte.

»Wie ist es möglich, dass man so plötzlich anders urteilt? Hat man den wahren Mörder gefunden?«

Marianne wich wieder einen Schritt zurück, als Dirk ihr die Antwort gab, die sie nicht hören wollte.

»Nein, den suchen sie jetzt. Ihr könnt aber völlig beruhigt sein. Die DNA-Abgleiche haben unwiderruflich festgestellt, dass ich auf keinen Fall der Täter sein kann. Darf ich für einen Augenblick reinkommen? Ihr seid die Einzigen, die ich im Augenblick besuchen kann. Beate wird mich jetzt nach der Scheidung wohl kaum in ihrer Nähe haben wollen.«

Marianne drehte sich nach Sekunden der Überraschung zu Werner um, der zögernd nickte und endlich seine Waffe auf den Boden abstellte. Ihm war deutlich anzumerken, wie tief der Schock über diese Begegnung in seinen kranken Knochen saß.

»Geh durch das Gatter da hinten. Du weißt ja noch, dass du es etwas anheben musst.«

Die beiden älteren Menschen schlurften zur Terrasse und wuschen sich die Hände in der auf dem Tisch stehenden Schüssel. Dirk war nähergekommen und überragte seine Ex-Schwiegereltern um mehr als einen Kopf. Noch immer wich Marianne zurück, versuchte, Abstand zu Dirk zu halten. Der ignorierte dieses Getue und wartete ab, bis ihn die beiden ins Wohnzimmer baten.

»Kaffee? Immer noch ohne Milch und zwei Zucker?«

Erfreut registrierte Dirk, dass Marianne bis heute nicht vergessen hatte, wie er seinen Kaffee am liebsten trank. Obwohl es im Knast überhaupt keine Rolle spielte, wie man ihn mochte. Die Frage war eher, ob man ihn bekam. Als endlich dieses herrlich duftende Getränk vor ihnen stand und jeder einen Schluck genommen hatte, nahm Werner all seinen Mut zusammen.

»Seit wann bist du raus?«

»Ich treib mich jetzt schon sechs Tage in der Stadt rum. Du glaubst nicht, zu wie vielen Ämtern ich laufen musste, um eine Unterstützung zu bekommen. Vom Lohn, den ich ausbezahlt bekam, ist nicht mehr viel übrig geblieben. Hatte noch Schulden bei einem Mitgefangenen zu bezahlen und dann war da die Erstausstattung für die neue Wohnung, besser gesagt, das Zimmer, in dem ich jetzt wohne. Bis der Staat die Entschädigung rausrückt, kann es noch verdammt lange dauern. Jetzt muss ich erst mal einen Job finden.«

»Das sollte doch wohl für dich kein Problem sein. Du warst doch gut als Kundenberater.«

»Werner, da bist du aber auf dem Holzweg. Ich hatte schon zwei Vorstellungsgespräche, die recht schnell beendet waren. Als die lasen, wo ich die letzten sieben Jahre verbracht habe, wurde die Unterhaltung zügig abgebrochen.«

»Aber da wird doch auch bestimmt stehen, dass du unschuldig bist, oder nicht?«

»Ja, ja, doch so weit lesen die erst gar nicht. Ich habe gesessen und damit basta. Ich bin für den Rest meines Lebens ein Knacki ... ohne jede Chance.«

Ein lautes Klingeln unterbrach die Unterhaltung. Erschrocken blickte Marianne auf ihre an der Wand hängende original Schwarzwalduhr und sprang auf.

»Oh Gott, das hatte ich ganz vergessen. Beate bringt mir die Kleine. Verdammt, die wird bestimmt reinkommen und dich ...«

»Soll ich hinten rausgehen? Ich möchte nicht, dass ihr Stress mit eurer Tochter ...«

Werner griff an Dirks Arm und hielt ihn mit erstaunlicher Kraft zurück.

»Nix da, du bleibst. Du bist unser Gast. Außerdem muss sich Beate daran gewöhnen, dass sie dir irgendwann mal über den Weg läuft.«

Werner beugte sich leicht vor, um Dirk die nächsten Worte zuzuflüstern.

»Die geht heute wieder mit ihrem neuen Verehrer aus. Dann kümmern wir uns um die kleine Maus. Der Typ ist, ehrlich gesagt, ein arroganter Stinker. So ein gelacktes Arschloch, das Beate um den Finger wickelt. Ich mag den nicht besonders. Aber versprich mir, ich habe dir nichts gesagt!«

Die kleine Leonie brachte sofort Leben in die ansonsten stille Wohnung, stürmte sofort durch, um ihren Opa zu begrüßen. Als sie kaum das Wohnzimmer betreten hatte, blieb sie wie angewurzelt stehen und starrte auf den großen Mann, der neben Opa stand. Tief in dem Kind arbeitete es unablässig, Gedanken rasten durch den lockenumrahmten Kopf, bis sie kaum hörbar in den Raum warf.

»Bist du ... bist du nicht Onkel Rainer ... so ganz in sauber? Ja, ja sicher, du bist das bestimmt. Willst du mich für einen Film abholen? Mama sagte mir, dass du ganz weit weg, am anderen Ende der Welt bist und wohl nie mehr zurückkommst. Mama, Mama, sieh mal, wer da ist. Du hast doch nicht recht gehabt. Komm mal schnell.«

Dirk bemerkte sehr wohl Werners fragenden Seitenblick, ignorierte ihn jedoch für den Augenblick. Er hatte damit zu tun, seine Tochter auf den Arm zu nehmen, die ihm jubelnd entgegenlief. Er schleuderte die kreischende Maus herum und drückte sie ungewollt fest an sich. Keiner bemerkte die Flüssigkeit, die sich in seinen Augen sammelte. Erst als er Leonie absetzte, bemerkte er das Entsetzen in den Augen Beates, die steif neben ihrer Mutter stand, die fragende Blicke mit Werner austauschte. Eine Situation, die diese beiden älteren Menschen nicht im Mindesten einordnen konnten.

»Was tust du hier? Seit wann bist du raus?«

»Mama, ist das nicht toll, dass ...?«

»Sei jetzt still, Leonie. Geh bitte in das Spielzimmer ... sofort!«

»Aber Mama, ich ...«

»Sofort, habe ich gesagt!«

Marianne fasste die Kleine an der Schulter und schob sie zurück in die Diele. Leonie drehte sich immer wieder um, da sie kein Verständnis dafür aufbrachte, dass sie ausgerechnet jetzt, wo Onkel Rainer aufgetaucht war, so von ihrer Mama angeschrien wurde. Mit einem zaghaften Winken in Richtung ihres Helden verschwand sie im Spielzimmer, sah nicht mehr, dass der zurückwinkte.

»Noch mal, was willst du hier bei meinen Eltern? Du hast hier nichts mehr verloren, wir sind rechtmäßig geschieden.«

Niemand hätte es dem älteren Herrn zugetraut, wie schnell der von der Couch hochsprang und sich vor Dirk stellte.

»Jetzt aber mal halblang, Töchterchen. Noch ist das mein Haus und darin bestimme ich, wer mich besucht und wer nicht. Dirk ist im Augenblick unser Gast, damit du das weißt. Er kann hundert Mal von dir geschieden sein, deshalb darf er immer noch dieses Haus betreten. Wenn ich das richtig mitbekommen habe, ist er rechtmäßig mit bewiesener Unschuld entlassen worden. Mein Gefühl sagt mir, dass er über Jahre für etwas gesühnt hat, für das er nicht die Verantwortung trug.«

»Aber ich habe mich von ihm scheiden lassen. Ich möchte nicht, dass er mir immer wieder über den Weg läuft.«

»Das, mein Kind, ist deine einsame Entscheidung, nicht meine. Dieser Mann hat, verdammt noch mal, sieben Jahre unschuldig gesessen, für etwas, das er nicht getan hat. Du solltest ihn in die Arme nehmen, anstatt ihn wegzustoßen. Was ist mit dir los? Was haben wir bei deiner Erziehung falsch gemacht? Ihr habt euch doch einmal geliebt und gemeinsam sogar ein Kind gezeugt.«

Marianne sprang an ihrer konsternierten Tochter vorbei und fasste Werner an den Arm, schüttelte ihn.

»Werner, was tust du da? Denk an das Kind. Sie könnte dich hören.«

»Das ist mir mittlerweile scheißegal. Die Kleine muss schon viel zu lange mit einer Lüge leben. Damit muss doch irgendwann mal Schluss sein. Soll die vielleicht zu dem aufgeblasenen Dandy Papa sagen, zu dem unsere Tochter gleich wieder zum tête-à-tête fährt? Hier sollte mal klar Schiff gemacht werden. So, jetzt bin ich durch, es ist endlich raus.«

Sichtlich erschöpft fiel Werner zurück in die weichen Kissen der Plüschcouch und verschränkte mit ernster Miene die Arme vor der Brust. Die Stille im Raum dröhnte in den Ohren, war fassbar. Entsetzte Blicke wanderten von einem zum anderen.

Niemand bemerkte das kleine Wesen, dessen weit aufgerissene Augen immer wieder zwischen Onkel Rainer und ihrer Mama hin- und herwechselten.

34

Wie Kampfhähne standen sich Dirk und Beate gegenüber, funkelten sich mit wilden Blicken an. Fassungslos über die ungeahnte Entwicklung stand Marianne abseits und beobachtete ihre unschuldige Enkeltochter, die das Geschehen offenbar nicht einordnen konnte. Sie wandte sich um und suchte die Ruhe ihres Spielzimmers, das ihr eine vermeintliche Sicherheit bot. Das hielt nur solange, bis sich die Tür öffnete und ihre Mutter zögernd eintrat. Leonie, die sich auf ihr Bett geworfen hatte, drehte das Gesicht zur Wand und legte die Arme schützend über die Ohren.

»Geh weg ... lass mich in Ruhe! Ich will euch nicht mehr sehen! Ich hasse euch alle!«

Beate wich einen halben Schritt zurück, war schockiert über diese massive Ablehnung ihrer Tochter. Solche Emotionen war sie von ihr nicht gewöhnt. Vorsichtig, sehr zögerlich ging sie auf das Bett zu und sank auf die Knie. Zärtlich fuhr ihre Hand über das weiche Haar der Kleinen, die nun schluchzend in ihr Kissen weinte.

»Mein Schatz, was ist mit dir? Du solltest dir das nicht so zu Herzen nehmen. Es ist nichts passiert ... gar nichts. Ich habe mich nur etwas mit diesem Mann gestritten.«

Erschrocken nahm Beate die Hand vom Haar ihrer Tochter, als die sich herumwarf und ihre Mutter mit fast hasserfüllten Blicken anblitzte.

»Es ist nichts passiert, sagst du? Ich habe genau gehört, was Opa gesagt hat. Wer ist das da draußen wirklich, Mama? Sage mir nicht, dass es nur ein fremder Mann ist, der nichts zu bedeuten hat. Wer ist das wirklich? Ich habe gehört, dass der Mann von dir geschieden wurde. Das bedeutet, dass ihr einmal verheiratet ward. Ich bin zwar klein, aber das weiß ich schon. Und was bedeutet, dass ihr ein Kind gezeugt habt? Habe ich eine Schwester oder einen Bruder? Oder bedeutet das, dass ich sogar ...?«

Beate legte Leonie zwei Finger auf den Mund und unterbrach damit den Satz, den sie niemals aus diesem süßen, unschuldigen Mund hören wollte. Sie suchte nach Worten, die plausibel die Wahrheit verschleiern konnten, fand sie aber nicht. Die bittenden Augen ihrer Tochter drangen tief in ihre Seele, verursachten ein Gefühlschaos. Vater hatte nun mit seinen unbedachten Worten alles an die Oberfläche gespült, das sie bisher vor dem Kind verborgen hielt. Es war zu spät für Ausflüchte, Zeit für unverfälschte Wahrheiten.

Beate setzte sich auf das Bett und zog die kleine Leonie, die sich noch immer dagegen wehrte, in ihre Arme. Schließlich gab die Kleine auf und legte ihren Kopf an die Brust ihrer Mutter.

»Ich wollte noch damit warten, mein Kind, solange, bis du älter bist und alles besser verstehen kannst.«

»Ich bin schon groß, Mama. Ich verstehe mehr, als du glaubst«, unterbrach Leonie Beates Lebensbeichte. Beruhigend fuhr Beates Hand durch die Locken.

»Ja, ich weiß das jetzt und deshalb muss ich dich um Vergebung dafür bitten, dass ich das alles für mich behielt. Doch gib mir bitte Zeit bis morgen, damit ich dir die ganze Wahrheit sagen kann. Nur noch diesen einen Tag, bitte.«

Leonie befreite sich aus der Umklammerung ihrer Mutter und setzte sich neben sie auf das Bett. Ihr Gesicht hatte all das verloren, was eine Sechsjährige ausmachte, wirkte viele Jahre älter und reifer. Erstaunt blickte Beate auf den Mund, der eine Frage formte, die sie nun endgültig verwirrte.

»Hat es damit zu tun, dass du heute Abend wieder diesen Arne triffst? Warum triffst du dich mit ihm? Hast du dich in den Mann verliebt? Ich will nicht, dass der dich anfasst, und mich schon gar nicht.«

»Was ... was hat er dir getan? Du kennst ihn doch noch gar nicht richtig. Das ist ein liebenswerter Mensch, der dich gerne näher kennenlernen möchte. Darüber wollte ich heute Abend mit ihm reden, mein Liebling. Ich wollte ihn zu uns nach Hause einladen, damit ihr euch anfreunden könnt.«

Entsetzt riss Beate die Augen auf, als Leonie spontan von ihr wegrückte.

»Ich will nicht, dass er zu uns kommt. Ich hasse den Mann. Warum kannst du nicht Onkel Rainer einladen? So wie Opa sagt, hast du ihn einmal sehr gerne gehabt. Warum ist das vorbei? Ich verstehe dich nicht. Der ist doch viel netter.«

»Wie kannst du das nur sagen? Du kennst Arne doch noch gar nicht.«

»Ich will aber nicht!«

Die letzten Worte schrie sie so laut, dass ihre Oma die Türe aufriss und die herauslaufende Enkelin vor den Schoß presste. Sie klammerte ihre kleinen Arme fest um den Leib der Großmutter und weinte herzerweichend. Als sie Dirk in der Diele auftauchen sah, löste sie sich vom Schoß der Oma und umarmte den Mann, der ihr Kinderherz auf Anhieb gewonnen hatte.

»Kannst du nicht mein Papa sein? Bitte, lieber Gott, mach, dass du mein Papa bist.«

Hinter ihr, im Rahmen der Tür stehend, presste Beate beide Hände vor den Mund und ließ es zu, dass sich die Arme ihrer Mutter um ihre Schultern legten.

35

Das intensive Klopfen an der Wohnungstür ließ Dirk aus dem Bett hochfahren. Sein erster Blick galt dem Wecker, der ihm digital anzeigte, dass es bereits fast zehn Uhr am Vormittag war. Die Schlaftablette, die er sich nach dem aufwühlenden Besuch bei seinen ehemaligen Schwiegereltern einwarf, hatte jedenfalls ihren Zweck erfüllt. Genervt von der für ihn viel zu frühen Störung fuhr er sich durch das Haar und über die noch müden Augen. Er machte sich gar nicht erst die Mühe, einen Morgenmantel überzuziehen, als er nur mit Schlafhose bekleidet die Tür einen Spalt öffnete. Klares immerwährendes Lächeln, das schon so manchen Ganoven getäuscht und zur Unterschätzung seines Gegners geführt hatte, empfing ihn. Wortlos gab Dirk den Weg frei, sodass Klare die kleine Diele betreten konnte. Der Hauptkommissar sah sich um.

»Gehen Sie ruhig durch und machen Sie es sich im Salon gemütlich. Mein Butler hat heute seinen freien Tag, Sie müssen sich also Ihren Drink schon selbst mixen. Ich werfe mir eben eine Handvoll Wasser ins Gesicht und bin sofort bei Ihnen. Verlaufen Sie sich bitte nicht in dieser Luxusvilla.«

Klares Lächeln verstärkte sich, als er sich in dem Durcheinander dieses Einzimmerappartements umblickte. Vorsichtig nahm er die Kleidungsstücke von dem einzigen Sessel und drapierte sie über das Fußende des Betts. Es war nicht die erste Unterkunft, die er aufsuchte, nachdem Gefangene das neue Quartier in der Freiheit bezogen. Sie konnten überhaupt froh sein, wenn ihnen jemand Unterschlupf gewährte. Im Fall von Dirk Rasper hatte er sich selbst für den Mann beim Vermieter verbürgt. Entschlossen riss er das Fenster auf.

»Na, haben Sie allein zur Bar gefunden, Herr Hauptkommissar? Würde Sie gerne zu einer morgendlichen Runde im Pool einladen, doch da wird gerade das Wasser gewechselt. Was kann ich für Sie tun? Kommen wir weiter in der Mordserie?«

»Ich freue mich, dass Sie zumindest Ihren Humor wiedergefunden haben, Herr Rasper. Ich gehe davon aus, dass wir bald auch ansprechendere Räumlichkeiten für Sie finden werden. Geben Sie sich etwas Zeit. Ich denke, dass dieses Zimmer wesentlich angenehmer zu bewohnen ist, als Ihre frühere Behausung. Aber der Grund meines Besuches liegt ja ganz woanders.«

Dirk hatte währenddessen die Schlafhose gegen eine Jeans getauscht und ein Shirt übergezogen. Abwartend saß er nun auf der Bettkante und sah Klare an, der sich seines Trenchcoats entledigt hatte.

»Hören Sie, Rasper, ich bin bekannt dafür, dass ich nicht durch die Blume quatsche, sondern immer frei raus bin. Ich hoffe, das stört Sie nicht. Wenn doch, müssen Sie damit leben. Also. Unsere Abteilungen arbeiten im Hause recht gut zusammen, was dazu führt, dass wichtige Ereignisse untereinander ausgetauscht werden. Nun sind einige Kollegen damit beschäftigt, bestimmte Personen aus gutem Grund zu observieren. Dazu gehört auch ein gewisser Bora Arslan. Klingelt es bei Ihnen?«

Dirks Zucken in den Augen war Klare nicht entgangen, wogegen Dirk wusste, dass er dem Mann nicht mit einem Nein begegnen konnte. Mit Sicherheit existierten bereits Bilder davon, wie er an der Tür schellte.

»Klar, sagt mir der Name was. Warum fragen Sie? Hat sich dieser Mann was zuschulden kommen lassen?«

Lange lieferten sich die beiden Männer ein Blickduell, bevor Klare wieder das Wort ergriff.

»Arslan steht im Verdacht, in große Hehlergeschäfte und Waffenhandel verwickelt zu sein. Sogar Beteiligung am Menschenhandel wird ihm vorgeworfen. Nun stellt sich uns die Frage, was ein unbescholtener Bürger wie Sie mit einem solchen Typen zu tun hat. Bedenkt man, dass Ihre Entlassung erst wenige Tage zurückliegt, liegt der Verdacht sehr nahe, dass Sie diesen Kontakt von jemand anderem erhielten. Liege ich da weit weg von der Wahrheit? Und weiter stellt sich mir die Frage, was Sie dort wollten.«

Für Dirk Rasper wiederum stand nun die Frage im Raum, was dieser gewiefte Hauptkommissar tatsächlich wusste. *Hatte man den Kerl schon hopsgenommen? Wusste die Polizei schon von seiner Waffe? Warum wurde er dann nicht wegen unerlaubtem Waffenbesitz verhaftet?* Für ihn stand fest, dass man im Dunkeln herumstocherte und ihn zu einer schnellen Aussage verführen wollte. Er versuchte es mit einer Halbwahrheit.

»Ich gehe mal nicht davon aus, dass man mir nachspioniert. Deshalb kann ich Ihnen auch die Wahrheit sagen. Ein Zellengenosse, besser gesagt einer aus dem Trakt, hat mich darum gebeten, wenn ich draußen bin, diesem Mann eine Nachricht zu überbringen. Ich kenne den nur unter dem Namen Güven. Kann ich sonst noch was für Sie tun?«

Wieder diese lange Pause, in der sich die Männer abschätzten. Und wieder war es Klare, der als Erster das Schweigen brach.

»Die Nachricht? Was sollten Sie übermitteln?«

»Scheiße, Herr Hauptkommissar, was wollen Sie jetzt von mir hören? Ich habe dem Mann geschworen, dass ich diese Nachricht niemandem außer Arslan weitergebe. Ich kann das nicht tun, ohne vor mir selbst den Respekt zu verlieren. Verstehen Sie das? Und ehrlich gesagt, ich habe auch ein klein wenig Angst davor, dass es rauskommt und die mir dann ...«

Klare winkte ab und schlug die Beine übereinander.

»Lassen Sie es für den Augenblick gut sein. Ich hoffe nur, dass Sie sich nicht auf eine Sache eingelassen haben, die Ihnen die neugewonnene Freiheit rauben könnte. Viele, die nach so langer Zeit das Gefängnis verlassen, glauben, dass sie nur noch auf krumme Tour ihr Leben wieder in den Griff bekommen. Das ist ein riesiger Irrtum. Fast alle landen dann wieder an dem Ort, von dem sie kamen. Passen Sie also gut darauf auf, was Sie in der näheren Zukunft tun werden.

Da ist aber noch etwas anderes, lieber Herr Rasper, worüber ich mit Ihnen sprechen möchte. Grundsätzlich ginge mich Ihr Privatleben ja nichts an, aber da sich Ihre Ex-Frau an mich wandte, habe ich ihr versprechen müssen, dass ich mit Ihnen rede, sobald ich Sie treffe.

Es geht darum, dass Sie im Augenblick versuchen, Ihre Tochter Leonie zu beeinflussen. Ihre Ex befürchtet, dass die Kleine Schaden nehmen könnte. Da soll eine Auseinandersetzung zwischen Ihnen und Ihrer Ex gestern bei den Schwiegereltern stattgefunden haben, wobei das Kind auf krasse Art und Weise von Ihrer wahren Existenz erfuhr. Bevor Sie jetzt loswettern und mir zu Recht an den Kopf werfen, dass mich das einen feuchten Mist angeht, will ich noch etwas anfügen. Es geht mich tatsächlich nichts an, was Sie mit Ihrer Ex auszufechten haben, solange es fair und gewaltfrei zugeht. Allerdings möchte ich Ihnen unter Freunden einen Rat geben. Bei Ihrer Scheidung erging ein Urteil, dass Ihrer Ex-Frau das volle Sorgerecht übertragen wird. Das bedeutet ganz klar, dass Sie zwar der biologische Vater sein mögen, aber trotzdem keine Vormundschaftsrechte auf dieses Kind mehr besitzen. Streng genommen könnte Ihre Ehemalige sogar eine einstweilige Verfügung erwirken, die Ihnen untersagt, sich dem Kind überhaupt zu nähern. Behalten Sie das immer im Hinterkopf, falls Sie vorhaben, Ansprüche auf das gemeinsame Kind anzumelden. Ich bin kein Rechtsexperte. Aber ich würde sagen, dass die einzige Chance darin bestehen könnte, dass Sie einen Sorgerechtsprozess anstrengen, der nach neuer, also der aktuellen Lage, das Sorgerecht neu bewertet. Vielleicht holen Sie ja ein Besuchsrecht für sich raus ... immerhin etwas. Aber tun Sie sich selbst einen Gefallen und bedrängen Sie die beiden nicht weiter.«

Als hätte ihn ein Felsbrocken getroffen, saß Dirk auf der Bettkante, versuchte, seine Gedanken zu ordnen. Beate wollte ihm tatsächlich das Kind verweigern?

»Ich ... ich soll meine Frau bedrängt haben? Habe ich das richtig gehört? Diese Begegnung war rein zufällig, als ich den Menschen einen Besuch abstattete, mit denen mich einmal ein Verwandtschaftsverhältnis verband. Das kann doch wohl nicht wahr sein. Die Kleine erfuhr nur durch Zufall, dass ihr Vater noch lebt. Der Schwiegervater verplapperte sich lediglich. Jetzt ist das Kind völlig verwirrt. Sie sollte endlich die ungeschminkte Wahrheit erfahren. Es kann doch nicht richtig sein, dass meine Tochter weiterhin mit einer Lüge aufwächst. Ich habe niemals in den zurückliegenden Jahren versucht, darauf Einfluss zu nehmen. Aber sagen Sie doch mal als Außenstehender, hat die Kleine nicht das Recht, jetzt endlich ihren Vater kennenzulernen und irgendwann einmal selbst darüber zu entscheiden, ob sie ihn und seine Existenz akzeptiert?«

Klare wich dem flehenden Blick des Mannes aus, der seit der Geburt der Kleinen um ihre Existenz wusste, sie aber niemals in die Arme schließen durfte. Endlich zwang er sich dazu, ihm in die Augen zu sehen.

»Ja, Rasper, ich weiß, was Sie fühlen müssen. Doch sollten Sie meinem Rat folgen und die Füße noch still halten. Manchmal geht das Schicksal seltsame Wege und die kleine Leonie setzt sich durch. Ich habe die süße Maus kennenlernen dürfen. Das ist ein sehr starkes Kind mit einem eisernen Willen. Sie wird Ihre Ex dazu zwingen, ein Bekenntnis abzugeben. Schließlich ist der halbe Weg schon gegangen worden. Sie wird die ganze Wahrheit einfordern, da bin ich mir sicher. Versprechen Sie mir, dass ich mir in diesem Punkt keine Sorgen machen muss. Bitte. Sie müssen es sich selbst wert sein.«

Dirk saß immer noch in gleicher angespannter Haltung auf dem Bett und versuchte, seine Erregung zu unterdrücken. Klare stand auf und griff nach seinem Trenchcoat. Auf dem Weg zur Tür drehte er sich noch einmal um, ganz in der Manier seines großen Vorbilds Columbo.

»Ach, bevor ich es vergesse, Rasper. Wir haben die DNA des Mörders jetzt in die Datenbank bei Interpol eingegeben. Sollten die einen passenden Datensatz haben, löst sich vielleicht dieser Knoten der Unwissenheit. Ich kann mir einfach nicht vorstellen, dass dieser Täter nicht schon vorher oder danach seinen Trieb an einer anderen Frau ausgelebt hat. Alle machen irgendwann den entscheidenden Fehler.«

Klare ging noch ein letztes Mal zu Dirk Rasper und legte ihm stumm die kleine Hand auf die Schulter. Leise schlug die Tür hinter dem Ermittler zu, während Dirks Hand den kalten Stahl der Waffe suchte, die unter seinem Kopfkissen ruhte.

36

Der Motor des Suzuki lief bereits warm, während Beate vor dem Haus auf Leonie wartete, die nun mit ihrem gewaltigen Schultornister vor dem Eingang auftauchte. Wieder einmal schien Beate spät dran zu sein, was daran auszumachen war, dass sie den Wagen stark beschleunigte und mit überhöhter Geschwindigkeit davonpreschte. Dirk verließ seine Deckung und näherte sich lässig, mit in den Taschen vergrabenen Händen dem Eingang. Der glückliche Zufall wollte es so, dass genau in dem Augenblick, als er dort ankam, ein Hausbewohner die Haustür öffnete. Mit einem fröhlichen *Guten Morgen* schlüpfte er in den Hausflur und blieb erst vor Beates Wohnung stehen. Die morgendliche Stille im Haus half ihm dabei, zu prüfen, ob sich noch jemand in der Wohnung befand. Er vermutete, dass eventuell dieser ominöse Arne dort genächtigt haben könnte. Als er das Ohr vom Türblatt nahm, drückte er vorsichtshalber auf den Klingelknopf. Nichts in der Wohnung rührte sich.

Seine Hand tastete nach dem Picklocker, den er sich im Internet besorgt hatte. Es dauerte nur Sekunden, bis er das Sicherheitsschloss geöffnet hatte und in die Diele treten konnte. Seine Ortskenntnisse vom ersten Besuch ließen ihn das Kinderzimmer schnell finden. Lange stand er in der Tür und nahm die Atmosphäre auf, die das Zimmer seiner kleinen Tochter verströmte. Er glaubte, ihre Stimme zu hören, als sie auf dem Bett saß und mit ihrer Puppe Polly sprach, ihr ein Schlaflied vorsang. Mit zwei Schritten stand er vor dem Regal, in dem Polly ihren Platz fand, wenn Leonie in der Schule war. Fast zärtlich hob er die Spielgefährtin aus dem Fach und legte sie in die Leinentasche, die neben dem Bettchen stand. Im Schrank fand Dirk diverse Textilien, aus denen er einige heraussuchte und in die Tasche legte. Zuvor hielt er sie vor sein Gesicht, nahm glücklich den Duft seines Kindes auf. Nachdem er noch einen verträumten Blick durch das Zimmer geworfen hatte, verließ er das Haus. Er wusste, dass er die weiteren Schritte gut vorbereitet und überlegt durchführen musste.

Das Geräusch der Schulglocke sorgte für Bewegung in der Menge der Eltern, die vor dem Gebäude auf die Frucht ihres Leibes warteten. Mit teilweise wildem Gekreische ergoss sich die Masse der Kinder auf den Schulhof und hielt Ausschau nach ihren Eltern. Ein Kind stach besonders hervor, da es sich, fast traurig wirkend, von der Flut der kreischenden Menge absonderte. Leonie wirkte bedrückt und rückte ihren Schultornister noch ein letztes Mal zurecht, bevor sie sich auf den Weg zum Supermarkt machte. Fast wäre sie gegen den großen Mann gestoßen, der sich ihr in den Weg stellte. Erschrocken sah sie hoch und erstarrte in ihrer Freude.

»Was ... was tust du hier? Willst du mich abholen, damit wir zusammen zu Mama gehen? Gehst du mit zu uns nach Hause?«

»Na, du hast aber viele Fragen auf einmal. Ich habe mir gedacht, dass wir, bis deine Mama Feierabend hat, noch was unternehmen. Ich habe sie bereits angerufen und ihr gesagt, dass wir beide danach zu eurer Wohnung gehen und ich dir bei den Schulaufgaben helfe. Was hältst du davon, wenn ich dir zeige, wo wir den letzten Film gedreht haben? Du erinnerst dich doch bestimmt daran, als ich so dreckig und bärtig war, oder?«

Dirk hätte die kleine Maus am liebsten an sein Herz gedrückt, als er das aufkeimende Leuchten in ihren Augen erkannte. Die Süße drehte sich im Kreis, konnte sich kaum beruhigen.

»Au ja, das wäre toll. Jetzt sofort? Ist das weit von hier?«

»Nein, nein, vielleicht zwanzig Minuten von hier. Wir laufen dorthin, das geht schneller. Das ist zwar eine alte Ruine, auf der mal eine Firma große Geschäfte machte, doch jetzt ist da keiner mehr, sieht sogar etwas unheimlich aus. Du musst dich aber nicht fürchten, wenn jetzt die ganzen Kameras fortgeschafft wurden. Ich kenn mich da gut aus und keiner wird dir was tun.«

»Ich habe keine Angst, Onkel Rainer, ich bin schon groß.«

Dirk nahm ihr den Tornister vom Rücken und warf ihn sich über die Schulter. Fröhlich hüpfend ergriff sie seine Hand und lief erwartungsfroh neben ihrem großen Idol her. Dirk musste lachen, als er die Stimme seiner kleinen Tochter vernahm.

»Du siehst ohne diesen hässlichen Bart viel besser aus. Das ist bestimmt ein ganz gruseliger Film, in dem Ungeheuer mitspielen. Habe ich recht?«

204

Er blieb ihr die Antwort schuldig, während sich die Umrisse des Fabrikgeländes in einiger Entfernung abzeichneten. Ohne jeden Anflug von Furcht folgte sie Dirk durch die Berge von Müll, ohne dass es auch nur einem Passanten auffiel. Seine Augen suchten jeden Winkel in der näheren Umgebung ab, bevor er die schmutzige Plane beiseite schlug, die eine breite Öffnung im Mauerwerk geschickt verbarg. Er spürte das kurze Zögern bei Leonie, als ihr die bedrückende Dämmerung des Innenbereichs entgegenschlug.

»Ha, jetzt hast du doch Angst ... stimmts´s? Ich will dir ein Geheimnis verraten. Als ich das erste Mal diesen Bereich mit dem Regisseur betrat, überfiel mich auch etwas davon. Später haben wir hier Scheinwerfer aufgebaut, um besser arbeiten zu können. Ist es dir zu unheimlich? Möchtest du lieber wieder raus? Ich kann das verstehen.«

»Nein, nein, Onkel Rainer. Ich will alles sehen. Das macht mir nichts.«

Die tonlose Stimme des kleinen Mädchens berührte Dirk, sodass er für einen Moment geneigt war, umzukehren. Doch die winzige Hand zog ihn plötzlich vorwärts.

»Hast du hier gewohnt, Onkel Rainer? Da steht ja ein Bett und da, sieh mal, da sehe ich sogar einen Schrank und eine Couch. Hier riecht es nur muffig, pfui, das stinkt sogar ganz fies. Können wir die Kerze anzünden, damit ich besser sehen kann? Was ist da hinter der Tür?«

Während Dirk sich darum bemühte, die Kerze mit dem viel zu kurzen Docht zu entzünden, bewegte sich Leonie auf die Brettertür zu. Noch ein sichernder Blick zurück zu Dirk, bevor sie die völlig aufzog. Dirk verbrannte sich beinahe die

Finger, als der Schrei des Kindes durch das dunkle Gewölbe schallte und ein Echo alles verstärkte.

»Onkel Dirk, da drin ist ... da ist ja meine Polly. Wie kommt meine Puppe hierher. Die sitzt im Dunkeln auf der Matratze und friert bestimmt. Wir müssen ihr helfen. Komm schnell mit der Kerze.«

Tapfer näherte sie sich Schritt für Schritt der muffigen Matte und schloss schließlich ihre geliebte Spielgefährtin in die Ärmchen. Leise mit ihr redend, ließ sie sich nieder und erfasste mit ihren Augen die Leinentasche, die nur wenige Meter entfernt vor einem Regal stand. Auf dem Tisch daneben erkannte sie eine weitere Kerze und mehrere Teller und Gläser. Der große Schatten, der nun im Durchgang auftauchte, nahm ihr solange jegliches Licht, bis Dirk endlich die Kerze zum Brennen brachte. Erst jetzt wurde dem Mädchen die Situation halbwegs bewusst. Der Körper reagierte mit leichtem Zittern, was selbst dann nicht aufhörte, als sich Dirk neben sie setzte und den Arm schützend um sie legte.

»Jetzt habe ich aber doch Angst, Onkel Rainer. Können wir wieder gehen? Polly muss in ihr richtiges Bett und außerdem wird Mama auf mich warten.«

Als Leonie sich erheben wollte, hielt Dirk sie vorsichtig fest, strich ihr zärtlich über das Haar.

»Polly ist nicht zufällig hier, meine Kleine. Sie wollte nur bei dir sein, um dir Gesellschaft zu leisten. Verstehst du?«

»Nein, das verstehe ich nicht. Sie wartet doch immer zuhause auf mich. Das hat sie noch nie gemacht. Außerdem konnte Polly ja gar nicht wissen, dass ich hier vorbeischaue. Lass uns gehen, Onkel Rainer, ich will hier nicht länger bleiben. Und meine Tasche nehmen wir auch wieder mit.«

Obwohl sich ein tiefes Gefühl des Mitleids in ihm ausbreitete, hielt Dirk seine Tochter zurück. Er spürte, wie Übelkeit in ihm aufkam und er kurz davor stand, seine gesamten Pläne über den Haufen zu werfen. Mit beiden Händen fasste er Leonie an den Schultern und drehte sie mit dem Gesicht zu sich.

»Ich weiß nicht, wie ich es dir erklären soll, aber es ist ganz wichtig, dass du für eine kurze Zeit hier bei mir bleibst. Hier in unserem Versteck haben wir beide die Möglichkeit, etwas enorm Wichtiges zu erreichen, damit du deinen Papa wieder zurückbekommst. Du hast mir versichert, dass du tapfer bist. Jetzt kannst du es beweisen.«

»Nein, nein ... ich habe gelogen ... ich bin nicht tapfer, Onkel Rainer. Ich habe wirklich ganz, ganz viel Angst. Sieh mal, Polly auch.«

Schon mit fast panischen Bewegungen hielt sie ihm die Puppe direkt vor das Gesicht. Dirk konnte die Tränen der Rührung nicht zurückhalten. Um seine Reaktion vor dem Kind zu verbergen, nahm er ihr die Puppe aus den Händen und küsste Polly auf die Stirn. Dann reichte er Leonie ihre beste Freundin wieder zurück.

»Es tut mir so unendlich leid, dass ich dir den Wunsch jetzt nicht sofort erfüllen kann. Erst muss ich mit deiner Mama ein ganz wichtiges Gespräch führen. Dann werden wir beide gemeinsam zu ihr gehen und vielleicht für immer zusammen bleiben. Das hast du dir doch gewünscht, oder nicht?«

»Ja, das habe ich gesagt,« erwiderte Leonie mit tränenerstickter Stimme, »aber ich möchte nicht hier in dieser Höhle bleiben. Ich will zu meiner Mama. Bitte, Onkel

Rainer, bitte. Ich kann in mein Zimmer gehen, wenn du mit Mama redest und halte mir die Ohren zu.«

Dirk musste den Blick zur Seite wenden, um nicht in diese flehenden Augen sehen zu müssen, die genau das Leid ausdrückten, das tief in ihr bohrte. Seine Hand tastete nach der Flasche, die er in der Innentasche des Sakkos verborgen hielt. Mit bebenden Fingern drehte er den Verschluss von der kleinen Limonadenflasche und reichte sie Leonie.

»Ich verspreche dir, dass wir bald deine Mama besuchen werden. Trink etwas, du hast bestimmt Durst.«

»Ich will jetzt nicht trinken, ich mag nicht.«

»Pass auf, mein Schatz, erst trinkt Polly, dann du. Die hat mir gesagt, dass sie schlimmen Durst hat.«

Dirk setzte die Flasche an den Mund der bereits abgeliebten Puppe und reichte sie an die Kleine weiter. Als Leonie das Spiel beobachtete, wurde sie zusehends ruhiger und griff nach der Flasche. In kleinen Schlucken trank sie die Limonadenflasche fast leer, nur um endlich den Raum verlassen zu können.

»Die Limo ist aber bitter, die schmeckt überhaupt nicht. Können wir jetzt endlich gehen?«

»Aber sicher, meine Kleine. Ich hole eben noch die Tasche und räum die Teller wieder ins Regal.«

Leonie bekam den zweiten Teil schon nicht mehr mit. Längst war sie auf der Matratze zusammengesunken, hielt Polly liebevoll an sich gepresst. Dirk schlug mit der Stirn vor den rauen Putz der Unterkunft und schrie seinen Schmerz über das, was er getan hatte und noch tun musste heraus. Immer noch spürte er das Beben in seinen Händen, als er den Kabelbinder um eines der Füße des Kindes band und sie mit einem etwa zwei Meter langen Seil an einem Wandhaken befestigte. Die Wasserflasche und mehrere Pakete Kekse legte er neben seiner Tochter auf die Matratze, bevor er Leonie mit einer warmen Decke einhüllte. Ein letztes Mal fuhr er ihr über die blonden Locken. Sein Flüstern war kaum vernehmbar.

»Ich hole dich ganz schnell wieder hier raus, mein Kind, das verspreche ich dir. Noch bevor du wieder wach wirst, ist dein Papa wieder da.«

Den Schlüssel, mit dem er das Vorhängeschloss absperrte, verstaute er in seiner Hosentasche, eingewickelt in einem Zettel.

37

»Nein, Herr Wachtmeister, das hat sie noch nie gemacht. Meine Tochter kommt nach der Schule immer zu mir in den Laden. Ihr muss etwas passiert sein. Das spürt eine Mutter. Sie müssen sofort mit der Suche beginnen. Das Kind ist noch nie allein weggegangen, ohne mir vorher Bescheid zu geben. Helfen Sie mir bitte.«

»Beruhigen Sie sich erst einmal, Frau Rasper, wir kümmern uns selbstverständlich um Ihr Kind. Setzen Sie sich bitte auf den Stuhl, damit wir die Vermisstenmeldung aufnehmen können. Frau Rasper, bitte.«

Der klein gewachsene, mit einem Trenchcoat bekleidete Mann, der gerade das Gebäude verlassen wollte, blieb wie angewurzelt stehen. Sein Blick blieb auf dem Rücken der blonden Frau hängen, die sich über den Tresen der Wachstube beugte.

»Frau Rasper? Was verschafft uns die Ehre? Ist was Außergewöhnliches passiert?«

Wie elektrisiert fuhr Beate Rasper herum und erkannte den Hauptkommissar, der sie vor Wochen zuhause aufsuchte und verhörte. Klare wich erschrocken zurück, als er die Frau auf sich zustürmen sah, konnte jedoch nicht verhindern, dass sie ihn ans Revers fasste und an ihm wie eine Furie zerrte. Die Tränen liefen ihr über die Wangen.

»Sie müssen Leonie suchen, Herr Klare. Bitte helfen Sie mir, das Kind zu finden. Ihr muss was Schreckliches passiert sein. Dieser Idiot da will mir nicht glauben.«

Klare winkte ab, als sich der Wachhabende erbost näherte.

»Jetzt beruhigen Sie sich und erzählen mir, was passiert ist. Warten Sie ... wir gehen hoch in mein Büro. Mein Kollege Ressling müsste auch noch da sein. Wir finden Ihre Tochter bestimmt. Folgen Sie mir bitte.«

»... und habe mir erst nichts dabei gedacht. Aber als es dann Feierabend wurde, war mir klar, dass da was nicht stimmt. Die Süße ist bestimmt entführt worden. Aber was will man bloß von mir? Ich habe kein Geld, wenn es ein Erpresser war. Ich überlebe das nicht, wenn das einer von diesen wahnsinnigen Psychotypen war, der mit ihr ...«

»Hören Sie auf damit, sich solche Gedanken zu machen. Es wird bestimmt eine einfache Lösung dafür geben. Wir werden selbstverständlich alle Hebel in Bewegung setzen, um Ihre Tochter wiederzufinden. Eine Entführung schließen wir erfahrungsgemäß einmal aus. Sie sagen ja selbst, dass Sie kein Vermögen besitzen. Sie wird vielleicht bei einer Freundin sitzen und sich verplappert, die Zeit dabei vergessen haben. Wir brauchen Namen, Adressen, möglichst Telefonnummern von ihren Freundinnen. Und Sie bringen wir jetzt zurück in Ihre Wohnung, damit Sie da sind, wenn die Kleine zurückkommt. Wir melden uns sofort, wenn wir weitergekommen sind. Und Sie informieren uns sofort, wenn sie wieder bei Ihnen auftaucht. Haben wir uns verstanden, Frau Rasper? Sie sagen uns nur noch, welche Kleidung sie trug, dann lasse ich Sie mit einem Dienstwagen in die Wohnung bringen. Wir kümmern uns um alles Weitere.«

»Das müssen Sie nicht, mein Wagen steht unten.«

»Nichts da. Den lasse ich von einem Beamten bringen. Sie sollten in Ihrer Verfassung nicht selbst fahren.«

Hauptkommissar Ressling setzte sich wieder hinter den Schreibtisch, nachdem er Beate aufgeklärt hatte. Klare telefonierte bereits nach dem Wagen, der die bebende Mutter wieder nach Hause bringen sollte.

»Hallo Arne. Ich brauche dringend deine Hilfe, besser gesagt, deinen Beistand. Leonie ist noch nicht zurück. Sie kommt sonst immer von der Schule sofort zum Laden und wir gehen gemeinsam nach Hause. Ich weiß nicht mehr, was ich noch machen soll. Ich brauche dich jetzt ... hier bei mir.«

»Schatz, beruhige dich bitte. Hast du schon die Polizei informiert? Suchen die schon nach der Kleinen?«

»Selbstverständlich war ich dort. Doch ich habe Angst, dass ihr was zugestoßen sein könnte. Kannst du kommen?«

Ungeduldig wartete Beate auf eine Antwort, hörte Arnes Atem am anderen Ende der Leitung. Nach kurzer Zeit, die Beate wie Stunden erschienen, erklang wieder seine Stimme.

»Hör zu, das ist im Augenblick etwas schwierig, da ich meinen Wagen in der Werkstatt habe. Kannst du nicht ...?«

»Nein, kann ich nicht. Ich muss hier in der Wohnung bleiben und da sein, wenn Leonie kommt. Geht das nicht mal ausnahmsweise mit dem Taxi?«

Wieder diese lange Pause, die an Beates Nerven zerrte. Sie war schon geneigt, das Gespräch hier abzubrechen, als Arne weitersprach.

»Das Geld können wir uns doch sparen, wenn du dich für ein paar Minuten in dein Auto schwingst und mich hier abholst. Dann kommst du kurz rein und wir nehmen ein paar Sachen für die Nacht für mich mit und das Geschenk, das ich für Leonie gekauft habe. Sind doch nur fünf Kilometer. Und das wäre doch ein ziemlicher Zufall, wenn sie ausgerechnet in dieser Zeit auftaucht. Mach doch einfach einen Zettel an die Tür, damit sie wartet. Dauert alles doch nur zehn Minuten.«

Nun war es Beate, die in ihren wirren Gedanken nach einer besseren Lösung suchte. Sie schrie ein kurzes OK ins Telefon und suchte gleichzeitig nach Zettel und Stift. Sie schrieb darauf Arnes Anschrift und bat gleichzeitig, dass Leonie unbedingt auf sie warten sollte. Mit wenigen Schritten war sie beim Suzuki und preschte aus der Einfahrt, ohne darauf zu achten, dass ein von rechts kommender Lieferwagen den Zusammenprall nur durch eine Vollbremsung verhinderte.

Ein Augenpaar, das Beates Wohnhaus fest im Blick hatte, wunderte sich über den plötzlichen Aufbruch. Dirk wanderte ruhigen Schrittes zur Haustür und riss den Zettel von der Scheibe.

Das Haus, das Arne bewohnte, lag in einer wenig befahrenen Seitenstraße, in die der kleine Wagen mit quietschenden Reifen einbog. Keiner der Nachbarn achtete darauf, dass eine blonde Frau die dunkle Einfahrt hochlief und den Finger wie eine Verrückte auf die Klingel drückte. Ein leises Summen zeigte ihr an, dass sie eintreten konnte. Obwohl sie diese Diele nicht zum ersten Mal betrat, überfiel sie ein ungutes Gefühl, das sie sich nicht erklären konnte. Nur zögernd schloss sie die Haustür und lauschte in die bemerkenswerte Stille. *War Arne etwas zugestoßen? Benötigte er Hilfe? Wer anders als er hat dann überhaupt den Summer betätigt?* Sie wischte alle Bedenken beiseite, da sie schließlich noch vor Minuten mit ihm telefonierte.

»Arne? Bist du fertig, ich warte? Was soll ich denn nun mitnehmen, verdammt?«

Der Kopf ihres Freundes erschien am oberen Treppengeländer, als er ihr die Antwort zurief.

»Ich bin hier oben. Komm rauf, das Zeug ist sperrig. Bin im Schlafzimmer.«

Aufkeimender Zorn baute sich in Beate auf, während sie sich auf den Weg machte, die Stufen zum oberen Flur zu erklimmen. Der Schlafraum, in dem sie schon einige vergnügliche Stunden verleben durfte, lag am Ende des Flurs. Ein schwacher Lichtschein drang durch den Türschlitz. Beate stockte, als wäre sie vor eine Wand gelaufen. Die Wut über diese Umstände hatte sie bereits in eine Erregung getrieben, was sie jetzt sah, steigerte ihren Zorn ins Unermessliche.

»Was soll dieses Theater? Bist du irre? Ich warte auf mein Kind und du denkst nur ans Bumsen? Du hast sie wohl nicht alle!«

Sie ballte die Fäuste und sah sich in diesem Raum um, der plötzlich fremd und irgendwie abstoßend auf sie wirkte. Die vielen Kerzen, die Arne im Raum verteilt hatte, verströmten eine Atmosphäre, die ihr das Atmen erschwerte. Fassungslos blickte sie auf den Mann, der nur mit schmalem Slip bekleidet auf dem Bett lag. Unschwer war erkennbar, dass er eine starke Erektion hatte und nur darauf wartete, dass sie sich dem hingab, was er beabsichtigte. Zu einem anderen Zeitpunkt wäre sie sicherlich nicht abgeneigt gewesen, der Lust nachzugeben, jetzt aber widerte sie diese testosterongesteuerte Aktion nur an.

»Stell dich nicht so an, Beate. Die Kleine wird schon noch auftauchen. Warum gerade in dieser Stunde? Ich habe Lust auf dich, komm her. Die Pille, die ich mir reingeworfen habe, zeigt doch wohl genug Wirkung, oder etwa nicht?«

Es war Beate unschwer anzumerken, wie sie darüber dachte. Ihr Gesicht zeigte eine dunkle Färbung, als sie sich umwandte und nach der Klinke griff. Statt der offenstehenden Tür sah sie in das Gesicht Arnes, das nichts mehr von der Liebenswürdigkeit besaß, die sie so an ihm schätzte. Blitzschnell musste er vom Bett zum Ausgang gesprungen sein. Ein diabolisches Grinsen verunstaltete das attraktive Gesicht und versetzte Beate augenblicklich in einen Schockzustand. Zur Gegenwehr blieb ihr keine Zeit, als ihr ein Arm auf den Rücken gerissen wurde. Das, was einst Arne war, stieß sie brutal vorwärts und zwang sie bäuchlings auf dem Bett liegend dazu, den Kopf zur Seite zu wenden. Wieder grinste sie dieses teuflische Gesicht an, in dessen Augen nun etwas Wildes, Animalisches erschien und sie in Angst und Schrecken versetzte. Arnes Knie, das er tief in ihre Nieren gedrückt hatte, nahm ihr den Atem. Der Schmerz drohte, Beate die Besinnung zu rauben. Der Schrei, den sie ausstoßen wollte, wurde zu einem heiseren Krächzen, als sich die freie Hand des einst Geliebten um ihren Hals legte.

»Wenn du auch nur einen Mucks von dir gibst, drücke ich dir den Kehlkopf nach innen. Hast du mich verstanden? Du wirst jetzt langsam aufstehen und dich ausziehen. Auch das wirst du ganz bedächtig, Stück für Stück tun. Versuche, es wie eine Tänzerin zu tun. So was könnt ihr Nutten doch immer gut. Ich will dich tanzen sehen. Sofort!«

Vorsichtig nahm er die Hand von Beates Kehle und verringerte die Kraft seines Knies auf ihrem Nierenbecken. Leise stöhnte sein Opfer auf und wagte einen Blick auf Arne. Fast tonlos riskierte sie einen Versuch, diesen Wahnsinnigen umzustimmen.

»Was soll das, Arne? Du tust mir weh. Wenn du auf solche Spielchen stehst, können wir darüber reden, aber nicht jetzt. Leonie wird ...«

Der brutale Schlag der Faust, traf sie auf dem Wangenknochen. Das Knirschen in ihren Ohren bewies deutlich, dass dabei etwas zu Bruch gegangen war. Erst Sekunden später, als das eingeschossene Adrenalin seine Wirkung verlor, übermannte sie der Schmerz mit voller Wucht. Bevor sie den Schrei ausstoßen konnte, traf sie ein weiterer Hieb mitten auf den Mund. Sie fiel mit schwindenden Sinnen rückwärts auf das Bett und versuchte, das sich im Mund sammelnde Blut herauszudrücken. Neben ihrem Kopf vergrößerte sich eine gewaltige Blutlache. Ungläubig starrte sie auf das Monster, das jetzt hektisch an ihren Hosenbeinen zerrte, versuchte, ihr die Jeans auszuziehen. Ihr fehlte jegliche Kraft, sich dagegen zu wehren. In ihr war jeder Widerstand erloschen. In ihr Schicksal ergeben, ließ sie geschehen, dass er sie völlig nackt wie eine Puppe auf seinem Metallbett drapierte. Fast ohne klares Denken registrierte Beate dennoch, dass sie mit Kabelbindern an den Pfosten festgezurrt wurde. Noch immer zeichnete sich eine harte Erektion in der

Hose des Mannes ab, den sie begonnen hatte, zu lieben. Immer wieder spuckte sie das austretende Blut auf das Kopfkissen und begann viel zu spät damit, an den Fesseln zu zerren. Sie schnitten unbarmherzig tief in ihr weiches Fleisch und verursachten weitere Blutungen. Mittlerweile hatte sich das gesamte Laken rot gefärbt und der metallische Geruch des lebenswichtigen Saftes durchströmte das Schlafzimmer.

Immer wieder versuchte Beate, Arne um Gnade zu bitten, brachte aber keinen Laut heraus. Als er die Schublade des Nachtschränkchens öffnete und ein Sortiment an Schneidwerkzeugen und Zangen hervorzauberte, stockte ihr der Atem. Die Augen traten fast aus den Höhlen, als der Dreckskerl ein Operationsskalpell ergriff und es mit einer gewissen Bewunderung vor seinem Gesicht drehte. Dann fixierten seine gierigen Augen das hilflose Opfer.

38

»Hören Sie Klare, hat sich eigentlich schon jemand von Interpol gemeldet wegen der DNA-Vergleiche? Die hatten doch was angedeutet, dass es ähnliche Mordfälle in zwei anderen Städten gab. Das kann doch wohl nicht so schwer sein, da Abgleiche herzustellen. Wir sollten mal bei denen nachhaken. Machen Sie das? Ich will kurz ins Labor.«

»Ich habe da gestern schon nachgefragt. Da waren die gerade dabei, eine kapillarelektrophoretische Auftrennung und eine DNA-Profilerstellung vorzunehmen. Eigentlich müssten die damit durch sein. Ich lass mich direkt zum Kollegen Husart durchstellen. Der ist im Thema.«

Ressling hatte den gesamten Kommentar nicht abgewartet und die Tür bereits hinter sich verschlossen. Klare zuckte mit den Schultern und wählte Husarts Nummer.

»Hören Sie, Klare. Ihr Eifer in allen Ehren, aber Sie sollten sich besser organisieren. Ich habe die Datei schon gestern auf den Rechner Ihres Kollegen geschickt. Wenn Sie es möchten, kann ich das noch mal versenden. Geben Sie mir Ihre Adresse, dann haben Sie alles in ein paar Minuten.«

Klare betrachtete die Diagramme auf dem Bildschirm und erkannte unschwer, dass es keinen passenden Besitzer gab.

Sie trampelten in dem Punkt weiter auf der Stelle. Da er die Rückkehr Resslings nicht abwarten wollte, öffnete er dessen E-Mail-Programm und durchsuchte die Eingänge. Auch bei Mansfeld, der seinen Rechner bei Abwesenheit stets auf Stand by ohne Sicherung weiterlaufen ließ, blieb das Ergebnis gleich null. Keine Eingänge, die diese DNA-Ergebnisse enthielten. Klare nahm sich vor, bei passender Gelegenheit auf die beschissene Bemerkung Husarts einzugehen.

Mit hängenden Schultern erschien Ressling wieder und fiel tief durchprustend in seinen Drehstuhl.

»Nichts, was uns im Augenblick weiterbringen könnte, Kollege Klare. Was sagt dieser Husart zu der DNA?«

»Neben unqualifizierten Äußerungen bezüglich unserer Organisation kam nichts von Bedeutung von ihm. In den Archiven gibt es kein einziges Muster, das uns den Täter liefert. Das Einzige, was klar bewiesen wurde, ist die Tatsache, dass Raspers Spuren ausschließlich auf dem Taschentuch und dem Feuerzeug gefunden werden konnten. Wenn der Täter den Verdacht auf Rasper lenken wollte, hat er sich ziemlich dämlich angestellt. Das sieht immer mehr nach einer Manipulation aus. Wir müssen ...«

Das Telefon unterbrach Klares Analyse mit einem schrillen Klingeln.

»Hier die Zentrale. Ich habe da einen gewissen Rasper in der Leitung, der unbedingt mit einem von Ihnen reden möchte. Nehmen Sie den auf Leitung drei?«

»Was gibt es so Dringendes, Rasper? Rückt man Ihnen auf den Pelz?«

»Das hat nichts mit dem Türken zu tun, Herr Klare. Es geht um Beate.«

Spätestens jetzt hatte Dirk Rasper die ungeteilte Aufmerksamkeit des Hauptkommissars, der wild mit den Händen wedelnd, seinen Kollegen heranwinkte. Sekunden später stand Ressling neben ihm.

»Darf ich auf Mithören stellen. Der Kollege Ressling steht neben mir und sollte unser Gespräch mitbekommen.«

»Von mir aus. Hören Sie. Ich wollte vorhin meine Ex-Frau zu einem klärenden Gespräch aufsuchen, so ganz ruhig und sachlich. Dazu kam ich aber nicht. Die erschien plötzlich in der Haustür, pappte einen Zettel von außen an die Eingangstür und sprang in ihren Wagen. Wie eine Kranke zog sie über die Straße und hat beinahe noch jemanden gerammt. Ich bin rüber, habe mir den Zettel näher angesehen. Da stand nur drauf, dass Leonie warten soll und sie gleich wiederkommt. Da war auch eine Adresse vermerkt, zu der ich mich mit einem Taxi bringen ließ. Jetzt stehe ich vor dem Haus und stelle fest, dass Beate noch nicht wieder rauskam. Ich habe ein komisches Gefühl, Herr Hauptkommissar, was mich noch nie betrogen hat. Da stimmt was nicht.

Meine Ex schreibt, dass sie sofort wieder zurückkommt. Dann wird die bestimmt nicht stundenlang mit dem Kerl bumsen. Ich denke mal, dass dies die Adresse von dem Arne sein wird. Ich werde jetzt bei dem Scheißer anschellen.«

Klare und Ressling warfen sich einen Blick zu, der den gleichen Gedanken auslöste.

»Das werden Sie nicht tun, Rasper! Überlassen Sie das uns. Das ist sehr wichtig. Es geht um Ihre Tochter. Sie könnten damit das Leben der Kleinen gefährden. Ich erkläre Ihnen das später. Jetzt bleiben Sie ruhig und vor allem, genau da, wo Sie sich im Augenblick befinden. Sie gehen auf keinen Fall ins Haus und geben uns jetzt die Adresse. Machen Sie. Es kommt vielleicht auf jede Minute an.«

Es entstand eine längere Pause, in der Ressling ungeduldig mit dem Kugelschreiber auf die Tischplatte klopfte. Endlich gab Dirk Rasper die Adresse durch. Klare knallte heftig den Hörer in die Schale und eilte zum Garderobenständer, von dem er seinen Trenchcoat herunterriss und damit gleichzeitig umstieß. Völlig unbeeindruckt lief er zur Tür, in der Hoffnung, dass ihm Ressling folgen würde. Als er die Ruhe hinter sich spürte, blieb er mit der Hand an der Klinke stehen und wandte sich um. Immer noch stand Ressling unbewegt an der Stelle, an der er die Adresse notiert hat. Die Gesichtsblässe war auffallend. Klare kam langsam näher.

»Kennen Sie diese Adresse?«

»Ich kenne sie gut. Scheiße, Scheiße. Wir müssen das SEK verständigen.«

39

Der Hörer zitterte leicht in der Hand, als Dirk ihn wieder in die Gabel einhakte. Nachdenklich verließ er die Telefonzelle und näherte sich mit langsamen Schritten dem Gebäude, in dem nur ein Zimmer im oberen Stockwerk erleuchtet war. In der Diele erkannte Dirk hinter dem Glas der Haustür ein diffuses Licht. Weiter glitt sein Blick über die nähere Umgebung, wozu ein Garten hinter dem Haus gehörte, der in einen Wald überging. Darüber hinaus konnte er nichts erkennen, da die Dunkelheit bereits alles in eine dunstige Hülle verpackt hielt. Er versuchte, seine Gedanken zu konzentrieren, sich das Bild Beates vor Augen zu projizieren. Früher einmal klappte es mit ihnen, dass sie dadurch einen Kontakt schaffen konnten, den sie sich nie erklären konnten. Häufig sagte man so etwas Menschen nach, die sich sehr eng verbunden fühlten. Das war in den letzten Jahren verloren gegangen.

Erst als er unmittelbar vor der Auffahrt stoppte, glaubte er, ein Zeichen zu erhalten, das er nicht zu deuten vermochte. Und doch war es mit den klaren Signalen von Gefahr verbunden, die ihn zu dem entscheidenden Entschluss brachten, das Haus zu betreten. Es war ihm absolut egal, was sich daraus entwickelte. Er konnte Beate nicht mehr verlieren, das war schon längst geschehen. Doch wollte er die Mutter seiner Tochter vor Schaden bewahren. Nur das war ihm wichtig, als er zum zweiten Mal in den letzten Tagen unbefugt eine Tür öffnete.

Die schwere Tür schwang lautlos auf. Dirk konnte nur mit einem beherzten Griff verhindern, dass sie gegen die Wand stieß und ihn verriet. So wie er es in seiner Zelle über Jahre hinweg gelernt hatte, witterte er nach Dingen, die in seiner Umgebung geschahen, ohne dass er sie sah. Er vermochte jeden einzelnen Justizbeamten am Schritt zu erkennen, ohne vorher zu wissen, wer heute die Schicht im Flur besetzte. Manchmal konnte er sogar erkennen, wie dessen Gemütszustand war, was die Aufsicht immer wieder aufs Neue verblüffte.

Zumindest im unteren Bereich des Hauses tat sich absolut nichts. Nur von oben hörte er sehr schwache Stimmengeräusche. Mit größter Vorsicht bewegte er sich auf die Holztreppe zu, die über eine Biegung in die darüberliegende Etage führte. Er setzte bewusst den Fuß immer auf den äußeren Rand der Stufe, um mögliche, verräterische Knarrgeräusche zu vermeiden. Ohne Zwischenfall erreichte er die höher gelegene Plattform, blieb wie ein Tier stehen, das nach möglichen Feinden Ausschau hielt. Ganz am Ende des Flurs drang ein sehr schmaler, aber auch schwacher Lichtschein unter der Tür durch, was ihm den Weg vorgab. Fast hätte er einen Bilderrahmen von der Wand gerissen, als er sich mit der Hand dort entlang tastete. Im allerletzten Augenblick konnte er ihn auffangen, bevor er auf den Boden prallte. Kaum hatte er ihn auf die Erde gestellt, vernahm er erneut

Stimmen hinter der Tür, glaubte sogar, ein Wimmern gehört zu haben.

Endlich erreichte er die Tür und legte sein Ohr an das Türblatt. Was er zu hören bekam, ließ ihn das Blut in den Adern gefrieren. Es war Beates Flehen um Gnade, das ihn dazu brachte, sich mit all seiner Kraft gegen die Tür zu werfen. Die Szene, die sich ihm offenbarte, war dermaßen gespenstisch, dass er Sekunden benötigte, um sie zu verarbeiten.

Ein nackter Mann kniete breitbeinig auf der ebenfalls unbekleideten Beate, die wild an ihren Fesseln zerrte, da sich der Kerl in ihrer Schulter verbissen hatte. Ein Bild, das aus einem B-Movie des Vampir-Genres geschnitten sein konnte. Endlich begriff Dirk die Gefährlichkeit der Situation, zumal er die Utensilien mit einem Blick erfasste, die scheinbar für weitere Folterungen bereitgelegt worden waren. In Dirk baute sich ein dermaßen starker Zorn auf, dass er seine weitere Vorgehensweise nicht klug koordinierte. Er fasste den Kerl an den Fußfesseln und versuchte, ihn von Beate fortzuziehen. Diese wiederum ließ ein starkes Stöhnen hören, da die Bestie sich in ihr verbissen hatte und keine Anstalten machte, die Zähne aus ihrem Fleisch zu lösen. Dirk erkannte endlich, wie wirkungslos, ja sogar kontraproduktiv seine Aktion in diesem Augenblick war. Seine Gedanken ordneten sich allmählich und suggerierten ihm eine andere Strategie. Er ließ die Beine los und holte mit beiden Händen weit aus. Seine Handflächen donnerten auf die Ohren des Mannes und ließen ihn aufkreischen. Dirk wusste, dass diese Schläge eine äußerst schmerzhafte Reaktion im Kopf eines Gegners hervorriefen, oft sogar eine Ohnmacht zur Folge hatten.

Zumindest löste sich der Biss und der Kerl wälzte sich herum. Er hielt seine Hände mit schmerzverzerrtem Gesicht auf die Ohren gepresst. Die Augen, die jetzt ausschließlich auf Dirk gerichtet waren, drückten den gesamten Hass aus, den dieser Sadist verspüren musste.

Dirk wartete nicht ab, bis der Mann wieder zur Besinnung kam, indem er ihm die Faust unter das Kinn donnerte. Nun zeigte dieser nur noch pures Erstaunen, bevor er mit verdrehten Pupillen zur Seite sackte. Er spürte nicht mehr, dass ihn sein Bezwinger an den Haaren packte und neben das Bett auf den Boden zerrte. Dirk zog ihn zur Seite, damit er zu Beate kommen konnte. Mit ungewohnter Hektik suchte er in den Instrumenten des Wahnsinnigen nach einem passenden Werkzeug, um Beate von ihren Fesseln zu befreien. Mit einem Seitenschneider trennte er die Kabelbinder durch und riss Beate in seine Arme. Sie klammerte sich schluchzend an ihn und flüsterte immer wieder die gleichen Worte.

»Danke, danke, danke.«

»Schatz, zieh dich an, mach schnell. Du musst hier weg. Ich kümmere mich um den Kerl. Er wird dir kein Leid mehr antun, das verspreche ich dir. Los, beeil dich. Die Polizei wird auch gleich da sein. Zieh dir was über und verschwinde aus dem Haus. Schnell.«

Mit Sorge betrachtete Dirk die große Bisswunde, die zwar nicht blutete, um die sich jedoch sehr schnell ein wachsendes Hämatom bildete. Immer wieder wechselte sein Blick zwischen dem ohnmächtigen Täter und Beate, die sich darum bemühte, ihre Kleidung geordnet anzuziehen. Als sie es schließlich geschafft hatte, zeigte ihr Dirk mit einer kurzen Kopfbewegung, dass sie sich schnell durch die Tür aus dem Haus begeben sollte. Hinter ihr vernahm sie während ihrer Flucht ein aufkeimendes Kampfgeräusch. Panisch stolperte sie die Treppe hinunter und riss die Haustür auf. Anstatt den Weg zur Straße zu nehmen, wählte sie den in den Garten. Mehrfach fiel sie in das nasse Laub, bevor sie den schützenden Waldrand erreichte.

Nur einen Augenblick zu lange verfolgte Dirk die Flucht Beates, in dem er den Psychopaten aus den Augen ließ. Das sollte nicht ohne Folgen bleiben. Schon Augenblicke vorher war Arne aus der Ohnmacht erwacht und wartete auf den richtigen Augenblick, um seinen Widersacher zu erledigen. Das Skalpell drang tief in Dirks linken Oberarmmuskel und ließ ihn aufschreien. Die scharfe Klinge durchschnitt seine Muskelstränge wie weiche Butter. Das Blut spritzte Arne ins Gesicht. Seine Zunge fuhr genießerisch über die Lippen, bevor er zum weiteren Stich ausholte. Dirk warf sich zur Seite und stieß dem Kerl seinen Absatz gegen die Stirn, sodass er mit dem Hinterkopf gegen die Kante des Nachtschränkchens krachte und sich zum zweiten Mal in das Tal der Träume verabschiedete.

Mit auf die Wunde gepresster Hand, versuchte Dirk aufzustehen. Erst beim dritten Versuch schaffte er es, auf wackligen Füßen zu stehen. Ihm drohten die Sinne zu schwinden. Um nicht ein weiteres Mal Gefahr zu laufen, hilflos in die mörderischen Hände des Killers zu gelangen, wankte er zum Ausgang und bewegte sich zur Treppe. Die ersten fünf Stufen schaffte er noch, dann gaben endgültig die Knie nach und er stolperte mit lautem Getöse die restlichen Stufen hinunter. Unten angekommen befiel ihn das Gefühl, dass kein einziger Knochen in ihm heil geblieben war. Trotzdem schaffte er es, die Klinke zu erreichen und die Haustür einen Spalt zu öffnen, durch den er sich stöhnend ins Freie schob. Der mittlerweile einsetzende, kalte Regen durchnässte ihn in Sekunden und erschwerte jede seiner Bewegungen. Wenn das Monster oben erwachte, würde es ihn auf der Straße suchen, war Dirks erster Gedanke. Meter für Meter robbte er über den kurzen, asphaltierten Weg Richtung Garten. Er wollte unbedingt den Waldrand erreichen. Das austretende Blut und die damit verräterische Spur würde der kräftige Regen schnell verwischen.

Arne öffnete die Augen und versuchte, sich an das Geschehene zu erinnern, suchte nach seinem Gegner. Eine Blutspur zog sich bis zur Tür, was ihm ein dämonisches Lächeln auf das blutverschmierte Gesicht zauberte. Als er sich mit der Hand darüber fuhr, verwischte er alles zu einer unwirklichen Maske eines Teufels. Ihm wurde schwindelig, als er sich endlich erhob. Für einen Augenblick schloss er die Augen, um wieder einen klaren Kopf zu bekommen. Schwankend, das große Skalpell in den Händen haltend, machte er sich auf den Weg zum Fenster, suchte den in Dunkelheit liegenden Hof ab. Seine Augen durchdrangen die Regenschwaden, die ihm bekannte Konturen verwischten. Da war etwas. Eine nur knappe Bewegung – ein heller Punkt, der schließlich zu einem Gesicht hinter dem Stamm einer am Waldrand stehenden Pappel wurde. Er war sich sicher, dass er sein Opfer wiedergefunden hatte. Sie musste sterben, um ihn nicht zu verraten. Ebenso der Kerl, der ihr zu Hilfe kam. Nackt, wie er war, machte er sich auf den Weg, ignorierte den Schmerz, der noch immer in ihm wühlte. Mühsam quälte er sich die Treppe hinunter, konnte nur durch den beherzten Griff an das Geländer einen Sturz verhindern.

Im Freien spürte er zwar die Kälte, die durch seine nackte Haut tief in die Knochen kroch. Doch der Hass auf die Menschen, die für ihn zu einer Gefahr geworden waren, war übermächtig. Schritt für Schritt näherte er sich wankend, mit dem schimmernden Glanz eines jagenden Wolfes in den Augen, dem Waldrand.

Beate drückte sich vor Angst und Kälte zitternd an den Stamm der Pappel. Sie hatte den Schatten am Schlafzimmerfenster bemerkt, der sie beobachtete. Sie war sich sicher, dass er sie entdeckt hatte. Was als Letztes an ihren Gedanken zerrte, war die Frage, wer dort oben stand. Sie hoffte inständig, dass es der Mann war, den sie vor nicht allzu langer Zeit verriet, dessen Liebe sie ausschlug, anstatt sie zu belohnen. *Wo bist du, Dirk? Hat er dich getötet oder warst du es, der dort oben stand? Bitte hilf mir!*

Es war jetzt die pure Angst, die sie zittern ließ, als sie den nackten Körper des Irren bemerkte, der sich unaufhaltsam auf sie zuschob. Trotz des Regens, der, durch den Sturm begünstigt, auf dessen nackten Körper prallte, erkannte Beate diesen unbeschreiblichen Hass in seinen Augen. Seinen Kopf schob er weit nach vorne, während er in geduckter Haltung seinem Opfer näher kam. Er lähmte sie mit seinem hypnotisierenden Blick. Alle Muskeln in ihr weigerten sich, auch nur den kleinsten Befehl des Gehirns anzunehmen. Mit der Gewissheit, in diesem Moment dem Tod ins Auge zu sehen, entleerte sich ihre Blase, verwandelte ihren Geist in Hoffnungslosigkeit. Ergeben erwartete sie den tödlichen Stich des Monsters.

Ihr Herzschlag setzte genau in dem Augenblick für einen Moment aus, als sich eine harte Hand um ihre Handfessel legte und sie vom Baum wegzog. Sie blickte in das blutverschmierte Gesicht des Mannes, um dessen Hilfe sie noch vor Minuten den Herrn angefleht hatte.

»Pssst, jetzt nichts sagen. Krieche einfach weiter in den Wald. Versteck dich irgendwo und deck dich mit Laub zu. Nur verschwinde von hier. Ich halte den Dreckskerl auf und wenn es das Letzte ist, was ich tue auf dieser Welt. Was auch immer mit mir geschieht, du sollst wissen, dass ich dich ... ach, hau ab ... schnell, er kommt näher!«

Nur zögernd ließ sie seine Hand los, gönnte Dirk noch einen letzten Blick, in dem der Wunsch nach Verzeihung ruhte, verschwand schließlich hinter der schützenden Dunkelheit des Waldes.

Nur für einen kurzen Moment wirkte Arne irritiert, sein Opfer war aus seinem Sichtfeld verschwunden. Der Stamm der Pappel war leer. Wild drehte er sich auf der Stelle, suchte die anderen Bäume ab. Es ließ sein Gesicht noch unwirklicher erscheinen, einen Streifen Sabber aus den Mundwinkeln austreten und über die aufgesprungenen und blutenden Lippen auf seine Brust tropfen. Entschlossen das Skalpell vor sich her tragend, trat er zwischen die nassen Stämme der Bäume. Immer wieder blieb er stehen, versuchte, durch den Regen Geräusche wahrzunehmen, die ihm den Standort seines Opfers verrieten. Der kalte Stahl einer Waffe, die ihm brutal in den Nacken gepresst wurde, stoppte seinen Weg des Tötenwollens.

»Bleib genau so stehen, sonst werde ich dir eine Kugel in die Wirbelsäule jagen, damit du für den Rest deines verfickten Lebens gelähmt im Rollstuhl sitzen musst! Lass das Skalpell fallen, bevor ich dir auch die Hand zerschieße!«

Wenn Dirk glaubte, dass Arne vor Angst erzittern würde, hatte er sich gewaltig getäuscht. Arne stieß, kaum dass er die Worte vernommen hatte, die Hand mit der gefährlichen Waffe nach hinten und spürte gleichzeitig, dass die Klinge ein Ziel gefunden hatte. Das Stöhnen bestätigte seine Annahme. Blitzschnell wirbelte er herum und sah genau in den Lauf einer Glock. Dirk krümmte sich zwar vor Schmerzen, hielt die Waffe jedoch auf die Stirn seines Gegners gerichtet. Mit der anderen zog er aufschreiend das Skalpell aus der tiefen Wunde im rechten Unterbauch. Beide Männer standen sich mit unverhohlenem Hass in den Augen gegenüber, belauerten sich, abwartend, was der Andere als Nächstes tun würde.

40

»Lassen Sie die Waffe fallen, Rasper! Wir haben euch beide genau im Visier. Sehen Sie sich um, Sie sind umstellt. Der Wahnsinnige kann uns nicht mehr entkommen.«

Beide Männer wirkten überrascht, dass es plötzlich um sie herum vor Polizisten wimmelte. Mitten auf dem Rasen des Gartens konnte Dirk Klare und Ressling erkennen, die beide ihre Waffen auf ihn und seinen Gegner gerichtet hatten. Alle paar Meter waren die dunkelgekleideten Gestalten des SEKs erkennbar, deren Gewehre ebenfalls auf sie zielten.

»Ich kann dieses Schwein nicht so davonkommen lassen. Er wollte Beate töten. Er wollte sie bestialisch töten ... verstehen Sie? Er soll nicht mit einem milden Urteil wegen versuchten Totschlags nach spätestens sechs Jahren freikommen. Schon die Bibel sagt uns, dass wir, wenn wir das Schwert benutzen, auch durch das Schwert bestraft werden sollen. Es heißt im Alten Testament *Auge um Auge, Zahn um Zahn.* Genau das soll dieses Tier zu spüren bekommen.«

Entschlossen presste er die Waffe fester zwischen die jetzt ängstlich dreinschauenden Augen des Mörders. Die Anspannung bei den schussbereiten Polizisten wuchs. Jeder hatte den Finger am Abzug. Aus den Augenwinkeln bemerkten sie jedoch, dass Ressling die Hand hob und seine Waffe senkte. Das Gleiche tat auch Klare. Die beiden erfahrenen Polizisten versuchten, den Weg der Deeskalation zu gehen. Ihre Pistolen verschwanden wieder im Schulterholster. Bedächtig kamen sie näher auf die Gegner zu, ohne sie auch nur einen Augenblick aus den Augen zu lassen. Sie verharrten erst, als Beates Stimme aus den Tiefen des Waldes erklang.

»Dirk, bitte überlege dir gut, was du da tust. Es ist der falsche Weg, den du gehen willst. Was bringt es dir, wenn du das Schwein erschießt? Er will das doch nur, merkst du das nicht? Er möchte nicht in der Forensik landen, wo er bis an sein Lebensende bleiben würde. Er will den Tod von dir, will ihn aus deiner Hand und dich damit nachträglich zum Mörder machen ... willst du das wirklich? Das ist die Rache nicht wert, glaube mir. Ich werde es mir niemals verzeihen können, dass ich dieses Schwein aus den damaligen Ermittlungen nicht wiedererkannt habe. Ja, er hat den Tod mehr als verdient, aber nicht aus deiner Hand.«

Beates Worte gruben sich tief in Dirks Verstand, versuchten, ihn umzustimmen. Gleichzeitig blickte er in das jetzt grinsende Gesicht des kranken Killers, der ihn tatsächlich aufzufordern schien, abzudrücken. Vielleicht war er sich aber auch sicher, dass Dirk es nicht tun würde. Sein Flüstern konnte nur Dirk hören.

»Tu es doch, Rasper. Du bist dazu nicht fähig, das weiß ich. Schließe deine Rache ab, denn ich trage schließlich die Schuld daran, dass du über sieben Jahre hinter Gittern leben durftest. Ich habe es genossen, dass du Arschloch für meine Taten gebüßt hast. Die wird man mir niemals nachweisen können. Das vermutet auch keiner. Bring mich einfach um,

Rasper ... drück endlich ab, sonst werde ich eines Tages zurückkommen, um deine dreckige Schlampe, dann dein Kind grausam zu töten. Zum Schluss bist du dran. Das werde ich sogar mit Genuss tun. Ich habe dann Zeit genug, mir dafür einen Plan zu schmieden.«

Der Blutdruck erhöhte sich in Dirks Körper, die Hand umklammerte die tödliche Waffe noch fester. Klare und Ressling, die mittlerweile nur noch zwei Meter entfernt waren, bekamen noch die letzten Worte des Mannes mit. Klare, der als erster registrierte, wohin der Wahnsinn steuern würde, war es, der einen Versuch startete, das schlimmste Szenario zu verhindern.

»Verdammt, lassen Sie das, Mansfeld. Ihr perfider Plan wird nicht mehr aufgehen. Rasper wird Sie auf keinen Fall töten. Er fällt auf Ihren verfluchten Versuch nicht rein, an Ihnen seine Rache zu üben. Wir werden einfach Ihre DNA feststellen und ich schwöre Ihnen, dass wir innerhalb von nur wenigen Stunden alle bisherigen Frauenmorde auf Ihr Konto übertragen können. Sie sind bereits so gut wie tot, auch ohne das Zutun von Rasper. Ihre so simple Unterschiebung von Beweismitteln war damals zwar wirksam, doch haben wir längst erkannt, dass es nur ein Zufall war, dass diese beiden Gegenstände willkürlich von einem für Sie Fremden entwendet wurden. Dafür gehören Sie in die Hölle verbannt, Mansfeld. Dass es einer aus unseren eigenen Reihen war, der so bestialisch mordet, konnte keiner ahnen. Sie verfügten über leichtes Spiel, die Spuren zu verwischen. Aber die DNA-Datei von Interpol verschwinden zu lassen, war Ihr letzter und vergeblicher Versuch. Wir nageln Sie ans Kreuz. Nur schade, dass man Sie nicht in einen normalen

Strafvollzug sperren wird. Die würden sich darüber freuen, einen ehemaligen Bullen in ihren Reihen begrüßen zu dürfen.«

Die Pupillen des Mörders irrten jetzt wild umher. Sein Mund spuckte wieder Speichel aus, der ihm vom Regenwasser weggespült wurde. Seine Lippen öffneten sich zu einem wilden Schrei, während die Faust auf der Stichwunde seines Gegners landete.

»Schieß doch endlich, du verdammte Sau. Es hat mir Spaß gemacht, deine Frau zu vögeln – und ihr ebenfalls. Die ist eine verkommene Schlampe, die den Tod verdient hat. Drück endlich ab! Wenn du nicht gekommen wärst, hätte ich dein Kind ebenfalls später gevögelt und dann vielleicht gegessen.«

Alle Polizisten, die der Szene gefolgt waren, schraken zusammen, als der Schuss ertönte und sich Teile von Mansfelds Schädeldecke auf dem Waldboden verteilten. Dirk glaubte, ein zufriedenes Lächeln auf dem Gesicht des Mörders erkannt zu haben, bevor der in sich zusammenbrach.

41

Klare verließ das Führerhaus des Gefangentransporters, in dem er ausnahmsweise vorne mitfahren durfte. Er wartete ab, bis man die Schiebetür des VW-Bullis öffnete und den Gefangenen herausführte. Die am Bauchgurt befestigten Handfesseln gaben Dirk Rasper kaum Bewegungsfreiheit. Stumm ergriff Klare diese Hände und drückte sie kräftig. Trotz der Einwände der Begleiter umarmte der Hauptkommissar den Gefangenen, wobei sich der weit hinabbeugen musste. Seine Worte machten Dirk Rasper den Abschied etwas leichter.

»Dass es soweit kommen musste, macht mich sehr traurig, Rasper. Ich denke aber, dass man Sie bereits nach spätestens vier Jahren vorzeitig rauslassen wird. Dass wir Ihre Tochter da rausholen konnten, bevor sie wieder erwachte, hat ihr mit Sicherheit schlimme Erinnerungen an ihren Vater erspart. Ich denke, dass sie jetzt endlich die ganze Wahrheit erfahren wird und da sie schon ein ungewöhnlich cleveres Mädchen ist, wird sie das verarbeiten können. Ich habe Ihrer Ex versprochen, dass ich sie ab und zu besuchen werde. Und vergessen Sie nicht, den Besuch Ihrer Familie regelmäßig zu beantragen. Die werden bestimmt kommen, da bin ich mir sicher. Halten Sie die Ohren steif. Wir sehen uns bald wieder.«

»Danke für alles, Klare. Sie haben was gut bei mir. Können Sie sich eigentlich erklären, wie Mansfeld an die angeblichen Beweismittel geriet?«

»Die Antwort darauf hat dieser Lump mit in die Hölle genommen. Es ist auch nicht mehr relevant für den Fall.«

Zwei Justizvollzugsbeamte führten den Gefangenen zur Aufnahme, während Klare wieder vor das Stahltor schritt, das sich langsam vor ihm schloss und ihn von dieser immer wieder bedrückenden Parallelwelt des Strafvollzugs trennte.

Wieder einmal schien diese so geheimnisvolle stille Post der Strafanstalt zu funktionieren, als sich hinter Dirk die dritte Tür von Block A schloss und er den langen Gang der Haftträume betrat. Klaus Federer hatte es sich nicht nehmen lassen, seinen mittlerweile prominenten Gefangenen selbst in die Zelle zu führen, in dem schon sein englischer Freund Liam Preston wartete. Als sich die Stahltür hinter den Männern schloss, die sich in die Arme fielen, verschwand auch das laute Geräusch, das das Schlagen von Metallbechern gegen die Zellentüren verursacht hatte.

- Nachwort -

Liebe Leserinnen und Leser,
hat Sie auch dieses Buch wieder gut
unterhalten können und die erwartete Spannung geliefert?
Das hoffe ich sehr. Weitere Romane aus meiner Feder finden
Sie im Anhang.

Wir Autoren wären oftmals relativ hilflos, wüssten wir nicht
diese wichtigen Helfer im Hintergrund, die vor der Veröffent-
lichung eines Buches den strengen Blick auf die Texte
werfen. Besonderen Dank richte ich dabei an vier
großartige, von mir geschätzte Frauen.
Andrea Schmidt, Sonja Kindler,
Steffi Stoltenberg und Anne Philipps.

Persönliche Anmerkungen und ein Feedback können Sie mir
gerne unter h.c.scherf@gmx.de zukommen lassen.
Sie erhalten garantiert zeitnah eine Antwort von mir.

Aber auch Mitglieder, die bei LovelyBooks aktiv sind,
können sich dort gerne zu meinen Büchern äußern.

Ich würde mich sehr darüber freuen, wenn ich Sie auch in
Zukunft spannend unterhalten dürfte.

Ihr H.C. Scherf

ISBN 978-3752892178
Band 5 aus der Serie Spelzer/Hollmann

Als Taschenbuch und Ebook in allen Buchhandlungen und Online-Shops.

Inhalt:

Der Frieden ist nur Schein - hinter ihm lauert der Tod

Eine ganze Region zittert vor ihr, obwohl sie Schutz versprach. Eine schöne Frau
regiert nach dem Tod des Don unnachgiebig eine italienische Region. Nur einer
durchschaut ihr Intrigenspiel, kennt ihr Geheimnis, das sie angreifbar macht.
Geduldig wartet er auf den Tag der Abrechnung.
Ein grausamer Mafiakrieg, in den die Gerichtsmedizinerin Karin Hollmann,
Hauptkommissar Spelzer und ein Serienkiller unaufhaltsam hineingezogen
werden. Sie versuchen, Unschuldige zu schützen.

Obwohl die Handlungsabläufe in sich abgeschlossen sind, empfiehlt es sich,
die Bücher in der Reihenfolge zu lesen.

Die Spelzer/Hollmann-Reihe:

KALENDERMORD - Band 1
DER SERBE - Band 2
MORDTIEFE – Band 3
BRANDZEICHEN – 4

ISBN 978-3752877953

Band 4 aus der Serie Spelzer/Hollmann

Als Taschenbuch und Ebook in allen Buchhandlungen und Online-Shops.

Inhalt:

» In mir hat der Satan ein Zuhause gefunden. Tust du nicht das, was ich von dir verlange, wirst du genau ihn von seiner fantasievollsten Seite kennenlernen. «

Die Drohungen treiben dem korrupten Polizisten kalte Schauer über den Rücken.

Während Doktor Karin Hollmann und Oberkommissar Spelzer einen Satanisten verfolgen, der im Ruhrgebiet seine Opfer sucht und findet, versucht der Serienmörder Pehling, an seinem Zufluchtsort neue Gegner abzuwehren.

Aber nur, wenn sich die so unterschiedlichen Weggefährten zusammenschließen, haben sie eine verschwindend geringe Chance. Sie müssen verhindern, dass ein Satansjünger seine Visionen vom Reich des Antichristen verwirklichen kann.

Der Weg dahin fordert einen blutigen Tribut, denn der Gegner scheint nicht von dieser Welt.

Obwohl die Handlungsabläufe in sich abgeschlossen sind, empfiehlt es sich, die Bücher in der Reihenfolge zu lesen.

Obwohl die Handlungsabläufe in sich abgeschlossen sind, empfiehlt es sich, die Bücher in der Reihenfolge zu lesen.

Die Spelzer/Hollmann-Reihe:

ISBN 978-3752834215

Band 3 aus der Serie Spelzer/Hollmann

Als Taschenbuch und Ebook in allen Buchhandlungen und Online-Shops.

Inhalt:

»Da unten ist die Hölle«

Die Taucher der Essener Wasserschutzpolizei müssen weit über ihre
psychischen Grenzen hinausgehen, als sie das Depot eines Killers in der
Tiefe räumen.
Welcher Wahnsinnige versteckt die Toten im Essener Baldeneysee?

Wieder einmal stehen Rechtsmedizinerin Karin Hollmann und ihr Freund,
Oberkommissar Sven Spelzer vor Mädchenleichen, die ihnen viele Rätsel
aufgeben.

Wie weit geht ein skrupelloser Gangsterboss, um den gewaltsamen Tod seines
Bruders zu rächen?

Zwei scheinbar unabhängige Fälle bringen die Ermittler selbst in
Lebensgefahr. Ein friedliches Naherholungsgebiet entpuppt sich als
Spielwiese für einen irren Mörder.

Obwohl die Handlungsabläufe in sich abgeschlossen sind, empfiehlt es sich,
die Bücher in der Reihenfolge zu lesen.

Die Spelzer/Hollmann-Reihe:

KALENDERMORD - Band 1
DER SERBE - Band 2

ISBN 978-3746055879
Band 2 aus der Serie Spelzer/Hollmann

Als Taschenbuch und Ebook in allen Buchhandlungen und Online-Shops.

Inhalt:
»Der ist definitiv ertrunken. Die haben ihn noch lebend ins Wasser geworfen,
dabei nicht mal seine Hände gefesselt.«

Die Aussage der Rechtsmedizinerin Karin Hollmann ist klar und deutlich. Sven
Spelzer, mit dem sie schon den Serienmörder Pehling zur Strecke brachte, weiß
von Anfang an, wen er für diesen Zeugenmord zur Verantwortung ziehen muss.
  Die Soko wurde gebildet, um den ›SERBEN‹, wie sie den Gewaltverbrecher
nennen, nach Jahren der Erfolglosigkeit, endlich zur Strecke bringen zu können.
Brutalster Drogen- und Menschenhandel wird ihm zur Last gelegt.
Mögliche Belastungszeugen verschwinden meist spurlos.
Doch wer ist der unsichtbare Helfer im Hintergrund?
Gibt es einen Maulwurf in den Reihen der Polizei?

Wieder werden die beiden Ermittler in einen Einsatz hineingezogen, der sie, wie
schon im ersten Band dieser Reihe, an die Grenzen treibt. Als sie bereits an den
sicheren Zugriff glauben, hat der Teufel längst die Falle gebaut.

Alle Thriller der Reihe sind zwar abgeschlossen und könnten auch unabhängig
voneinander gelesen werden. Doch der Spannungsbogen ist größer, wenn die
Reihenfolge eingehalten wird.

ISBN 978-3746067858
Band 1 aus der Serie Spelzer/Hollmann

Als Taschenbuch und Ebook in allen Buchhandlungen und Online-Shops.

Inhalt:

Der Wald rund um die Ruine der Essener Isenburg - eine Oase der Ruhe und des Friedens. Das ändert sich mit dem Fund einer ersten, grausam zugerichteten Leiche.

Kommissar Sven Spelzer, als erfahrener Leiter der Mordkommission, begegnet einem Serienkiller, der präzise seine unvorstellbaren Taten plant.

Der Täter preist seine Morde als Kunstwerke.

Wenn bisher ein System sein Wirken steuerte, so ist es die Gier Außenstehender, die eine unfassbare Lawine der Gewalt auslöst.

Gemeinsam mit der Rechtsmedizinerin Karin Hollmann begibt sich Spelzer auf die Suche nach dem Wahnsinnigen. Sie ahnen nicht, welche Hölle die Bestie schon für sie vorbereitet hat.

Kalendermord - der erste Fall für dieses Ermittlerteam, der sie sofort an ihre Grenzen zwingt.

ISBN 978-3744873024

Als Taschenbuch und Ebook in allen Buchhandlungen und Online-Shops.

Inhalt:

„Gib diese Frau auf, denn die Zeit auf dieser Erde ist endlich ... besonders für sie."

Die Warnung ist eindeutig, die der erfolgreiche Schriftsteller Jan Hellman
in dem Umschlag vorfindet.
Niemals wieder hat er eine Verbindung eingehen wollen. Die Trennung von Claudia
saß noch wie ein Stachel in seinem Herzen. Sein Single-Dasein war beschlossen.
Doch das Schicksal hatte eigene Pläne gehabt. Sandra veränderte alles.
Jetzt aber hält er diesen Drohbrief in den Händen.
Bei Jan Hellmann und den eingeschalteten Ermittlern keimt der Verdacht, dass ihn der
Gegner gut kennen muss.
Lebt der Verursacher dieser Grausamkeiten in einem vertrauten Umfeld?
Ekelige Tierkadaver und weitere Drohbriefe verstärken die Angst.
Perfekt getarnt treibt der Täter sein perfides Spiel. Die Einschläge, die Opfer und Poli-
zei weiter rätseln lassen, kommen immer näher, werden immer brutaler.
Eine Liebe, an deren Erfüllung sich mit jeder gelesenen Seite die Zweifel mehren.
Eine Beziehung, die direkt auf den Vorhof der Hölle zusteuert.

243

H.C. SCHERF

THRILLER

Der Flug der
Libellen

ISBN 978-3744869997

Als Taschenbuch und Ebook in allen Buchhandlungen und Online-Shops.

Inhalt:

Seit Jahren verschwinden Prostituierte im Ruhrgebiet.

Keine Leichen. Keine Spuren.

Nichts kann den Killer aufhalten.

Die erst 10jährige Andrea Lesbe und ihr gleichaltriger Freund leiden schon in der
Schule unter Mobbing. Die Mitschüler machen ihnen das Leben zur Hölle.

Was die Kinder zu diesem Zeitpunkt nicht wissen können:

Ein Hurenmörder beginnt gleichzeitig sein perfides Werk.

Unaufhaltsam verbindet sich ihr Schicksal mit dem des irren Killers.

Als Andrea als Erwachsene wieder in ihre Heimatstadt Essen zieht, trifft sie nicht nur
auf den einstigen treuen Freund.

Sie begegnet auch einem geheimnisvollen Fremden, der sie magisch anzieht.

Hauptkommissar Schlicht ermittelt mit seiner Soko seit 16 Jahren erfolglos im Fall
eines vermissten Kindes und der beängstigenden Mordserie. Erst als der Killer die
Abstände seiner grausamen Taten verkürzt, finden sich erste Spuren.

Damit das Geheimnis um den Serienkiller gelüftet werden kann, müssen die Beteiligten in den Vorhof zur Hölle hinabsteigen.

Erst dort begegnen sie der grausamen Wahrheit.

»Ein Thriller, der die schmale Kluft zwischen Normalität und dem menschlichen
Wahnsinn spannend beschreibt.«

ISBN 978-1511436229

Als Taschenbuch und Ebook in allen Buchhandlungen und Online-Shops.

Inhalt

Die beschauliche Idylle des Sauerlandes möchte der aus Kanada stammende
Schriftsteller Patrick Schreiber eigentlich nutzen, um Depressionen und Alko-
holprobleme in den Griff zu bekommen. Der Herbstwald offenbart ihm allerdings ein schreckliches Geheimnis und einen Serienmörder, der ihm weit überlegen scheint. Mit Gewalt wird er in einen Sog aus Mord, Lynchjustiz und Intri-
gen gezogen. Um diese ungewöhnlich brutalen Frauenmorde aufzuklären,
schaltet sich der bärbeißige LKA-Mann Franz Kalkove ein.
Fehlende Spuren lassen die Ermittlungen lange ins Leere laufen. Weitere
Morde können dadurch geschehen. Die Dorfgemeinschaft entpuppt sich als
trügerische Fassade. Erst als sich diese beiden eigenwilligen Typen solidari-
sieren, scheint eine Lösung dieses Falles möglich. Dazu müssen Schreiber und
eine alte Liebe aber erst durch eine wahre Hölle gehen.
Mit Wortwitz wird der Leser durch das Geschehen geführt, ohne dennoch auf
den erwarteten Grusel verzichten zu müssen. Nach der Lektüre wird man die
kleinen Orte und Wälder rund um das sauerländische Winterberg mit ganz
anderen Augen sehen. Nichts wird mehr so sein wie vorher.

ISBN 978-3741275203

Als Taschenbuch und Ebook in allen Buchhandlungen und Online-Shops.

Inhalt

Täglich gibt es in Deutschland etwa vierzig Fälle von Kindesmissbrauch. Die Dunkelziffer ist jedoch höher, denn viele Opfer und ihre Angehörigen schweigen, aus Scham, aus Angst. Heilt die Zeit diese Wunden? Kann der Mensch erlittenes Leid vergessen? Tina muss sehr bitter erfahren, was es bedeutet, wenn Gespenster der Vergangenheit lebendig werden. Wohlbehütet aufgewachsen, begegnen ihr plötzlich Grausamkeiten, die sie sich nie hätte vorstellen können. Die Gräueltaten eines Sexualtäters verknüpfen sich unaufhaltsam mit dem Schicksal ihrer Familie.

Ein Thriller, der nicht loslässt. Er nimmt den Leser mit in eine Welt, die direkt neben uns existiert. Eine Welt, mit der viele Menschen selbst Erfahrungen sammeln mussten und es aus unterschiedlichsten Gründen totschweigen.

Der Autor möchte mit seiner Geschichte nachdenklich machen und zu Diskussionen anregen. Gibt es hier nur Schwarz und Weiß, nur Gut und Böse? Eine Geschichte, frei erfunden, doch grausam nah an der Realität.

ISBN 978-3741226458

Als Taschenbuch und Ebook in Online-Shops und im Buchhandel

Inhalt:

Als Nicole Manfred Kirchner begegnet, glaubt sie, den Richtigen für ein bleibendes Glück gefunden zu haben. Als das Monster die Maske fallen lässt, ist es schon zu spät. Nicole muss einen sehr hohen Preis bezahlen: Sexueller Missbrauch, grausame Misshandlung und kriminelle Machenschaften treiben Nicole fast in den Freitod.

Ihr Weg kreuzt den eines älteren Mannes. Nun erfährt sie, dass es auch Menschen gibt, die Hilfsbereitschaft und Freundschaft über ihre eigene Sehnsucht nach Liebe stellen. Doch Manfred Kirchner ist nicht der Mann, der sein Opfer so schnell aus den Klauen lässt. Das Schicksal treibt ein makabres Spiel und zwingt zwei Menschen an die Grenze des Zumutbaren.

Wird Nicole sich befreien können? Erkennt sie das wahre Glück und greift danach? Kennt das Glück wirklich kein Erbarmen?

Der Autor lässt den Leser wie schon in seinen beiden vorangegangenen Romanen tief in die dunklen Seiten des menschlichen Zusammenlebens eintauchen und bietet viel Stoff für Diskussionen.

HARALD SCHMIDT

JUNGFRAU
MÄNNLICH
SINGLE
MIT TEDDY

Roman

ISBN 978-3741299056

Als Taschenbuch und Ebook in allen Buchhandlungen und Online-Shops.

Inhalt:

Alfred Reimann, dreiunddreißig, Single, gut aussehend, Jungfrau.
Bis heute lief das Leben des liebenswerten Finanzbeamten und seiner Teddy-
dame Bienchen in geordneten Bahnen. Noch weiß er nicht, dass sich dieser
Zustand mit dem Einzug der süßen Nachbarin Verena ändern wird. Ein glück-
licher Umstand führt sie zusammen.
Seine Mutter ist davon alles andere als begeistert, denn in ihren Augen wollen
junge Frauen wie Verena nur das Eine. Und dieses Chaos wird sie zu verhindern
wissen!
Mithilfe von Verena und dem kauzigen Pfarrer Hollerberg stolpert Alfred in das
eine oder andere Abenteuer. Ob er auf den Reisen sein Glück findet, bleibt abzuwarten ... Ein rasanter Liebesroman mit dem gewissen Schmunzelfaktor.